名家散文自选集

散文就是同亲人谈心

自选集

爱心连着童心

束沛德／著

民主与建设出版社

① 1952 年 11 月跨进中国作协门槛
② 1954 年 9 月在东总布胡同 22 号中国作协创委会办公室前
③ 1995 年 3 月出席中国作协主席团四届九次会议部分作家在上海鲁迅公园,从左至右:罗洛、李瑛、袁鹰、叶君健、徐中玉、唐达成、束沛德
④ 2004 年 10 月在全国儿童文学创作会议上,从左到右:束沛德、任溶溶
⑤ 2009 年在桂林漓江
⑥ 2015 年 6 月在加拿大蒙特利尔皇家山

束沛德在一次作品研讨会上

爱心连着童心

目录

第2辑·跋涉印痕

第3辑·亲情抒怀

第 1 辑 · 名家素描

我的两个领路人

50年代初我走上工作岗位，第一个上级是严文井同志，第二个上级是沙汀同志。他们都是我所敬重的老作家，是我跨进文学门槛后最早的领路人。

1952年初冬时节，文井同志从党中央宣传部文艺处调到全国文协代理秘书长，参与改组全国文协、筹建中国作协的工作。他带了两个秘书作为助手，一个是26岁、原担任丁玲秘书的陈淼；另一个是21岁、原定给周扬当秘书的我。我们三人可说是同时迈进东总布胡同22号全国文协大门的。

那时全国文协除了《文艺报》、《人民文学》编辑部外，只有一个主管行政、总务、文书工作的秘书室。文井、陈淼和我调来后，文协机关才有了几个抓文学业务工作的干部。文井带领我们做的第一件事，就是组织第二批作家深入生活。来自祖国四面八方的20多位作家，包括艾青、卞之琳、周立波、徐迟、李季、秦兆阳、路翎等，聚集在北京东城小羊宜宾胡同一个四合院几间平房里学习讨论。文井同志四处奔波，八方联络，邀请胡乔木、周扬、胡绳、林默涵、吕东、廖鲁言等，为这批作家作有关形势、理论、文艺、工业建设、农村工作等方面的报告，为他们即将深入工矿、农村、部队，熟悉新的生活、新的人物做思想、理论上的准备。作家在京学习一个月，我按照文井成竹在胸、有条不紊的安排，参与订学习计划，做会议记录，整学习简报，写新闻报道，以及安排会场，落实交通工具，组织影剧观摩等工作。事无巨细，我都积极投入，一一学着做了。这一个月全方位的锻炼，我好像进了一次短期培训班，学习了文学组织工作的ABC。给我上这一课的老师，正是当过延安鲁艺文学系教员的严文井。我也是够幸运的了！

文井作为上级，对我这个部下思想、学习、生活的关心帮助，也是至今难以忘怀的。到文协不久，我与远在新疆的、中学时代的一位女同学肯定了恋爱关系。我急切地期盼着与爱人调到一起，一次又一次地向文井表示愿意调往新疆，支援边疆建设，希望他能放我走。文井干脆明确地对我说：现正从各方面抽调干部加强文协的工作，你想调离文协是不可能的。他再三叮嘱我：思想不要波动，做好长期从事文学工作的精神准备；从新疆调出干部尽管比较困难，但组织上会尽快想法解决。他让我把爱人的姓名、工作单位、职务告知。我记得，那年春节文井从湖北探亲回京后，给中宣部干部处处长又打电话又写信，并三番五次地催问。不到两个月，我爱人终于从遥远的边疆调来首都。每想起当年在石碑胡同中宣部招待所，我和爱人久别重逢无比激动的那一刻，至今我依然情不自禁地感激无微不至地关心部下、热心肠的老上级。

在反胡风、反右派斗争中，我碰了钉子、挨了批评后，文井语重心长地开导我："你读过几本书，比较聪明，有点能力，更要警惕世界观问题；不要轻视旧世界观的影响，不是读几本书，开几次会，就可以解决的。""要听得进逆耳之言。上级对自己老是笑着，不一定好；对自己疾言厉色，不一定坏。光听周围的人说好话，有时会上当的。"他还提醒我："反掉个人主义，不能变成一个灰溜溜的、木偶一样的人。"勉励我做一个像朱总司令所要求的那样自自然然的共产党员。文井的谆谆教诲，在我的人生之旅中，起了点拨、导航的作用，永远铭刻在我的心中。

在我的文学之旅中，文井同志也是引领我向儿童文学港靠拢、停泊的引路人。他20世纪40、50年代创作的《南南和胡子伯伯》《蚯蚓和蜜蜂的故事》《三只骄傲的小猫》《小溪流的歌》《唐小西在"下一次开船"港》等，都是我爱不释手的读物，激起了我对儿童文学的兴趣和热情。他那"要拥有孩子一样的眼睛、心灵和幻想""要善于发现生活中的诗意和美""童话是一种献给儿童的特殊的诗体"等观点、主张，也成了我后来从事儿童文学评论始终用心思考、力求把握的准则。

真是无巧不成书。继文井之后，曾任延安鲁艺文学系代主任的沙汀，又成了我的第二个上级。1953年4月，全国文协成立创作委员会，沙汀担任副主任，主持日常工作。我在创委会秘书室当秘书，参与调查了解创作情况、组织座谈讨论、编辑《作家通讯》等工作，沙汀正是我的顶头上司。沙汀给我最初的印象是工作十分谨慎细致，一丝不苟，作风平易近人，没有一点架子。创委会成立后首先抓的一件大事，就是组织在京的40多位作家、评论家和文艺领导骨干学习社会主义现实主义理论，为召开全国文协第二次代表大会做思想准备。组织这次学习的沙汀、文井让我根据14次学习讨论会的发言和会议主持人冯雪峰的小结，综合整理成一篇详细的《学习情况报道》，登在《作家通讯》上，供会员参考。至今，我的眼前还清晰地浮现着沙汀当年坐在临窗的写字台前，聚精会神地用蝇头小楷仔细修改《作家通讯》稿件的情景哩。在沙汀麾下，我编了一年多内刊，既当编辑又当记者，既写报道又写短评，既画版式又当校对，尝到了编辑工作的甘苦，也锻炼了独立工作的能力。这一段短暂而美好的编辑生涯，对一心想当记者的我，确是弥足珍贵、难以忘怀的。

创作委员会下设立了小说散文、诗歌、儿童文学、剧本、电影文学、通俗文学等创作组，组织会员开展关于文学作品和创作问题的研究和讨论。沙汀作为各创作组活动的总调度员，带领秘书室的同志做了浩繁的调查研究、组织联络工作。有时，他还亲自出马组织作家发言，我就曾随他去北大校园约请吴组缃教授在

《三千里江山》讨论会上发言。那时创委会每个季度还要向作协主席团作一次创作情况汇报。沙汀总是同创委会秘书室的同志一起阅读作品，一起讨论当前文学创作的情况和问题，共同商量应该肯定哪些好的或比较好的作品，指出创作中存在哪些值得注意的动态和倾向。对我们起草的《创作情况汇报》，他在统改全稿时，总是反复推敲，字斟句酌，力求让主席团成员全面、准确地了解创作现状。他那严谨、简练的文风，对我也有不小的影响。

我与沙汀可说是忘年交，当我还是个二十一、二岁的小青年时，他已是年近半百的准老人了。然而年龄的差距并不妨碍我们心灵的沟通。我们住在同一个院子里约有两年光景，可说是朝夕相处。有两段时间，沙汀的夫人不在北京，他成了寂寞的单身汉。那时我也还没结婚。每到周末傍晚或星期假日，他常常闯到我的房门前，用浓重的四川口音大喊一声："束沛德"，约我到饭馆去"打牙祭"。东安市场的"五芳斋"，西四的"恩承居"，新开胡同的"马凯"，都是我们光顾过的地方。边吃边聊，海阔天空，无所不谈，兴致勃勃。他不止一次地向我吐露：北京不是久留之地，自己也不适合做创委会的工作，还得争取早日回四川去，深入生活，从事创作。我1956年底结婚时，沙汀和我已分处两地。后来他来京开会时，还特意补送我们一块绸料台布作为礼物。至今这块台布还覆盖在我家冰箱上哩。

新时期以来，我和文井、沙汀这两位老上级依然保持着联系，常有机会倾心交谈。他们一如既往地关心我、爱护我。在我忙于日常行政工作时，沙汀多次提醒我："不要陷在文山会海里，要养成写日记、散文、随笔的习惯，把写作当作日课，一天不动笔，就算缺勤。"他还强调有才华、有潜力的作家，一定要把创作的根须深深扎在群众生活的土壤里，大声疾呼：爱护作家、照顾作家，主要不是让他们当代表，当委员，或当这个"长"那个"长"，而是真正给他们提供深入生活、潜心创作的条件。当我年届花甲、即将"到站下车"时，文井告诫我："别的都不要多想，根据自己的条件，订一个计划，读一点书，写一点文章，做一些力所能及的事情，一点一滴地积累，不要着急，尽可能保持心境的愉悦。"打开相册，凝视着前些年我分别和两位老人的合影，他们那和蔼可亲的面容，那炯炯有神的目光，依然在激励、鞭策我在人生路上继续前行。

2001年2月16日

"老马可要识途哦!"

卓越的诗人、文艺理论家、鲁迅研究家冯雪峰同志离开我们已经40年了。

第一次见到雪峰,是建国之初在复旦大学校园里。那时我读新闻系,选修了中文系许杰先生的"文学批评"、唐弢先生的"现代散文诗歌",原本也想选修兼职教授冯雪峰的"文艺理论",因为报名晚了,未能如愿,只好旁听。尽管已是六十多年前的事了,但当年雪峰讲授"文艺理论"的生动情景依然清晰地浮现在眼前。教室里座无虚席,慕名而来的有时得站在教室旮旯里或趴在窗户上旁听。青年学子一个个凝神屏息地聆听雪峰用浓重的浙江义乌口音讲文学艺术的特征、文艺与政治的关系。他强调文学作品首先得是艺术品,然后才谈得上具有政治性、思想性,这个观点至今深深烙印在我的脑海里。

在复旦,我就读过雪峰的《鲁迅和他少年时代的朋友》,觉得挺生动、亲切。离开校园,走上工作岗位前后,我如饥似渴地读到雪峰新出版的《回忆鲁迅》、《论文集》第一卷,这就使我对伟大鲁迅的人品、文品有了更深入、完整的了解；同时也情不自禁地赞叹雪峰的独特经历和文学才能。

真可说是一种缘分。1952年初冬时节，我跨进东总布胡同22号全国文协（作家协会前身）大门，就有机会近距离接触雪峰同志。当时作协党组成员有周扬、丁玲、冯雪峰、邵荃麟、萧三、沙汀六位。荃麟调来作协前，雪峰一度担任作协党组书记。我那时在作协创委会任秘书，兼任党组记录。这几位享誉文坛的党组成员，都是大忙人，白天各自忙自己的工作。为了凑到一起开会，党组晚上加班开会是常有的事。搞文艺批判、政治运动，晚上开会就更是家常便饭了。我常常在暮色苍茫中，站在22号作协大门口，迎候几位不在机关住的党组成员。最先迎来的往往是自喻为"笨鸟先飞"的雪峰同志。他不坐公家的车，从朝内大街人民文学出版社或家里，独自步行到作协机关来。每逢寒风凛冽或雪花纷飞，他则会自己雇一辆人力车赶来。当我看到年过半百、面容清癯、衣着素朴的他，从人力车下来自掏腰包付车费时，不禁引起这样的感慨：按职务、级别，他是完全有资格让单位派车的呀，可他依然保持艰苦朴素的作风，事事、处处严格要求自己。毕竟是经历过二万五千里长征磨练的老干部啊，真是让人感佩。

我记得，1953年春夏之交，为了做好二次文代大会思想、理论上的准备，全国文协组织在京40多位作家、批评家和文学界领导干部学习社会主义现实主义理论。荃麟因病缺席，由雪峰代为主持。这次学习着重讨论了：对社会主义现实主义的理解及其和过去的现实主义的关系与区别问题、关于典型和创造人物的问题、关于文学的党性、人民性问题、关于目前文学创作上的问题。每个专题学习讨论结束时，都由雪峰作小结。我担任记录，会后我根据14次讨论会上的发言和雪峰的小结，综合整理成一篇八九千字的《记全国文协学习社会主义现实主义》的报道。在《作家通讯》刊出前，我恳切地希望雪峰同志过目，他一再表示："不用看了，你很细致，我相信不会有多少差错的。"他对年轻人的放手信用，我至今铭记在心。后来，我从《文艺报》上读到他写的《英雄和群众及其它》。这篇文章是他根据在学习会上的几次小结写成的，文中论述的英雄和群众、典型化并非"理想化"、否定人物的艺术形象、关于党性、关于讽刺等，都是学习会上集中讨论、存有争议或认识还不够深透的问题。雪峰从理论的高度加以概括，作了针对性很强、富有真知灼见的回答。这篇条分缕析、说理透辟的文章，比起我写的那篇学习情况报道来，在理论的系统化、深刻性、说服力上，真可说是有天壤之别。我由衷佩服作为文艺理论家的冯雪峰的智慧和才情；同时也激起我在思想、理论、业务上进一步学习提高的热情。

　　1953年召开第二次文代大会，据林默涵说，原来准备请胡乔木同志作报告；后来毛主席说，还是由文艺界的同志来做为好。开头，冯雪峰接受了这一任务，起草出题为《关于创作和批评》的报告。他在报告中批评了当时创作中存在的公式化、概念化的倾向，结果却被认为"实际上是批评党的领导"。雪峰的报告被否定了，不能用。最终是由周扬在二次文代大会上，作了《为创造更多的优秀的文学艺术作品而奋斗》的报告。在二次文协代表大会上，则由茅盾作了题为《新的现实和新的任务》的报告；邵荃麟作《沿着社会主义现实主义的方向前进》的总结发言。雪峰的报告被否定，是不足奇的，这是与他一贯坚守文学的基本品质、强调文学艺术特征分不开的。1953、1954年间，在作协主席团会议上，他不止一次地对配合政治、赶任务的公式化、概念化倾向，进行尖锐的、毫不留情的批评。对著名的非党作家老舍的配合政治任务、缺乏生活和艺术生命力的作品，如《青年突击队》等，他也直言不讳、一针见血地予以批评，以至招来了"影响党与非党作家团结"的指责。作为一个读者或文学工作者，我当时却不仅认同雪峰那鲜明的文艺观点，还十分赞赏他那倔强执拗的脾气、性格。

1954年可说是文艺界多事之秋。10月16日毛泽东主席写了《关于〈红楼梦〉研究问题的信》。紧接着，10月28日《人民日报》发表袁水拍写的《质问〈文艺报〉编者》，严厉批评《文艺报》在转载李希凡、蓝翎的《关于〈红楼梦简论及其它〉》一文时所加的按语中，表现出来的对资产阶级唯心论的容忍依从和对于青年作者的资产阶级贵族老爷式的错误。作为《文艺报》主编的冯雪峰，首当其冲地被卷入批判运动的风暴之中，承受了巨大的压力，不得不公开发表文章《检讨我在<文艺报>所犯的错误》。就在对《红楼梦》研究批判展开后不久，雪峰心目中的良师诤友周恩来总理在北京饭店与他谈过一次话。总理情真意切、语重心长地对雪峰说："二马先生，老马可要识途哦！"此时此刻，1927入党、对党怀着深厚感情、一直敬重总理的雪峰，怎么能不感到有负于党和人民，怀有"深刻的犯罪感"呢。老马识途，他又何尝愿意迷失方向，走上歧路。他是多么渴望引领文学队伍走上一条康庄大道啊！

批判《文艺报》错误，解除了冯雪峰的主编职务。时隔不久，作协创委会秘书室负责人对我说：中宣部要研究冯雪峰的文艺思想，林默涵来电话要雪峰在社会主义现实主义学习会上的发言记录。让我立即把雪峰的几次发言整理、打印出来，上报中宣部。当时我预感到处在批判《红楼梦》研究风口浪尖上的雪峰，在众目睽睽之下，即将遭遇更加严厉的挨批挨整的厄运。

果然不出所料，在反胡风、反丁、陈反党集团、反右派斗争中，把雪峰与胡风、丁玲、陈企霞都串连到一起，对他进行了火力越发猛烈的批判，明枪暗箭，终于把他击倒在地了。这时的我，由于反胡风斗争中犯了所谓"泄密"错误而受到批判、处分，已无缘近距离接触雪峰，也无缘目睹那剑拔弩张的批判丁、陈集团的作协25次党组扩大会了。

2016年12月15日

我所敬重的荃麟同志

邵荃麟同志是文学战线上一位杰出的领军人物，一位学养丰厚的理论批评家。在我的心目中，他是一个宽厚的长者、温文尔雅的文化人。

荃麟这个名字对我来说并不陌生。中学时代，在《中学生》杂志上就读到过他翻译的欧根·雷斯的《阴影与曙光》。战火纷飞的1948年，我从思想进步的同窗好友那里得到从香港辗转而来的荃麟主编的《大众文艺丛刊》，从中读到他写的《对于当前文艺运动的意见》、《论主观问题》以及评介罗曼·罗兰、悼念朱自清的文章。

第一次有幸见到荃麟，是1952年冬天我跨进全国文协门槛不久。在东总布胡同22号后院楼上周扬主持召开的批评胡风文艺思想座谈会上，我和陈淼担任那次会议的记录。荃麟那清癯和蔼的面容，那条分缕析的谈吐，给我留下难以忘怀的印象。没料到，时隔不久，荃麟来全国文协担任党组书记，并兼任刚刚成立的文协创作委员会主任，和严文井等一起负责筹备召开全国文协第二次代表大会，着手改组全国文协为中国作协的工作。那时，我担任创委会秘书，兼任党组记录，因而也就成了荃麟麾下的一个小兵。我和荃麟之间，虽然还隔着沙汀、张僖、陈淼等好几层，但仍然有很多机会接触荃麟，聆听他的亲切教诲。

创委会成立不久就开始筹办会员内部刊物《作家通讯》。荃麟十分重视这本刊物，抱病写了《关于〈作家通讯〉》一文，署名编者，作为发刊词登在1953年6月的第1期上。在这篇短文中，他明确地提出："出版这个刊物的目的，是为了加强作家之间的联系，交流作家创作工作上的经验。"如今，《作家通讯》已出到137期，历经几十年岁月沧桑，人事更迭，但荃麟当初定下的办刊宗旨始终没有变。当时，我和陈淼、刘传坤等担负《作家通讯》的编辑工作。荃麟不止一次地对我们说：要同作家保持密切联系，在刊物上经常刊载他们的来信，报道他们深入生活的体会和经验，也要报道作家的创作计划及执行情况和创作过程中遇到的各种问题。这样可以使散处各地的作家互相了解，互相讨论，促进他们在创作上竞赛。他还希望刊物上及时报道创作委员会和各创作组组织会员学习、开展作品和创作问题讨论的情况以及全国文协的重要决定和有关文学刊物、出版、教育、研究的计划和情况，使所有会员能经常了解全国文协的工作动态。他特别赞赏在内刊上登载作家来信，当丁玲、巴金、艾芜、曾克等的来信以及沙汀与戈壁舟的通信一发表，他连声称好，并让我们想方设法把作家之间互相讨论创作问题的信件弄到手。他不仅提出这样的要求，而且以自己的实际行动支持我们的工作。《作家通讯》第7期刊载了荃麟《关于长诗〈菊花石〉给李季同志的信》。《菊花石》在《人民文学》发表后，创作委员会诗歌组先后召开了三次讨论会，荃麟也在会上发了言。原打算待他将发言记录过目后在《作家通讯》发表，由于他一直忙于开文协代表大会的事，没能抽出时间校阅而搁置下来。后来当他看到李季来信，谈及对讨论会上一些发言的反映，觉得还是有些话要说，于是在百忙中拿起笔来，给李季写了一封文情并茂、长达两千多字的回信。他在信中对《菊花石》的成败得失作了具体的、有说服力的分析。这不仅给作者李季以启迪和帮助，同时也为作家之间以平等的态度互相探讨创作问题提供了一个范例。

《作家通讯》上刊登关于作品和创作问题的讨论情况，是作协会员最为关注、最感兴趣的。我还清晰地记得，1953年8月到9月间，创作委员会小说散文组先后召开了三次会，讨论杨朔的小说《三千里江山》。会上对这部作品的评价不尽一致，有的赞扬它是文学创作的新收获，有的却认为它是概念化的作品。荃麟参加了讨论会，并在第三次会上作了长篇发言。他对这部小说的题材、主题、人物刻画、细节描写、结构、语言等方面作了具体的、中肯的分析，既热情称赞了它所取得的成就，又实事求是地指出了它的缺点和不足。我们及时把荃麟的发言根据速记记录原原本本地整理出来，请他过目修改后与其他同志在讨论会上的发言摘要一并在《作家通讯》发表，以便让会员对讨论情况有一全面的了解，从中得到启迪。当时荃麟是作协一把手，担子很重，又是带病工作，我们真不忍心再三催促他校阅、修改发言记录稿，但他还是夜以继日挤出时间，赶在刊物发稿前把仔细修改过的稿子送到我们手里。荃麟登在《作家通讯》上的这篇发言已收入1981年出版的《邵荃麟评论选集》，题为《关于〈三千里江山〉的几点意见》。今天读来，依然觉得它是一篇说理透辟，有说服力的好文章。由此，我不禁联想到当今的文学批评是多么需要提倡、发扬一种实事求是的、健康的批评风气啊！对具体作品，长处说长，短处说短，不作无原则的吹捧，更切忌炒作。从事文学组织领导工作，要像荃麟同志那样，坚持认真阅读作品；以一个作家、评论家的身份参加作品讨论，以平等的态度同作家促膝谈心，交换意见；对作品不是简单地、笼统地表示肯定或否定，而是进行深入细致、入情入理的分析，以理服人。这才是真正的领导艺术，也才能自自然然地体现出对创作的导引。

荃麟作为文学战线的领军人物，他身上具有很多优良品质、作风，值得后来者学习、发扬。比如，他忘我工作，不遗余力；勤于学习，勤于思考；严谨细致，一丝不苟，等等。给我印象最深的是他那亲自动手、亲自动笔的习惯。1954年下半年文坛进入多事之秋，批判《红楼梦研究》，批评、检查《文艺报》，批判胡适，批判胡风接踵而至，批判斗争情况和处理意见都要及时向中宣部和中央请示报告。我记得，这些请示报告大多出自荃麟的手笔。我担任党组记录，打印好的文件往往先由我校对一两遍，然后再由荃麟亲自校阅定稿。打字员不熟悉荃麟的笔迹，很多字句辨认不清，常让我呆在打字室帮助排难解惑。当时斗争很紧张，白天开会，荃麟往往开夜车起草报告，尽管他体弱多病，瘦骨嶙峋，但为了赶任务，有时不免通宵达旦地干。他又特别认真细致，一个文件修改两三遍，打印至三稿、四稿，是常有的事。由于校对任务在身，有时我也得深更半夜守候在旁；回绝女朋友的周末约会也习以为常了。回过头来看，在荃麟身旁工作了一两年，身教言传，耳濡目染，对我后来能成为一个尚算称职的秘书，应该说是起了培训作用。也是从那时起，我更加重视学习理论和党的方针政策，更加注意丰富自己的文化知识，更加讲究文字的准确、规范。

　　荃麟对年轻干部的关心、爱护，我是感同身受的。我到全国文协时，刚满21岁，积极肯干，也算有一点工作能力、文字水平，因而很快得到领导的信任和重用。然而好景不长，时隔不久，我就被卷入反胡风斗争风暴。我因为所谓"严重泄密"事件而受到批判、处分。这不能不让我感到辜负了组织对我的信任，在荃麟等同志面前一度抬不起头来。前些年，当作协老秘书长张僖读到我在《难忘菡子》一文中，谈及时任创委会副主任的菡子帮我修改请求减轻处分的报告一事，张僖告诉我，当年荃麟曾为我说了话：束沛德从学校出来不久，年轻，没有斗争经验，承认错误，从错误中吸取教训就好了！尽管是几十年前的事了，如今却仍让我深切地感受到荃麟关爱年轻人那份暖融融的情意。他是恨铁不成钢啊！

我最后一次听荃麟讲话，是在1957年10月底"反右"后，作协动员整改的大会上。他说："十年树人。我们要用革命的精神培养工人阶级自己的知识分子，特别是党员知识分子、青年知识分子。年轻人要到劳动中去锻炼，到基层工作中去锻炼；还要有志气，下苦功，多读书，多调查研究。"他的这番蕴含深情期待的话，深深刻印在我的心坎上。我自觉地、毫不犹豫地响应了党的召唤，报名下放农村劳动。即将下放之前，荃麟在办公大楼的走廊里碰见我，拍着我的肩膀，热情地鼓励我："下去好好锻炼，将来会成为有用之材！"

下放河北涿鹿、怀来一年半后，我调离作协，到河北工作，从此再也无缘聆听荃麟那轻声细语、情真意切的谈话了。20世纪60年代批判荃麟提出的所谓"中间人物论"后不久，这个人物就从文坛上消失了。

荃麟同志为新中国社会主义文学的发展呕心沥血，披荆斩棘，做了大量开拓性的工作。他可是一个不该被文学界、思想文化界遗忘的重量级人物啊！

2006年12月2日

团泊洼畔忆小川

　　两三个月前，正值深秋时节，我赴天津参加"童话与儿童阅读"研讨会，有机会在团泊洼温泉度假村小住。一踏上团泊洼的黄土地，就不禁想起战士兼诗人郭小川的名篇《团泊洼的秋天》、《秋歌》。"战士自有战士的性格：不怕污蔑，不怕恫吓；/一切无情的打击，只会使人腰杆挺直，青春焕发。""战士的歌声，可以休止一时，却永远不会沙哑；/战士的眼睛，可以关闭一时，却永远不会昏瞎。""清清喉咙吧，重新唱出新鲜有力的战斗歌声……"这些激情似火、铿锵有力的诗句在我的耳畔缭绕不绝，我沉浸在对小川无尽的怀念和沉思之中。

　　我与小川同志相识，是他于1955年秋调来中国作家协会担任秘书长之后。我与他朝夕相处，只有短短的两三年时间。那时我在中国作协创作委员会工作，正因在反胡风斗争中犯了所谓"严重泄密"错误而受到批判、审查，尚未作出"与胡风集团没有组织联系"的结论，可说是处于一种极其尴尬的困境。我虽不在小川直接领导下工作，但他作为秘书长也不时关注创作委员会的工作。在办公室，在会议室外的走廊里，一有机会，他就会同我聊上几句，不时向我询问：最近读到哪些好作品，发现什么文学新人，年度作品选编得怎么样，组织作家写反映社会主义建设的特写进展如何，等等。1956、1957年，我发表了评欧阳山童话《慧眼》、评柯岩的儿童诗等文章之后，他都热情地给予鼓励："你爱动脑子，有一定的艺术鉴赏力，敢于提出问题，善于发现一个作家作品的独特之处，文笔也不错。""你很年轻，要多读点书，多动动笔，把基本功搞扎实，争取成为一个有胆有识的文学评论工作者。"他还不止一次地表示："为少年儿童写作很有意义，但要写得让孩子爱看，并不是一件容易的事；今后有机会我也要试一试。"

在我的心目中，小川是一个大写的人，率真的人，一个心地善良、感情丰富、有血有肉、有棱有角的人。他有一颗火热的心，浑身充满青春活力，他的心永远与年轻人紧紧地贴在一起。在20世纪50年代，他唱响的时代强音《投入火热的斗争》、《向困难进军》，像战斗的号角召唤了、激励了成千上万青年公民。至今我的耳边依然回响着他当年高歌的"斗争/这就是/生命，/这就是/最富有的/人生。""我要号召你们/凭着一个普通战士的良心：/以百倍的/勇气和毅力/向困难进军"。这些热情澎湃、富于鼓动性的诗篇，当年对我这样一个刚挨了批判、一度抬不起头来的年轻人，曾起了难能可贵的点拨作用，重新点燃起我振作精神、继续前进的热情和勇气。在日常不多的接触中，从他的言谈话语里，我也深深地感觉到，他待人真诚，平易近人，没有一点架子，并没有因为我"待审查处分"这样一种处境而疏远、歧视我；相反还明显地流露出对一个在磨练中成长的年轻干部的理解、同情、关爱和期待。

1957年春天，百花齐放、百家争鸣方针的贯彻，曾一度给文艺界带来新鲜、活跃的空气。整风运动开展后，中国作协派我到各地调查了解文艺界开展"鸣"、"放"的情况。出发前秘书长郭小川同我谈了话。他让我按照周扬在刊物编辑座谈会上鼓励鸣放、着重反对教条主义和对待科学、艺术的官僚主义、行政命令方式的讲话精神去进行调研；并一再叮嘱我：每到一地，首先要听取当地党委和宣传部的意见，要多同作家协会分会领导交换看法和意见。正因为事前打了预防针，心里有了底，加上不久前在反胡风斗争中受过批判、处分，说话、办事都比较谨慎，这样才使我的东北之行适可而止，没有走得太远。我完成了郭小川交代的搜集材料，为作协编的《文学动态》尽快写出情况简报，供领导参考的任务。只是由于我过分积极，主动采写了《访长春几位作家》、《东北文学界鸣放剪影》两篇通讯报道（一篇已在《文艺报》刊出，另一篇也已打出校样），从而在反右派斗争中，招来了"煽风点火于基层"、"替右派分子鸣锣开道"的严厉批判。到运动后期，包括郭小川在内的作协整风"反右"领导班子姑念我没有为"丁、陈反党集团"翻案的言行，也没有为自己在反胡风斗争中受批判、处分鸣冤叫屈，最后定为严重右倾错误而放我过关了。我之所以侥幸没有跌入右派的万丈深渊，细想一下，真还不能不感激小川在风雨袭来前的提醒和关照哩！

小川是一个勇于探索、敢于创新、在艺术上不懈追求的诗人。他追求民族化、大众化，但在形式上不拘一格。楼梯体、自由体、民歌体、新辞赋体，他都做过尝试，并都有自己的独创性。尤为难能可贵的，他的叙事长诗《深深的山谷》、《白雪的赞歌》《一个和八个》等，在题材选择、主题开掘上敢于突破，敢为天下先，大胆触及爱情、人性、悲剧等当年十分忌讳的禁区，在艺术构思、人物形象塑造上，力求有新颖独特的创造。本来，创作上的这些探索、尝试，是很正常，理应得到鼓励的，但在"左"的思潮泛滥的情势下，它是不可能被允许、包容的。于是在1959年秋、冬之交，郭小川遭到"晴天霹雳"般的批判。

也就在这之前不久，1959年七八月间，我结束在河北怀来的下放锻炼，即将调离中国作协、去河北省文联报到前，在一个下午到黄图岗胡同6号院看望了郭小川。当我告诉他：县委书记对我说，按上级的精神，各级党委都要有自己的秀才。县里同作协商量，决定把你长期留下来；可你的行政、工资关系、人事档案由北京往县里转时，被河北省委组织部卡住了，说是决定调你去河北省文联。现在县报（《怀来报》）停办了，县里也只好放你走了。郭小川听后，不无惋惜地表示：作协创委会虽然撤销了，但创研室、《文艺报》等单位都需要人。放你走，也不知是谁定的？事已如此，也无法改变了，只好让你去河北了。我明显地感觉到，他表现出一种无奈的、爱莫能助的情绪。我了解，他是很爱才的。虽然我只是一个年轻的普通干部，多少有点组织能力、文字能力，算不上什么人才。

过了一段时间，听说他在作协反右倾整风中受到批判。实际上，他在8月份与我谈话的时候，已经对作协没完没了的批判、斗争和日常繁杂、琐屑的行政事务感到厌倦，要求调离作协到下面去工作。当然，在当时的背景、处境下，他还不便向我这样一个并非深交的年轻人表露自己的情绪和愿望。他仍然出于公心，为作协工作、文学事业着想，表达了不愿放走我这么一个多少还有点用处的干部的想法。他自己想离开作协而又想把我留在作协，这看似矛盾的思想、态度，在作为诗人、文学组织者的郭小川内心深处，同样都是真实的，并非虚情假意。小川就是这么一个真实的人，诚挚的人。

小川离开我们30多年了。十年浩劫、极左顽症摧毁了这么一个有理想、有追求、有作为、有才华的战士兼诗人。在团泊洼，同文友谈及小川其人其事，仍不禁扼腕叹息、悲愤交集。令人欣慰的是，随着岁月的流逝，时间的过滤，小川的名字和他的作品愈加光彩熠熠。郭小川，千万人民心中的诗、心中的歌。战友、文友不会忘记他，读者大众不会忘了他，文学史家也不会忘了他。

2010年1月

《思痛录》让我沾了光

韦君宜是一位出色的编辑家，也是一位以描写知识分子苦难历程著称的女作家。

韦君宜这个名字，对我来说，一点也不陌生，感到格外亲切。

建国初，我在复旦大学读书时，在校团委会做了两年宣传、组织工作。那时，韦君宜主编的《中国青年》杂志，是我爱不释手的必读刊物。1952年初冬时节，我调到中国作家协会作秘书工作，同时担任作协共青团支部书记、党总支青年委员。第二年，韦君宜也调来作协，主编《文艺学习》。长期从事青年工作的韦君宜，特别喜欢与年轻人交流、沟通。也许正是这个缘故，把我和她联结在一起。在她主编的《文艺学习》上，先后发表了我写的评论《不能简单地了解人的生活和感情》、特写《把病人放在最前头》和一些短篇新作介绍后，她和黄秋耘都热情地鼓励我：你年轻，文笔不错，有潜力，业余时间多练练笔。在创作委员会，平时读作品多，可多写一些评论文章，特别是评介新人新作。有了合适的机会，像这次采访全国先进生产者会议代表，动笔写写人物特写也挺好。她还希望我：最好能练就多副笔墨。

在反右斗争中，韦君宜犯了所谓严重的右倾错误，受到党内严重警告处分，1958年初下放到河北怀来。我在反右中，创委会也多次开会批判我严重右倾，和韦君宜同时下放到河北涿鹿。后来涿鹿并入怀来，我在县委所在地沙城编《怀来报》。这样，韦君宜来县里参加下放干部会或送稿子到《怀来报》，我和她之间见面叙谈的机会又多了起来。正是由于她了解我在反胡风斗争中受过批判、处分，这次又在反右中挨批判，对我似有一种特别的关切和同情，见了面，总会询问我的劳动、工作、健康情况。我对她这么一位正直的老干部，只是因为对在反胡风、批丁、陈中挨整的干部说了几句公道话而受到处分，内心也不免隐隐地为之鸣不平。这可说是同病相怜吧。

下放怀来期间，她曾与人合编了反映农村新面貌的散文特写集《故乡和亲人》，并由作家出版社出版。这本书尽管不可避免地刻有时代的烙印，但她确是满腔热情、心甘情愿地编选的。可到了20世纪80年代，怀来县有的干部想借文联、作协干部1958年去过怀来一趟，来给自己增光，往脸上贴金时，再三劝说无效，她就毅然决然婉拒了。你看，她就是这么一个是非分明、干净利落的人，该做的就做，不该做的就不做，不讲人情世故，不讨好表功，决不违心做那种虚夸、涂脂抹粉的事情。这是多么美好可爱的品格啊!

韦君宜对青年作者的关爱、扶持,是满怀热情、一以贯之的。

我永远忘不了1956年在她主编的《文艺学习》上展开关于王蒙《组织部新来的青年人》的讨论,那种与人为善、各抒己见的自由论辩风气,至今还让人心驰神往。20世纪80年代初,在她担任人民文学出版社社长、总编辑任内,对青年作家张洁、莫应丰、竹林等的倾情扶持、帮助,充分显示了她作为一个文学编辑家的眼光与胆识。只要一有机会,她就会为青年作者鼓与呼,并对他们提出中肯的建议。1981年底,她在胡乔木召集的部分作家座谈会上,颇有针对性地说:对青年作者不能单纯责备,要多做工作,满怀热情地爱护、帮助他们。

1982年9月,中国作协在西安召开了西北、华北青年作家座谈会,除葛洛、唐达成和我作为会议组织者参加外,还约请了老作家、评论家、编辑家韦君宜、马烽、胡采、李清泉等到会与青年作家一起探讨、交流。韦君宜根据自己的切身体会,饱含深情地对到会的汪浙成、路遥、贾平凹、陈忠实、凌力、铁凝、张石山等30多位青年作家说:“作者要善于从纷繁复杂的生活中,从极端困难的境地里,发现、寻找生活中美好的积极的东西。写社会主义新人,要从生活出发,决不能瞎编,不能捏造,不能再来‘高、大、全’。在深厚的生活积累基础上,具有比较敏锐的眼光，就可以从生活的真实中挖掘到美和善。"她这一席话，给予青年作家有益的启迪。会议期间，她和葛洛、李清泉等老延安还带领我们去参观了桥儿沟鲁艺旧址和当年周扬、周立波等住过的窑洞所在地。从延安回西安途中，还品尝了羊肉泡馍的美味。我的相册里至今还保存着那次参观访问延安的合影哩。

认清形势，顾全大局，把文学事业、文学工作与国家的前途命运联系起来，认清时代赋予作家的职责和使命，这也是韦君宜经常思考、努力把握的重中之重。1986年初，在中国作协主席团的一次学习讨论会上，韦君宜十分恳切地谈到：我们一定要和中央领导同志同舟共济。我们是在同一条船上，如果哪一界，无论是新闻出版界、文学艺术界还是学术界、经济界，把船蹬翻了，那大家都掉进水里。她说，我们应当懂得改革的困难、形势的复杂，协助党中央帮助群众认识现实，看到光明。与会的主席团成员无不赞赏她的观点，深深意识到自己肩负的责任："无论如何，我们不能给中央帮倒忙！"

在这次作协主席团会前不久，有一天上午，韦君宜特意赶来作协，向冯牧、唐达成和我谈起她写了一篇评论张贤亮的小说《男人的一半是女人》的文章，对这篇作品提出了一些批评意见。她希望作协党组联系当前的社会思潮全面考虑一下，当下《文艺报》发这样的文章好不好，发表了会引起什么反映。她还建议，可不可请张贤亮自己写篇文章来谈谈作品的成败得失，这样做是不是更稳妥些。她视野开阔，思维缜密，每当做一件比较重要或敏感的事时，总要与大局联系起来，与当前的社会形势、文学战线面临的严峻形势联系起来，权衡利弊得失，力求有利于文学繁荣、队伍团结，有利于实现四个现代化和社会主义精神文明建设。我们深切感到，作协领导班子有这样一位贴心知己的好参谋，是多么幸运啊！

20世纪80年代，韦君宜担任中国作协文学期刊编辑工作委员会主任委员，她兢兢业业，殚精竭虑，做了不少甚得人心的实事好事，比如她倡议、支持的全国优秀文学编辑评选，至今依然为文学界朋友津津乐道。无奈好事多磨，1986年4月，她主持全国部分文学期刊编辑工作座谈会，在会议室突发脑溢血，瞳孔放大，大小便失禁，病情危急。经急救，造成右半身偏瘫。她可真是倒在工作岗位上的啊，作协的同事不能不感到又焦虑又歉疚。可她即使在病中，也没忘了作协的朋友、作协的工作。大病初愈的第二年新年前夜，她给作协寄来一张贺卡。至今我手边还保存着那张絜青画了红梅的色彩鲜丽的贺卡。韦君宜用颤抖的手在贺卡上写道："今年我病倒了，不能去团拜，用我已残疾的右手，端楷写个贺年卡，以示汇报，并表示贺年之意。祝作协各位领导春釐！"字里行间充满了真情厚谊，她的心是和作协的朋友、文学界的朋友紧紧地连在一起的。

自韦君宜患病、退休之后，在20世纪80年代初，我和唐达成、谢永旺曾多次到她家里探望或向她拜年。每当我们听她说起，带着病躯之身，一面坚持锻炼，一面坚持写作，不禁感动不已。她右手神经坏死，用左手写出长篇小说《露沙的路》。特别是她在病中，用左手断断续续写完的那本勇于反思、发人深省的《思痛录》，发表出版后可真是风靡一时，赢得广大读者尤其是知识分子的热烈称赞。

这里，我得提到《思痛录》与我的一个故事。《思痛录》里收入的《我曾相信"反胡风运动"》一文，早在20世纪90年代初就在秦川主编的《精品》杂志上刊出了。在这篇文章里，韦君宜写了这么一段：

"除了冯大海外，还挖出了一个严望，这人只是作协一个打打电话，管管事务的秘书。又挖出一个束沛德，这个人年轻老实，是各级领导从周扬到张僖都信任的人，一直让他在主席团和党组开会时当记录。忽然，据说主席团开会的秘密被走漏了，于是一下子闹得风声鹤唳，每个人都成了被怀疑者。最后查出来原来是他！这样'密探束沛德'的帽子就扣上了，记录当然就不能再当……"。

我在反胡风运动中的遭遇，第一次由韦君宜在文章里、书籍里公之于众，立即引起原来不了解情况的文学界朋友的关注，连王蒙、张洁等也都感到惊诧。"原来束沛德还是个老运动员哩""本以为他一帆风顺，没想到他早就挨过整。"诸如此类的议论，不断传到我的耳边。网络上一点击韦君宜、束沛德的名字，都会读到上述这段文字，一时之间，我这个在文坛跑龙套的角色，竟成了引人注目的"新闻人物"。在这种情况下，我才写了《我当秘书的遭遇》一文，记叙了"又挖出一个束沛德"的来龙去脉。

韦君宜用我作为一例来反思那段不堪回首的岁月，我却因《思痛录》的问世不知不觉地沾了光，出了名。这是我和韦君宜交往40多年结下的一个特殊的、难解难分的情结。

2016年12月19日

田间钟爱新格律诗

被誉为"时代鼓手"的田间，是我喜爱、敬重的一位诗人。

坐在书桌前，一抬起头，就能看到对面书柜里摆着田间的那几本诗集：《给战斗者》、《赶车传》（第一部）、《抗战诗抄》、《我的短诗选》。这些诗是我在中学、大学时代就读过的。他那富有鼓动性、广为流传的街头诗《假使我们不去打仗》、《义勇军》等，至今我仍能默默地吟诵出来。

初次见到他那亲切的音容笑貌，聆听他那清晰的谈吐，那是在20世纪50年代初我跨进作协门槛之后。1953年、1954年，是作协下设备创作组开展学习、研讨、交流活动最活跃的时期。艾青牵头的诗歌组就讨论过李季的长诗《菊花石》、诗的形式问题。诗的形式问题是当时诗歌界极为关注并一直存在争议的。诗歌组连续召开了三次讨论会，艾青、臧克家、冯至、卞之琳、黄药眠、牛汉、徐放、丁力等都出席了，田间也是积极参与讨论的一个。我记得，他是有备而来，写了详细的发言提纲，在第一次讨论会上，就率先作了长篇发言。他紧密联系创作实践，有观点、有材料、有分析，鲜明地提出建立新的格律诗的主张。在他看来，格律诗的提出，是诗人的要求，也是人民群众的要求；建立新的格律诗，要从现实生活出发，要多采用群众语言，要具有一定的节奏、韵律。要继承、发扬中国诗歌的优良传统和接受外国诗歌的好的影响，尤其要为群众所喜爱，使诗真正成为群众斗争生活的一部分。他还强调：我们所要求的是创造社会主义内容、民族形式的新诗，而诗的民族形式，格律诗的形式问题，要求得很好解决，根本在于诗人和广大群众共同歌唱，共同斗争。

且不论田间这些看法，在当时或现在能否为大家所认同和接受，可贵的是田间勇于直率地亮出自己的观点；而尤为可贵的是会上那种畅所欲言、各抒己见的自由讨论风气。有的基本同意田间的看法，也有的坦率地表达了不同意见："不必过分强调格律诗"、"不能把格律诗定为一尊"、"认为只有五言、七言体符合诗的语言组织规律是不正确的"等等。在学术问题、创作问题上，相互尊重，与人为善，热烈论辩，面对面地交锋，在权威、名人面前，也不讲情面，不隐藏或改变自己的观点。50年代初那种真诚、坦率、自由、平等的态度和批评与自我批评精神，至今令人心向往之。

1957年冬，田间也和作协许多干部一样，下放到河北怀来县，在南水泉村边劳动，边蹲点、采风。这段时间，他像抗战时期那样，又重新拿起笔来，满怀激情地写了一些街头诗和短诗。

如《写在南水泉村口》那首诗："手攀花果树/身靠米粮山/果子挂满枝/庄稼要丰产/要把南水泉/变成小江南"。从这首诗看，诗人的真诚热情、诗句的通俗明快，一如既往，然而它又不能摆脱大跃进时代烙上的印痕。

1958年底，结束下放、蹲点后，田间就调到河北专业从事创作，并担任河北省文联主席。当作协下放怀来的干部都回北京时，我却被留下继续主编《怀来报》。又过了一些日子，怀来县委书记对我说："各级党委都要有自己的秀才班子，县里同作协商量，决定把你留在县里工作了"。尽管我不是那么心甘情愿，内心依然希望继续从事文学工作，但在当年"党叫干啥就干啥"的背景、氛围下，我二话没说，当即表示服从组织分配。并且很快与在北京《中国青年报》工作的爱人商量，决心长期到怀来落户。可是，事情的发展完全出乎意料。没想到从第二年（1959年）2月起，由河北省文联按月给我寄来工资了。这是怎么一回事呢？原来我的行政、工资关系和档案材料，由中国作协转往怀来县的过程中，被河北省委组织部扣下了。后来我才听说是对我有所了解的田间、康濯提出建议，把我留在河北省文联了。尽管我只是一个积极肯干、多少有点文字能力的青年干部，算不上什么人才，但从这件事上，我真切地感受到田间确是从文学事业的需要出发，注意发现人才、培养人才，力求做到人尽其才的。他是名副其实的伯乐，我可不是货真价实的千里马。

　　调到河北省文联，开头两年，我在文艺理论研究室工作。田间是省文联主席，我是他麾下的一个兵。但他不管日常工作，算不上我的顶头上司。毕竟在同一个单位，学习、开会，见面交谈的机会还是多了。由于我20世纪50年代中期在作协创作委员会时，写过《情趣从何而来——谈谈柯岩的儿童诗》等，到河北后平时阅读、研究作品，诗歌依然是我关注的一个重点。在不长的时间里，我先后写出两篇评论叙事诗的文章，一篇是《叙事诗中一朵花——读邢野的〈大山传〉》，另一篇是《敢于斗争敢于胜利——谈〈三峡灯火〉的思想与人物》，分别发表在田间主编的《蜜蜂》和成都的《四川文学》上。当田间读到我这些文章后，在一次谈话中热情鼓励我：搞诗歌评论的不多，研究叙事诗的就更少，你不妨在这方面多下一些功夫。叙事诗在内容和形式上，都有不少值得研究、探讨的问题。正对格律诗作新的探索的他又一次谈到：新的格律诗，需要吸收多方面的影响，但民歌和古典诗的长处，不能不注意。他还说，诗的形式要力求丰富多样，最好是能够千变万化；在变化中求规律，在规律中求变化。他根据自己的创作实践得出的这些真知灼见，激发了我进一步阅读、研究叙事诗，特别是新出版的《赶车传》（上卷）的热情和兴趣。我为这部长篇叙事诗刻画的石不烂、金不换等人物所吸引，对这部长诗所追求的民族化、大众化，叙事与抒情的结合，自由体与民歌体的结合等方面，也觉得有不少可圈可点之处。正当我准备提笔为文时，文艺界掀起反对修正主义思潮，批判资产阶级人性论、人道主义的风暴，我接受领导指派的任务，奉命写批判刘真的小说《英雄的乐章》的文章。时隔不久，我又被调到河北省委宣传部文艺处，投入批判李何林"修正主义文艺思想"的工作。于是搞调查、写汇报，整天忙忙碌碌，也就把评论《赶车传》的事置于脑后了。如今想起来，总还觉得欠了一笔文债哩。

十年浩劫过去，中国作协恢复工作，我又从河北调回北京，回到我久违了的文学队伍。1978年初冬时节，在前门外一家饭店参加一次落实文艺政策、为被错误批判的文学作品平反的会议。在会上遇到了来自河北的田间同志。他不无惋惜地对我说："你怎么又回北京了，河北也非常需要人啊！"我说，换个地方，呼吸点新鲜空气也好。他还极其真诚地对我说，你熟悉河北情况，希望你今后多关注河北文学的发展。我表示：我在河北呆了十几年，河北算是我的第二故乡，只要力所能及，我会尽自己的力量的。

2016年12月21日

倾情栽培的拳拳之忱

　　远千里告别人世已经42年了。在驾鹤西行的路上，他已经走得很远了。但他那目光炯炯、仪表堂堂的俊美形象，至今依然清晰地浮现在我眼前。

　　我和远千里相识于20世纪50年代末。那时候我结束在河北怀来的下放锻炼，由中国作家协会调到河北省文联文艺理论研究室。到河北的头两年，参与了几次代领导同志起草有关文艺讲话、报告的工作，被时任河北省委宣传部副部长的远千里看上了，认为我有一定的理论、政策水平，文笔不错，在1961年就被调到省委宣传部文艺处了，由此我有缘在远千里麾下工作了五六年。

　　千里同志是抗日战争年代、在冀中战斗的大地上成长起来的一个富有激情的诗人，同时他又是一位熟悉业务、平易近人的文艺组织者、领导者。他著有诗集《三唱集》、《古巴速写》和《远千里诗文集》，也写过一些短篇小说、文艺评论、随笔。他素谙文艺工作的基本规律和创作甘苦，从事文艺组织工作，他称得上是行家里手。他恪守"首先是战士，然后才是诗人"这一著名的准则，始终坚持把战斗的召唤、对事业的忠诚、品质的修炼放在首位。新中国成立后的17年，他全心全意而又无怨无悔地投身于河北的文艺组织工作，为文艺幼芽的出土、鲜花的绽放，倾注了自己的心血和汗水。20世纪五六十年代，河北文坛曾出现了长篇佳作迭出、创作兴旺的喜人景象，先后出版了梁斌的《红旗谱》《播火记》，田间的《赶车传》，李满天的《水向东流》，刘流的《烈火金刚》，徐光耀的《小兵张嘎》等，并涌现出韩映山、张峻、长正、申跃中、刘章、何理、浪波等一批生气勃勃的青年作者。创作的收获，新人的成长，都与远千里作为园丁、"作家公仆"在组织深入生活、成立创作之家上殚精竭虑、含辛茹苦分不开。一茬又一茬的河北作家、青年作者对默默耕耘、育花护花的远千里是心存感激的。

我调到宣传部文艺处后，每逢省委及宣传部领导同志要作关于文艺的讲话、报告时，我常常充当捉刀人。说实话，按我的兴趣、愿望，我更愿意做阅读、研究作品，写一点评论的工作。远千里了解我的心愿后，情真意切地对我说："文艺处的工作就是读书、看戏、写文章，这同你想搞文学评论并不矛盾；只要自己静下心来，总会出成果的。"当我写的论文《提倡和鼓励文学创作的自由竞赛》和参与起草的社论《争取文学艺术的更大繁荣——纪念〈在延安文艺座谈会上的讲话〉发表二十周年》先后在《河北日报》刊出后，他拍着我的肩膀，恳切地说："给省报写一篇社论或评论员文章，省、地、县各级领导都会看，比你写一篇作品评论的作用和影响要大得多。"在这前后，我成了省委大院里小有名气的笔杆子，同事们也开始戏称我为"文件作家"了。

远千里对下属的关怀，我是有亲身感受的。为了帮我解决与妻子、女儿分居两地、无法相互照顾的问题，他亲自动笔给他的战友、《中国青年报》社党委书记写信，经过几番磋商，终于把我妻子从报社采访部调到报社驻河北记者站。这样，我们得以把家从北京搬到天津，结束了长达四五年之久的夫妻分离之苦。这虽是近半个世纪前的事，但我和老伴是永远铭记在心的。

在文艺处那几年，我成了远千里所宠爱、器重的业务骨干、得力助手。他主持起草的文件、讲话，我总是执笔人之一；他外出调研、考察，总要我随同前往；他抓参加华北汇演的重点剧目《战洪图》（话剧）、《园林好》（歌剧），也让我参与讨论；他参加"四清"，因健康原因，只能跑面不能蹲点，也让我仿此办理，尾随其后。甚至农村俱乐部座谈会、剧团"三好"经验交流会、革命歌曲演唱会，这些原来不属于我分工范围内、也非我所擅长的事，他也让我参与其中。远千里如此安排使用我，似有让我全面了解、熟悉文学艺术方方面面的业务，有让我挑起更重的担子之意。但我当时并不领情，因为我对文学情有独钟，对文学以外的戏剧、音乐、群众文艺等似乎没太大热情和兴趣。现在想起来，也许我是辜负了远千里的期望了。

在同事们心目中，我和远千里形影不离，如漆似胶，简直达到难以分割的程度。1964年春，我被华北局宣传部借调，作为华北区话剧歌剧观摩演出会的工作人员，参与了会议开幕词、总结报告的起草工作。可能是因为这次任务完成得不错，隔了一年，举办华北区京剧观摩演出会前，华北局宣传部又要借调我去参加会议工作。这时远千里一再强调工作离不开，硬是没同意我去。1965年冬，华北局宣传部发出商调函，要把我正式调到文艺处工作。远千里闻讯后很着急，实在不愿放我走，但又无可奈何，下级不能不服从上级呵。听说后来是通过河北省委主要负责同志从中斡旋，才把我留在了河北。还有一件难以忘怀的事是：1966年春，河北省委抽调一批干部到县里长期抗旱，协助工作，我也是其中之一，并决定派我到保定唐县县委办公室担任副主任。我自觉地服从组织分配，并做好长期在基层工作的精神准备。当我到保定地委组织部报到，并已把行李从车站托运到唐县后，在招待所里忽然接到省委宣传部干部处打来电话，说是部里决定让我立即回机关，将另派人去接替我的工作。我急匆匆地从保定乘火车到唐县，取出托运的行李，就马不停蹄地折回天津了。回到机关，我才得知：部里商定抽调我去抗旱时，远千里出差在北京，没参加讨论。等他回来后，他强调当前文艺处工作繁重，人手少，执意换人，无论如何要把我调回来。我记得，从保定回来的第二天，一个大雪纷飞的日子，我去尖山红霞里省委宿舍看望远千里。远千里神色凝重、郑重其事地对我说：文艺方面的情况错综复杂，"兴无灭资"的任务很重，你要全身心地投入工作，保持清醒的头脑，加强对文艺领域情况、动态的分析、研究。当时，我真有点丈二和尚摸不着头脑，完全没有意识到已处于"山雨欲来风满楼"的严峻时刻。

曾几何时，"文化大革命"的风暴迅即席卷中华大地。失去理智、无法无天的动乱时代，容不得一个真诚、善良的诗人、战士，远千里悲壮地含冤而死。当我回望这位苦心栽培我的领导的不幸遭际、命运，不能不感到无限悲愤与哀伤，我的心灵因此留下了深深的、无法愈合的伤痕。

2010年3月

扶我上马的人

前些年，每逢同学聚会或三两好友在一起谈心叙旧，说起多年来各自的遭遇时，往往有人对着我说："你经历了文艺界几十年的风风雨雨，没有被打入深渊，还当了多年作协书记，带上乌纱帽，算是个幸运儿了。"我的回答是："幸运儿也不幸运，在历次运动中也喝过几口水，只差没有淹没。要说幸运倒也是，赶上了改革开放的好时光，年过半百，总算也让我有机会尝了尝挑担子的味道。"

80年代初，党中央提出了干部"革命化、年轻化、知识化、专业化"的方针，要求把符合条件的中青年干部推上领导岗位。那时，中国作协的领导班子——党组的成员都是二三十年代的老同志、老作家，多半是来自延安、"三八式"的。在物色、选拔接班人中，我和唐达成、谢永旺有幸被选上了。当时我们的年龄在50上下，也不算太年轻了。但从作协党组来说，我们算是第一批进入班子的"年轻人"。

至今我也弄不清怎么会选上我的，也不了解哪位老领导推荐或哪个部门提名。

我猜度：也许是由于我具有大学学历，是新中国第一批大学毕业生；在文学界工作了30年，算是有了点经验，加上我也经历了建国以来，文艺界风风雨雨斗争的锻炼。这些因素综合在一起，可能我算是基本符合干部"四化"条件，在1982年正式被任命为党组成员，进入作协领导班子。

当时担任作协党组书记的是诗人、评论家张光年，即《黄河大合唱》歌词作者光未然。他是1927年参加革命的老同志，1982年被选为中顾委委员。那时他年近古稀，作为即将退役的一个文艺老战士，把选拔接班人、搞好班子的新旧交替，当作自己义不容辞的职责。在我走上党组这个岗位之前，光年曾约我谈过一次话。他情真意切地说："新陈代谢是必然趋势，年轻的同志要更多地挑起担子。""作协党组应成为文学战线的神经中枢，责任重大，现在远没有起到这样的作用。要做好党组的工作，必须吃透两头，既要认真学习、领会中央的方针政策，又要很好地倾听、反映作家、文学工作者的愿望、声音。既要高瞻远瞩，又要从实际出发。""作为一个党组成员，眼睛不能光看到作协的小天地，要注视全国文学战线，意识到自己对文学事业的兴衰成败负有一份不可推卸的责任。"光年同志这一席话，顿时使我加强了使命感、责任感，深深地意识到自己将要挑起的那副担子的分量。"无论如何不能辜负党的期望"，是当时萦绕于怀的唯一心愿。

从1982年至1984年，光年在任那几年，他是班长，我是班子里的一员。我们经常在一起开会、学习、谈心，交换意见，交流思想。我从他的一言一行中，深切地感受到他那诗人兼战士的气质和品格。他为改革开放的每一步进展、每一个成果和文学领域中出现的一切新事物、新景象而喜形于色，拍手称赞；又为社会前进、文艺发展中遇到的困难、障碍、挫折、失败而忧心如焚，坐卧不安。从风雨中走过来的光年，对害人害己的"左祸"深恶痛绝，对来之不易的改革开放、安定团结局面倍加珍惜。我细心地注意到，他考虑改进、加强作协工作的每一个方案、每一个举措，都是从维护大局、保护文艺创作的有生力量出发的。每当我在复杂的斗争中感到困惑的时候，光年总是提醒我：要顾全大局，把握中央的精神，了解人心的向背。这振聋发聩的声音一直萦绕于我的耳际。

我们几个中年人进领导班子后，光年就不断地往我们肩上压担子，放手让我们干。光年满怀深情和期望地对我们说："谁让你们比我们年轻些！既然年轻些，锐敏些，就多辛劳些吧！"开头，让我从葛洛手中接过接力棒，挑起了创联部主任的担子。稍后又让我列席常务书记办公会，协助常务书记冯牧抓书记处日常工作的运转。筹备作协"四大"，让我担负组织设计等任务。大会召开前夜，光年又提议由我担任大会副秘书长，并向理事会汇报代表大会筹备经过，在大会上作关于修改《作协章程》的说明。这一切都是为了给我出头露面的机会，让文学界更多的朋友了解我、熟悉我。光年扶我上马，可说是煞费苦心了。

扶我上马的还有党组副书记冯牧。他是一位才思横溢的评论家、散文家。在新时期，冯牧为文艺界的拨乱反正，发现、扶持文学新人做出的成绩，可说是有口皆碑。20世纪80年代，我有幸同这位驰骋当代文坛的骁将在作协党组共事8年，不能不说是一种机遇、一种幸运。1982—1984，冯牧担任书记处常务书记期间，我作为他的助手，协助组织书记处的工作。这3年，是我和他接触最多，也是我获益最多的一段时光。冯牧以其丰富的阅历、正直的品格、广博的知识，给我上了一堂又一堂生动的课。

上的第一节课，可说是属于"入门须知"、"干部必读"一类的必修课。在一次会上，冯牧对我们几个新进领导班子的"年轻人"说："要做好文学战线的组织领导工作，第一，要在思想上、政治上、行动上与党中央保持一致，不能有丝毫的动摇；第二，要了解、熟悉党的文艺方针、政策，在任何情况下，都要有勇气坚持马列文论的基本原理；第三，要时时刻刻、毫不懈怠地做深入细致的工作，促进老、中、青三代作家的团结。"他不仅从正面讲，而且还不止一次地在整党学习会、民主生活会上现身说法，解剖自己的长处和短处，恳切地希望我们扬其所长，补其所短。

他谈起自己对文学艺术的基本规律有一点认识，有一点素养，但水平不高；对新事物比较敏感，对新涌现的作家、作品感情深，兴趣浓，但向老作家请教少，看望他们不多，有一种不健康的清高思想。十分重才、爱才，但有时容易轻信，温情主义，说我是东郭先生、伊索寓言里的农夫，都有一定的道理。他还讲起自己不会弹钢琴，当不了班长，不善于做行政组织工作，有相当浓烈的个体的自由职业者的书生气，对机关事务往往大而化之，心不在焉。冯牧的这幅近乎苛刻的自画像，不时浮现在我眼前，鞭策我严于律己，宽以待人，鼓舞我在工作上、事业上向高处登攀。

冯牧始终同文学领域生气勃勃的新事物、新生力量紧紧地联结在一起，热情地为之鼓与呼。他对当代文坛的动态、信息，可说是了如指掌。我们总是从他那里最早获知一些文学新人新作的名字、篇目和一些引起争议的作品、评论文章，然后急忙找来匆匆浏览一番。当我们几个新进班子的"年轻人"为日常事务缠身、没有时间读作品、写文章而叫苦不迭时，却不时以惊异的眼光注视着冯牧在报刊上发表的一篇又一篇很有见地、文采的文章。真不知道他是用什么分身术，挤出时间读完他所评论的那些篇幅浩繁的中短篇和长篇的！

　　同光年一样，冯牧以及我的老领导葛洛，都满怀热情地关注、支持中青年干部的成长。他们都真诚地表示，要使新上来的中青年干部有职有责有权，放手让他们独当一面地干，在干中增长才干。冯牧不止一次地对我们说："你们不要妄自菲薄，有自卑感，总觉得自己没有几本书，没有名望；不要胆怯，要理直气壮地走上领导岗位，这个班接得越快越好。"他不仅热切地期望我们在政治上成熟起来，还希望我们在业务上有所建树。我永远忘不了在班子新旧交替时，冯牧对我说的一番语重心长的话："沛德确是个秘书长的人才，对党组能起到拾遗补缺的作用。当然，要当好作协秘书长，不仅在行政上、组织上要很好地协调、运转，还要在方针政策上起到提纲挈领的作用。""沛德身上还有很多潜力可挖，希望你利用一切可能的条件，努力提高专业水平，在理论、学识、文学业务方面，力求具有更广泛、更深厚的素养，成为周扬所要求的那样的杂家，一个称职的、名副其实的文学组织工作者。"葛洛在一次交接班的会议上，也十分真诚地说："如果可以拿编队飞行中长机与僚机的关系来打比方的话，那么，从组织创作、联络会员来说，今后束沛德就是长机，我是僚机。"他还热情肯定我的认真、执着、严谨、细致的长处；同时毫不隐讳地指出我有时不够果断、不够泼辣的缺点。冯牧、葛洛的一席话，以火样的激情激励了我，给了我挑担子的勇气、信心和力量。

岁月如流，如今我也交了班。但我永远忘不了当年光年、冯牧、葛洛等老同志扶我上马，送我一程又一程的深情厚谊。

2001年2月19日

巴老为新班子鼓劲

　　巴金先生是我仰慕已久的大作家。中学时代，就读过他的《家·春·秋》《海底梦》等。20世纪50年代初，我跨进文学门槛，由于在作家协会工作，在文学界的大会、小会上，曾多次见到过巴金先生，但一直无缘拜望这位文学老前辈。

　　1981年12月，巴金在作协三届二次理事会上当选为中国作协主席。在这之后不久，我有幸忝列作协领导班子，从而就有机会登门拜望，当面聆听他的教诲了。

　　巴金对1985年初作协第四次会员代表大会产生的新领导班子一直寄予厚望。我记得，在1985年2月27日他给作协书记处并机关全体同志的一封回信中写道："我仿佛看见一片灿烂阳光"。时隔不久，我受书记处委托，前往上海武康路巴金寓所，向他老人家汇报工作。我扼要地汇报了作协理事会、青年文学创作会议的筹备情况和有关改进文学创作评奖的设想。当我说起即将召开的第二次全国少数民族文学创作会议，将有54个少数民族的作者参加时，巴金显得很高兴，让我们代他拟一致会议的贺词。听完我的汇报，巴金说："作协新的领导班子干得不错，做了不少工作，可以说是作协工作最好的一个时期。"他情深意切地祝我们工作顺利。同时，他诚挚地提醒我们：现在一是笔会多，一是评奖多，应注意适当控制。

1986年初春时节，为召开全国儿童文学创作会议，作协书记处又派我赴上海、南京等地调研。在上海，住静安宾馆。恰好此时前往上海、江苏参观访问的张光年以及与他同行的《文艺报》主编谢永旺、谌容（《人到中年》的作者），也住在静安宾馆。3月24日下午，光年偕同永旺、作家谌容和我一同前往巴金寓所去看望他老人家。陪同前往的还有上海作协的茹志鹃等。白发苍苍的巴老穿着一套蓝色中山装，面带微笑，精神奕奕，挂着拐杖在客厅门口迎候我们。在客厅沙发上坐定之后，光年说明来意：我一年前已从作协岗位上退下来，这次来上海，没有什么工作任务，主要是参观学习，访友谈心。他向巴老简要汇报了现代文学馆的筹备情况后，接着让我和谢永旺分别汇报一下作协今年的工作情况和《文艺报》改版后的情况。听了我们的汇报后，巴老表示：我除了关心文学馆的工作进展外，别的就管不了多少了。他觉得，近一两年作协的工作效率比以前高了，并能够为作家排除一点干扰，起稳定作家情绪的作用，这很好。历时一个多小时的谈话结束后，巴老与我们一起在客厅合了影。临别前，在院子里巴老又分别和我、永旺、谌容合影。

　　巴金的道德文章素为文学界和广大读者所敬重。在1981年底他当选为中国作协主席的那次理事会上，周扬在讲话中称赞："巴金热情、忠诚，是非党共产主义者、党外布尔什维克，他的作品、人品都是作家的表率。我对他当选作协主席，表示诚心诚意的祝贺。"巴金是一位走在时代前列的先进文化战士。他愿不愿、会不会成为党的队伍里的一员，一直是党组织和他的许多好友深情关注的事情。就在上述光年偕同我们一起会见巴老后的第四天，即1986年3月28日下午，光年又独自一人去巴金寓所，与他促膝谈心。光年回到静安宾馆，在他房间里告诉我："这次来上海的任务之一，是按周扬生病之前的嘱托，在适当的时候征询巴老对入党的看法。今天下午和巴老谈了一个多小时，他对组织上和老同志的关心表示感谢。同时，他说自己自由散漫惯了，可能受不了组织纪律的约束。巴老还谈起希望尽量减少社会职务的事，我建议他保留全国政协副主席、中国作协主席，别的就可推辞了。"光年又说："入党这件事，当然得尊重巴老个人的意愿，那是不能勉强的。"

　　光年1986年3月与巴老的这次谈话，从一个侧面真实地反映晚年巴金的人生态度、精神境界和对他自己的严格要求。我想，在这里记下这一页，可以让更多的读者、文友更好地了解巴金，研究巴金，学习巴金。

2013年7月17日

历尽风雨的唐达成

评论家、编辑家唐达成的一生，可说是历经坎坷，命运多舛。

达成是我共事多年、情同手足、可以推心置腹彻夜长谈的老友。我和达成相识于20世纪50年代初。那时他在《文艺报》当编辑，我在作协创作委员会当秘书。我们同在东总布胡同22号地下室的食堂用餐，同在贡院西街1号单身宿舍住宿，还同在一个共青团支部过组织生活，做团的工作。达成当年风华正茂，朝气蓬勃，上进心很强，曾被团组织评为优秀团员，又是申请入党的积极分子。我记得，时任作协党支部书记的陈企霞曾不止一次地叮嘱作为党支部青年委员、团支部书记的我：多接近、了解唐达成，尽早输送他到党的队伍里来。

50年代中期，达成如愿以偿地加入了党，不久又被提为《文艺报》总编室副主任。正当他一帆风顺、踌躇满志的时候，却不由自主、也在劫难逃地被卷入那场众所周知的政治风暴。由于"为丁、陈集团翻案"，加上写了那篇富有理论勇气的、竟敢在太岁头上动土的《烦琐公式可以指导创作吗？——与周扬同志商榷几个关于创造英雄人物的论点》，他被斥责为《文艺报》编辑部右派思想的代表，"煽起了一场锋芒指向文艺界党的领导的激烈斗争"，妄图"把《文艺报》办成资产阶级的'自由论坛'"，"走文汇报的道路"。经过上纲上线的批判，他被定为右派二类，差一点被开除公职，最后发配到柏各庄农场劳动改造。

1961年达成摘去右派帽子后，有幸被爱才惜才的侯金镜吸纳到作协创作研究室工作，算是暂时有了个安身立命之处。不料时隔不久，一场疾风骤雨又袭来。随着传达、贯彻毛泽东关于文艺问题的两个批示，文学界掀起了批判邵荃麟"写中间人物"资产阶级文学主张的浪潮。达成因担任大连会议（"中间人物"论的出笼地）的记录又被牵连进去。《文艺报》再次点名批判右派分子唐达成，他那篇《烦琐公式可以指导创作吗？》又成了"资产阶级反对创造工农兵英雄人物"、"配合丁玲、陈企霞反党集团向党进攻"的罪证。当时掌握作协生杀予夺大权的主要负责人一声令下："像唐达成这样和大连会议'有牵连'的人，不能留在北京。"于是他被毫不留情地逐出京门，流放到娘子关外了。

史无前例的"文革"序幕一拉开，达成即被看作"老牛鬼蛇神"打入另册，关进牛棚。随后又被打发到太原钢铁厂，当了九年工人。这期间，除了干各种各样的体力活外，也就只剩下白天黑夜为造反派抄写大字报，为车间职工书写毛主席语录、诗词这么一点权利了。

　　冰化雪消，春回大地。达成被打成右派的错案得到改正。他又有机会回到自己钟爱的文学编辑岗位。从29岁被打成右派，到51岁落实政策回到北京，在漫长的22年中，他种了4年田，做了9年工，把一生最好的年华交付给了接二连三的政治运动、没完没了的批判检查、长年累月的抡镐挥锹，唯独不让他从事自己热爱而又擅长的编辑、评论等文字工作。面对这段不堪回首的岁月，达成除了偶尔发出"耽误了20多年大好时光，没能在学识上、业务上有所钻研积累"的感叹外，倒也没有自怨自艾，被磨难、挫折所压倒。相反，他是以一种开阔的眼光、积极的态度来看待自己的坎坷遭际，从逆境、厄运中汲取于自己有益的养料。你听，20世纪80年代中期，他在作协欢送赴安徽支援教育改革的干部座谈会上说得多么真切："文艺界的风风雨雨，我虽未能幸免，但却使我有机会深入到基层，对劳动人民的生活和思想感情有了比较具体、深刻的了解。我在太原钢铁厂，作为一名普通工人和干部，和各个工种的工人朝夕相处了9年，他们的所喜所忧，所思所求，他们从事的艰苦劳动和俭朴的家庭生活，给我留下了终生难忘的印象。如今，产业工人在我脑子里不再是空空洞洞、不可捉摸的了，而是有血有肉、可亲可近的。""你们年富力强，风华正茂，身处大变革时代，能深入第一线，真是机会难得，过了这个村，就没有这个店。当你们到我这把年纪，回过头来看一看，就会深切地感到，这次下去一年，对自己的一生是多么重要！"这是他历尽风雨沧桑的肺腑之言。

20世纪80年代初，随着中央关于干部队伍"革命化、年轻化、知识化、专业化"方针的贯彻，达成被推上了中国作协的领导岗位。我有缘和他在作协党组这个班子里共事达8年之久。在虎坊桥、在安外东河沿，我们又同住一幢楼，上下班同乘一辆车。这段时间，真可说是朝夕相处、形影不离、海阔天空、无所不谈了。我对他走上领导岗位后的思索和追求、忧虑和苦恼还是比较了解的。他并没觉得当上"作协一把手"有多风光，也没把自己当作文艺官员，而是深深地意识到自己肩负的责任，和自己的水平、能力与职务之间的差距。上任伊始，老同志一再鼓励他："理直气壮地挑起担子，不要妄自菲薄"，而他总是谦逊地表示："在思想水平、学识素养、文学成就和声望上，我同老一辈作家相比，同作协历届党组书记相比，都是不能望其项背。"他兢兢业业、全身心地投入文学组织工作，力求全面贯彻执行党的文艺方针、路线。

达成原本是一个编辑家、一个评论家，淡泊名利，并不看重那顶乌纱帽。当初勉为其难地挑起担子，只是出于一种责任。80年代末由于难以说清的原因，不得不主动地、也是别无选择地退出文学领导岗位。对此，他倒没有什么失落感，相反地有一种如释重负的解脱感，以一颗平常心对待自己的荣辱得失。他的心情、处境，我是感同身受的。那些年，他磕磕碰碰地走过来，也真不容易。他任劳任怨，宽宏大度，遇到不称心、不愉快的事情尽量忍耐，但忍耐到一定限度就要爆发，就难免激动、急躁。我记得，他在同我谈心聊天时，曾多次毫不掩饰地宣泄了自己的苦恼、气愤之情："文艺界矛盾多，老一代从30年代延续下来的恩恩怨怨，至今纠缠不清，要化解这些矛盾，我无能为力；一些年轻作家自视甚高，气壮如牛，我也说服不了他们。"

"一位领导干部夫人颐指气使，动辄训人，真让你忍无可忍；还有一位作家夫人对其丈夫的工作安排说三道四，竟来干涉党组的工作，简直莫名其妙！"

"一个又一个作品研讨会、首发式，主办者不仅希望你参加，还非让你发言表态不可，有时连作品都来不及看，那就只能讲套话、空话，真是苦不堪言！"

这些谈吐极为真实地展现了达成一介书生的本色；也从一个侧面表露出他身为湖南人的辣椒性格。

1999年11月

爱心连着童心

文坛宗师冰心先生走完一个世纪风风雨雨的人生旅程，用自己的生花妙笔写下了许多脍炙人口的名篇精品，在一代又一代读者心田里撒下了爱的种子，真、善、美的种子。

我有幸在20世纪50年代初同冰心先生相识。那时，我在中国作协创作委员会工作。冰心先生从日本归来后，同张天翼、严文井、陈伯吹、叶君健、贺宜、金近、袁鹰等一起，积极参加了作协儿童文学组的活动。我记得，1955年9月《人民日报》发表《大量创作、出版、发行少年儿童读物》的社论后不久，冰心在一次儿童文学作家会议上，作了题为《应该是赶紧动手的时候了》的发言；接着又在《人民文学》上发表题为《"一人一篇"》的文章，热烈响应为少年儿童写作的号召。她说干就干，精神抖擞地投入紧张的创作劳动，在一年多的时间里，先后发表出版了小说《陶奇的暑期日记》、通讯《还乡杂记》、小说《小橘灯》等深受孩子们喜爱的作品。1957年初，她又为《1956年儿童文学选》写了序言，对入选作品及儿童文学现状作了中肯的、实事求是的评析。我还记得，儿童文学组根据冰心的建议，邀约在京部分老作家和青年作者在一个阳光灿烂的日子泛舟于昆明湖上，午间在颐和园聚餐，于海阔天空、无拘无束的闲聊漫谈中，交流了创作经验，增进了同行情谊。那时，冰心先生在我这个年轻人的心目中，是一个和蔼慈祥、具有大家风范的文学前辈，令人肃然起敬。

有较多机会当面聆听冰心老人的教诲，是20世纪80年代中期作协书记处分工我联系儿童文学工作之后。我恭恭敬敬地给她老人家写去一信，表达了登门求教的心愿。我在信中自报家门，提及自己50年代曾在作协创委会工作，询问她老人家是否还记得我。她很快回复一信，说是："我当然记得您，至少是您的名字，面庞也许记不清了，因为我多年没有出门了，行动不便，欢迎您来谈谈！"她在信中还谦逊地表示："儿童文学，我也是外行，没写过戏剧、寓言、童话，说来惭愧。"

隆冬时节，一个天色阴沉的下午，我应约前往中央民族学院教工宿舍拜访冰心老人。进入她的书房兼卧室，只见她端坐在写字台前，精神矍铄，目光炯炯，衣着素雅。她放下手中正在阅读的一本《当代》杂志，让我坐到她跟前。她面带微笑地对我说："噢，你长大了，真还认不出来了，在东总布胡同22号全国文协，你还是个年轻小伙子哩！"一句亲切温馨的话语，一下子就打破了后生晚辈拜见老前辈的局促拘谨，话匣子像闸门一样打开了。

　　"我从小就读您的《寄小读者》，您对母爱、童真的歌颂，对海上风光、日月星辰的描绘，至今深深地刻在我的脑海里。《寄小读者》和《爱的教育》是少年时代对我影响最深的两本书。"

　　"《寄小读者》是我出国留学时写给我的三个弟弟和他们的小朋友的信。我为儿童只写过这么几十封信，没有写过孩子们喜爱的童话、儿童剧，所以称我为儿童文学作家是很勉强的。"

　　当我插话说到自己"只是因为20世纪50年代写过几篇儿童文学评论，如今让我抓儿童文学工作，倒真是赶鸭子上架、滥竽充数"时，她幽默地说："不是外行可以领导内行吗，那我们两个外行凑成半个内行，都来为儿童文学摇旗呐喊，出一把力！"我岂敢辜负她老人家的期望和嘱托，当即毫不犹豫地表示："您扛大旗，我打杂跑腿吧！"

　　冰心老人一向热爱儿童，关注儿童文学，那天的话题就从当代少年儿童和儿童文学的状况说开了。冰心成竹在胸，颇为感慨地说："现在的孩子理解能力、接受能力都很强。有些儿童文学作品太浅，没意思，孩子们不爱看。""对少年儿童，要热爱他们，尊重他们，理解和同情他们。一定要把他们当做朋友，平起平坐，同他们谈心，不要摆起架子教训他们。为儿童写作，不能带着创作计划到孩子中搜集素材，应当生活在他们中间，有了真切的感受再写。没有真情实感时，不要为写作而写作。否则，写出的作品，就难免虚情假意，矫揉造作。"她谈起自己写《寄小读者》，是旅居异国他乡时，想祖国，想故乡，想亲人，也想少年朋友，就情不自禁地拿起笔来给小朋友写信，同他们谈天说地。我饶有兴味地听了冰心老人这一席话，深深地意识到，作协的儿童文学工作，首先还得在帮助作者了解、熟悉孩子上多下功夫。

新时期以来，冰心老人为包括儿童文学在内的各种体裁、样式的文学新人大批涌现，特别是女作家人才辈出而欢欣鼓舞。有一次，我对她谈起作协第二届儿童文学奖的获奖作者中，中青年作者占80％，其中又有九位是40岁以下的青年作者，最年轻的才31岁；并有三位女作者获奖。老人得知这些信息，显得特别兴奋，连声说："好，好，评奖就是要多鼓励青年作者、女作者。儿童文学发展的前途和希望就寄托在青年作者身上。"她详细询问了秦文君、程玮、谢华三位得奖女作者的创作经历、工作岗位等具体情况。然后，掰着指头——点到王蒙、刘心武、叶文玲、张抗抗、王安忆、铁凝这些名字，说是他们过去也都写过儿童文学作品，应鼓励他们继续为孩子们写些作品。

冰心老人是作协历届儿童文学奖评委会的顾问。这位年届耄耋的顾问，可不是光挂个名，她还挺认真地出谋划策哩。她不止一次地说："评奖一定要尊重小读者的意见。作品是写给孩子们看的，写得好不好，孩子们最有发言权；他们的眼睛是雪亮的，往往是最好的评论家。"她还具体建议，请几所重点和非重点的中小学老师，把列入备选篇目的作品当做作业布置给学生看，然后召开座谈会，听取他们的意见。你看，她老人家考虑得多么细致周到！以《寄小读者》驰名文坛的冰心，心中永远装着小读者。她深切关注城市与农村、边远山区与少数民族小读者群不同的阅读能力、欣赏趣味、语言习惯，真正把小读者的需求和利益放在第一位。

"给世界爱和美"，是冰心老人遵循的创作原则，也是她信奉的人生哲学。她把毕生的心血和爱倾注在下一代的健康成长上。老人不仅用自己充满爱心的、富有艺术魅力的作品哺育了几代小读者；而且言传身教，鼓励孩子们做一个正直的人，一个道德高尚、情操优美的人。同老人的多年交往中，我从她质朴的谈吐、一点一滴的小事上，为她特有的玉洁冰清的人格魅力所打动。

近十年来，冰心老人由于腿疾，行动不便，不能像五六十年代那样深入到孩子中去。但她依然通过书信往来，同孩子们保持着密切的联系，感应他们的脉搏，倾听他们的心声。她告诉我："小朋友常给我来信，我年轻时，他们称呼我为冰心女士，后来称我为妈妈，现在叫我奶奶了。小朋友的来信，我不能一一答复。我给他们复信，一是要他们不要写错别字，不会写的字查查字典；二是让他们不要用公家的信纸信封。"她回忆小时候总见到父亲的办公桌上放着两摞信：一摞是处理公事的；另一摞是私人信件。公私分得清清楚楚，不占公家便宜。"做父母的要从这些小事上注意教育孩子。贪污、腐败、不正之风，不正是从这里打开缺口的嘛！"老人这番语重心长的话，不是很值得为人父母的，包括我自己深长思之的吗！

有一次，当我谈起培养独生子女的健康人格成了当今社会的热门话题时，冰心兴致勃勃、娓娓而谈她教育子女的体会："在我们家里，我从来不拆阅子女的信件。有些事，他们倒是主动征求我的意见，甚至把他们的朋友领回家来让我看。我从不干预他们的事，让他们自己做主。"老人对子女的教育，既不是娇生惯养，也不是强制压服，而是晓之以理，同他们商量，让他们独立自由地发展。她教育子女从小热爱自己的祖国，长大成人，要热爱自己的事业，敢于讲真话，不信邪，不怕压。她告诉我："我的三个儿女都懂得自爱，没有一个变成懒汉、流氓。他们虽然不是共产党员，但都热爱自己的本职工作。一个儿子、一个女儿通过差额选举，还被选为北京市人民代表。小女儿在人代会上，曾投过唯一的弃权票和反对票，说明她是敢于独立思考做出自己的抉择的。"说到这里，老人脸上露出欣慰的笑容。我也打心眼里赞佩她老人家培养出这么三个爱国敬业、有作为、有出息的好儿女。

庆贺冰心老人92岁寿辰之际，有位朋友为她特制了一张创意新颖、富有喜庆色彩的名片，粉红颜色，香味扑鼻，正面用烫金双钩出一个醒目的寿字，背面印有冰心题签的"有了爱便有了一切"，共印了92张，象征92岁。老人把这数量有限的名片分送给自己喜欢的新朋老友，我也有幸得到编号为"43"的一张，上面老人一丝不苟地写着："沛德留念——冰心。"我接过这张名片，顿时觉得一股爱的暖流涌上心头。在辞别归来的路上，我反复咀嚼着冰心老人不止一次对我讲过的那些朴素而又蕴含人生哲理的话语：

"我虽不是共产党员，但我深深地爱祖国，爱人民。"

"我有许多好朋友，有党员，也有非党员，有老友，也有小友，我喜欢讲真话、爱憎分明、不争名争利的人。"

"我能活到90多，脑子还清楚，就是因为乐观，从不和别人争什么。"

"世界是属于年轻人的，要教育他们从小爱祖国，爱人民，爱大自然，爱亲人朋友……"

"我已这么一大把年纪，还有什么可怕的，我是真正的'五不怕'。"

冰心老人这些闪光的、掷地铮铮有声的话语，永远激励我们做一个堂堂正正、清清白白的人。这也是老人赠予孩子们的一份珍贵的、沉甸甸的礼物。

1999年3月3日

让安徒生走进千家万户

叶君健先生是一位著名的小说家、散文家、翻译家，也是长期投身于中外文学交流的活动家，一位可亲可敬的文化使者。他的成就是多方面的、光彩熠熠的，素为文学界的朋友和广大读者所称道和推崇。

我在这里只简略地谈一谈他对儿童文学的独特贡献。

让安徒生童话走进千家万户，是叶君健的一大贡献。

安徒生一生写了168篇童话。100多年来，几乎所有有文字的国家都有他童话的译本。在我国，1913年就有《皇帝的新装》的译文。茅盾、周作人、赵景深、郑振铎等都翻译过安徒生的部分作品。从20世纪初到现在，我国出版的安徒生童话多达上百个品种。但第一个直接从丹麦文翻译并最早推出一部完整的《安徒生童话全集》的，当推杰出翻译家叶君健。

叶君健从20世纪40年代后期开始翻译安徒生童话，历时几十个春秋，致力于安徒生童话的翻译、介绍、研究、评析。他充分把握、发挥多次到丹麦哥本哈根参观考察和到朋友家做客、小住的机会和优势，深入调查了解丹麦社会的民情风俗，熟悉丹麦语言的格调、风味。

这样，使他得以忠实地、原汁原味地传达安徒生童话充满幻想、诗情、意境，扎根于生活土壤、幻想与现实巧妙融合，语言具有浓郁的民间风味和幽默感的艺术特色。让我们读到了一个融想象、诗情、哲理于一体的安徒生，一个融爱心、温馨、情趣于一体的安徒生。安徒生童话滋养了一代又一代中国读者，也使中国作家从中汲取营养，得到借鉴；它有着永恒的艺术魅力，至今没有褪去绚丽的时代光泽。

叶君健还撰写了安徒生传记《鞋匠的儿子》，生动地记叙了安徒生苦难不幸的一生。他还陆续发表了不少有关安徒生童话成就、特色、意义的研究、评析文章，加深了我们对这位童话大师的认识。叶君健在翻译介绍安徒生上的成就、影响力、覆盖面，在中国，确实是无出其右、无与伦比的。他荣获丹麦女王玛格丽特二世授予的"丹麦国旗勋章"，应当说是实至名归。

开拓了儿童文学创作的领域，是叶君健的又一贡献。

在20世纪70年代末、80年代初，叶君健连续写了《扩大儿童文学创作的领域》、《再谈扩大儿童文学领域》两篇文章。在他看来，我国儿童文学创作题材内容相对较为狭窄，不能满足小读者多方面、多样化的精神需求。而外国的民间故事、传说和神话，可以作为儿童文学创作"资源"的不少。他不仅提出这样的主张，而且身体力行，先后创作了《真假皇帝》、《王子和渔夫》、《盗火者的遭遇》等一批童话故事。他的这些作品，不是对传统故事一次简单的、一般的改写，而是一次去芜存菁、推陈出新的再创造。他从外国民间故事、神话中提炼出有意味、有特色、富有人民性的东西，改造成"中国版本"的新故事，使之适合今天读者的欣赏趣味。

除再创造这些童话故事外，叶君健还根据自己的生活阅历、知识积累、写作擅长，创作了不少取材于国外人事风情、异域儿童生活的小说、童话，如《"天堂"外边的事情》、《小仆人》、《小厮辛格》、《新同学》等，就是其中引人瞩目的好作品。这些作品开拓、扩大了儿童文学创作的题材范围，犹如打开一扇窗子，开阔了孩子的视野，让他们呼吸到新鲜空气，领略到国外儿童的悲欢离合，也增长了有关外国风土人情的知识。

对国外民间故事、神话的再创造和描写异国儿童生活的原创作品，使叶君健在我国儿童文学园地上独树一帜，称得上是别具芳香的奇葩，不说是惟一的，也是罕见的，为我国儿童文学中相对薄弱的国际题材、涉外题材创作增了光添了彩。

叶君健是我国儿童文学界德高望重的老前辈。他一向关注、支持中国作家协会的儿童文学工作。70年代末、80年代初，他曾担任中国作协儿童文学委员会委员；还曾担任中国作协第一、二、三届优秀儿童文学奖评委会的委员或顾问。在各种创作会议、作品研讨会、座谈会上，在个别访谈、品茶聊天中，我有幸聆听到他关于儿童文学的不少真知灼见。我还清晰地记得，20多年前的严寒时节，我登门拜访，听取他对儿童文学评奖的意见。在他寓所——恭俭胡同6号四合院里，围炉促膝畅谈的情景。

他不止一次地谈到，儿童文学是文艺百花园中一个单纯、干净的文学品种；它对培养少年儿童的优美情操、高尚趣味，具有独特的、不可忽视的作用。他特别强调：文学，包括儿童文学，是人类灵魂的产物，也作用于人的灵魂。作为儿童文学作家，不能忘了我们是在为最纯真的幼苗做灵魂的建设工作。在他看来，好的作品不仅在"灵魂"上起作用于我们的儿童时代和少年时代，也起作用于我们的青年时代、中年时代和老年时代。那是会影响人的一生的，安徒生的童话就是这样。

他还谈到，要十分重视进一步提高创作质量；而提高质量的关键，在于作家思想理论，文化艺术素质的提高。他说，我们要清醒地意识到，时代要求孩子具有世界眼光，树立雄心大志，要富于想象、富于创造、富于开拓、富于进取，甚至要富于冒险精神，总之，需要培养开拓性的一代新人。要站在这个制高点上，力求作品具有优美、向上向善的意境。

他认为，儿童文学是富有创造性的艺术品。我们的儿童文学植根于我们自己的土壤上，它应该具有我们中国自己的特色。好的文学作品既是本民族的，也是世界的。它既是在本民族的"灵魂"上起作用，也在世界人民的"灵魂"上起作用。

叶君健先生上述这些鲜明、精辟的观点、主张，对我们今天发展、繁荣儿童文学，依然有着启示、导引的现实意义。

这里还不能不谈到叶君健十分重视儿童文学面向世界、走向世界，极其关注中外儿童文学的交流。他不仅精心翻译了安徒生的全部童话，还翻译了挪威童话作家托尔边·埃格纳的《豆蔻镇的居民和强盗》、《朱童和朱重》，南斯拉夫女作家伊万娜、布尔里奇的中篇儿童小说《拉比齐出走记》和《南斯拉夫童话选》等。这些国外名著进入中国读者的视野，不仅让我们更多地了解当今世界儿童文学的状况，也给我们带来更多的智慧、经验、感动和快乐。

作家应当"为下一代的儿童赠送一点有意义的纪念"，叶君健先生是百分之百、不折不扣地说到做到了。亿万读者永远忘不了这位成就卓著的大作家、大翻译家！

2014年11月27日

追求真善美的金近

深秋时节，迎来我们所敬重的金近同志百年诞辰。此时此刻，我对这位开拓新中国儿童文学的先驱、久负盛名的儿童文学大家怀着深挚的怀念之情和崇高的敬意。

我清晰地记得，24年前，我和胡德华、袁鹰、王一地等同志来到风光秀丽的曹娥江畔，参加金近墓碑的揭幕仪式。那墓碑上冰心老人题写的："你为小苗洒上泉水"，一直深深地镌刻在我的心坎上。

我和金近同志相识于20世纪50年代初。1952年，我和他差不多是同时跨进全国文协（中国作家协会的前身）大门的。那时，他已是一位富有经验，创作上颇有成就的儿童文学作家，而我还是一个离开大学校门不久、刚跨进文学门槛的青年。金近担任作协创作委员会儿童文学组副组长，协助儿童文学老前辈张天翼同志抓儿童文学的组织工作；我任创作委员会秘书，也参加一些有关儿童文学的具体工作。十年浩劫之后，中国作协恢复工作，金近担任作协儿童文学委员会副主任，而我开头在作协创作联络部，后来在书记处，分工联系儿童文学工作。这样，与金近同志的联系就越发密切、频繁起来。

20世纪50年代、80年代两度与金近同志共事，可说是一种缘分和机遇，使我得以有机会更好地了解、熟悉这位作家，无论是为人还是为文，都从他身上学到不少有益的东西。

金近是一个善良、正直的人，一个淳朴、严谨的人。他那朴素的衣着，朴素的谈吐，朴素的思想、工作、生活作风，真是数十年如一日，永远让人感到质朴可亲，平易近人。80年代初，他在《我喜欢这工作》一文中写道："我也该要求自己不说空话、大话，扎扎实实多写点东西。"1988年1月，他在致一位友人的信中写道："我以为，现在要做个正派作家不那么容易，社会上诱惑力太大太多，有捧的，有拉的，什么动作都有，要靠自己'好自为之'。"从这一席话里，我们可以清晰地看到他是如何严于律己；而且在市场经济大潮涌来之前，早早地意识到要自觉抵御社会上不正之风的侵袭。

当今，我们强调弘扬、践行社会主义核心价值观。在个人层面上，要求一个公民做到："爱国、敬业、诚信、友善"。用这把标尺来衡量，我以为，金近是一个先觉者，先行者；置身于当今这个时代，他也一定会与时俱进，成为一个践行核心价值观的楷模。从抗日战争到改革开放，他始终关注祖国的命运、前途，踏踏实实、矢志不渝地为未来一代呕心沥血，勤奋耕耘，待人接物处世讲道德，重诚信，讲友善，促和谐。在这些方面，金近几乎可说是完美无瑕，无可挑剔的。像他这样德艺双馨、文质兼美的作家真是少之又少、难能可贵啊！

金近同志家境清贫，并非出身书香门第，也没什么高学历，完全靠刻苦自学成材。为什么他在创作上会取得璀璨的、令人瞩目的成就呢？我以为，这与他永远怀着一颗纯真的童心，始终关注孩子的成长分不开；也与他生活阅历丰富，坚持扎根生活沃土分不开。时隔几十年，他那些脍炙人口的名篇佳作《小猫钓鱼》《小鸭子学游水》《小鲤鱼跳龙门》《狐狸打猎人的故事》《小白杨要接班》《一篇没有烂的童话》《小队长的苦恼》等，依然有着强大的艺术生命力，那些鲜明生动的童话形象、儿童形象直抵小朋友的心灵深处，深深地扎下了根。

金近创作在思想、艺术上的一些追求和特色，是值得我们思索、发扬的。

一是追求真善美的道德、精神境界。他一向重视美育、以美育人，给孩子传播向上向善的道德情操。80年代初，在作协儿童文学委员会第一次会议上，他曾忧心忡忡地谈到：现在有些孩子很粗野，不讲文明礼貌，有的甚至玩世不恭。无论如何要想法改变这种状况，努力培养孩子美好的感情，文学在这方面可以发挥独特的作用。他说，《爱的教育》这样的书还是很好的，颂扬爱父母、爱老师、爱同学、爱邻居，启迪、引导孩子建立博大的爱心和广泛的同情心。

二是重视深入生活，熟悉生活，从生活出发。金近不止一次地谈到：搞儿童文学同样要接触群众、熟悉多方面的生活，"生产要积累资金，创作也要积累生活"，"幻想也要以现实为基础"。他言行一致，说到做到。50年代，他在北京郊区住了一年；后又在浙江天目山区，担任乡总支副书记，呆了五年。正因为金近有自己的生活基地，与孩子们零距离，同吃住，共甘苦，心连心，他的作品才能如此贴近孩子们的生活和心灵，真实反映他们的喜悦和苦恼。

三是特别强调儿童文学的艺术性，力求思想与艺术的完美统一。他不仅按照儿童的心理特点，充分发挥想象力，尽可能写得生动活泼，饶有情趣，而且特别注意在语言文字上下功夫，清新明快，通俗浅显。因而冰心老人由衷称赞："他是一个不但热爱儿童，而且理解儿童的作家，他写的作品都是对小孩子说的大白话！""可以说我们写儿童文学的，最成功的就是金近。"

四是讲究短篇艺术。金近一生给我们留下200多万字弥足珍贵的精神财富，其中也有中篇童话、中篇小说，但主要是短篇作品，包括童话、诗歌、小说、散文、寓言。他努力追求并充分发挥短篇作品构思精巧、情节紧凑、人物集中、手法灵活的优势和特色，在小中见大、短中求精上狠下功夫。他留下的那些有口皆碑的精品力作，都是精致、精湛的短篇，真不愧是一位写短篇的能手、高手。如今，儿童文苑有些年轻作者崭露头角，就热衷于写长篇。我看，针对这种状况，倒是应当提倡一下向金近同志学习，鼓励从事儿童文学创作的朋友，多写一些短篇，这是小读者所喜闻乐见的。设置《儿童文学》金近奖，也是对短篇创作的鼓励和嘉奖。

金近同志不仅是一位成绩卓著、享誉文坛的儿童文学名家，而且是一位出色的儿童文学组织工作者。年届九旬、著名儿童文学大家任溶溶对我说："做组织工作的，要懂行。""现在愿意牺牲自己创作的人太少，往往忙于写自己的东西，不愿做组织工作。"而金近却不是这样，他为我国儿童文学的发展繁荣，扎扎实实地作了许多卓有成效的组织工作。我也是一个儿童文学组织工作者，可以说我在中国作协的岗位上，是从严文井、金近同志手中接过儿童文学组织工作的接力棒的。他们都是我所敬重的前辈。关于做好儿童文学组织工作，我从金近同志身上学到的，概括地说，主要有这么几点：甘于奉献，不遗余力地为"小儿科"、为儿童文学的发展鼓与呼；广泛团结老中青作家，尤其注意发现、培养文学新人；一切从实际出发，少说空话、大话，多办实事、好事。以金近同志为榜样，作为一面镜子来照自己，我深感自己做得不够多，也不够好，有些工作还不到位或力度不够。只是如今我已是83岁的老汉，抚今思昔，欠下的、失去的，已难以弥补、追悔莫及了。

　　我以为，更深入地了解金近，学习金近，研究金近，弘扬他的道德文章，追求真善美，传播真善美，为照亮少年儿童心灵成长的路发热、发光，是对金近同志最好的纪念。

2014年11月6日

水仙花开怀郭风

辞旧迎新的春节假期，面对着窗台上亭亭玉立、婀娜多姿、散发着缕缕清香的水仙花，我情不自禁地想起了不久前与世长辞的郭风先生。前些年，每逢寒冬腊月，我总会收到郭风从福州邮寄或托人捎来的又大又壮的水仙球茎，一次又一次真切感受他寄寓的那份诚挚、温馨的情谊。如今，他老人家驾鹤远行，从此再也无缘与他鱼雁往返或促膝谈心，怎能不让我感到怅惘与哀伤呢！

20世纪50年代，我在中国作家协会创作委员会工作期间，分工阅读各地出版的文学书刊。当时，就曾读到郭风发表于1957年3月《人民文学》上的《散文五题》和散文集《搭船的鸟》、《洗澡的虎》，童话散文诗集《蒲公英和虹》等。但是有缘"识荆"已是在20世纪改革开放之后的80年代初。

中国作协书记处分工我联系儿童文学工作后，我与郭风的交往就更密切了。每次他来北京参加作协代表大会、理事会、创作座谈会或工作会议，我们总有机会见面叙谈。虽然那时我还在工作第一线，常常由于繁杂的会务缠身而不能更从容、深入地和他谈心。但"心有灵犀一点通"，我们只要一谈起儿童文学就滔滔不绝，关不住闸门了。他热情支持我做儿童文学的组织工作，希望我为鼓励儿童文学创作、发现儿童文学新人，多做些扎扎实实的工作，多写些"既富引导性，更具创见"的文章。他在赠我《郭风散文选》一书时，特别叮嘱我看一看这本书前言中说的一段话："我想流露一点隐秘于心底的衷情：我，要是听见有同志称我为儿童文学作家，或赞我有志于儿童文学创作之道时，往往深感宠幸；心中正或生出一种儿时受母亲称赞一般的欢喜之情。真的有这种心情。我自己勉励自己，不要小视儿童文学作品，要多多为孩子们认真写出作品。我亦视温柔敦厚为美德。但凡有意贬损儿童文学者，我欲投以轻蔑。"他那对儿童文学钟爱、尊崇之情溢于言表，多么令人感到亲切、可敬可爱啊！郭风还特别赞赏施蛰存先生为《巨人》丛刊题词时写的一句话："儿童是赤子，希望儿童文学作家笔下留神，不要损伤了赤子之心。"他说自己几十年来就是本着这种认识和精神来为孩子们写作的。从他的谈话和文章中，我越发深切地感悟到：对儿童文学重视还是轻视，爱护还是贬损，可说是衡量一个作家、一个领导者是否关爱下一代心灵成长的一把尺子，也是衡量一个民族、一个国家文明发展程度的一个标志。郭风的言传身教，使我在儿童文学工作中不敢稍有懈怠，该说的话一定直率地说，该做的事一定努力去做，力求不辜负郭风和同道、同行们对自己的厚望。

郭风是一位久负盛名的散文大家。他的《郭风散文选集》，曾与冰心、季羡林等前辈的作品一起，荣获首届鲁迅文学奖全国优秀散文杂文荣誉奖。我在工作之余，特别是退休前后，除了写点儿童文学评论外，也多少写一点散文。在散文写作上，曾不止一次地得到郭风的鼓励和指点。20世纪90年代初，我出了一本文学评论集。在这本书的后记中，我表达了自己投身文学工作40年，在创作上、理论上均毫无建树，不能不自惭形秽。同时抒述了自己年近花甲，即将"到站下车"，却又遭癌症无情袭击，重病初愈后不能随心所欲地读书、做事而涌出的一丝悲凉情绪。郭风收到我题赠的拙著后，在回复我的信中写道："拜读了'后记'，既感到亲切、真挚，以为这是一篇好散文，也（让我）百感交集"，"其实，你的文学成就是很高的，只是你一贯谦逊，一直对自己有严格要求"。隔了一段时间，我又寄去拙作散文《相见时难别亦难》《两岸同窗情》《花不完的六十万》《怀念冯牧》等，向他求教。他在回信中再次给予肯定和鼓励："我以为，您的散文，写得十分真切：真情、真感受；极朴实、朴素。此等作品，与若干散文作品中出现的浮躁之气，是一种'挑战'，十分钦佩。"当他读到我写的《我当秘书的遭遇》一文后，又来信称赞："大作一口气拜读了，引人深思。就文风而言，写得朴实、真挚，一如您的为人，更是感人。"我在这里之所以不避"王婆卖瓜"和似有借重名人抬举自己之嫌，一而再，再而三地引录郭风的来信，主要是为了说明郭风对拙作散文言简意赅的点评，不仅激励了我学习写散文的热情，而且坚定了我在散文写作上讲真话、抒真情，力求写得平实、朴素的信心。世纪之交，我陆续写了若干篇记述个人经历、师友风采、异域游踪的散文，都是向着力求感情真挚、文笔朴实这样一个标杆跨越的。这些文章后来汇集成我的第一本散文集《龙套情缘》。这本小书简要记述了我人生历程的若干片断，并约略勾勒了文坛风雨的某些侧影。此书问世后，得到了文友、读者的好评。此时，郭风又写来一封情真意切、倍加赞扬的信，读后实在让我汗颜：

沛德同志：

　　您好。

　　大札到后，过许多天才收到大著。用二天时间，拜读您的这部新著。觉得此书朴实、真切、亲切，自成散文之一格，自成一种难能可贵的个人风格，甚是钦佩。如说读《龙套情缘》，似读半部当代（中国）文学史，也许"过分"，但我以为治中国当代文学史者，不可不读此书，文学界人士不可不读此书。谢谢。

　　握手

郭风

二○○一年九月二十四日

多年来，承蒙郭风垂爱，不仅在散文写作上不吝多次赐教，而且经常以新出大著相赠。在我的书柜上，如今整齐地排列着郭风题赠的散文、散文诗、儿童文学集子、选本，不下十五六册，从早期的《英雄与花朵》《你是普通的花》，到进入耄耋之年所著《汗颜斋文札》《八旬斋文札》，一应俱全。郭风在散文、儿童文学天地里苦心经营了70个春秋，在文体、表现形式、艺术手法上坚持不懈地探索、创新，取得了丰硕的成果。富于抒情性、乡土气息的散文诗《叶笛集》，颇具哲理性的随笔《晴窗小札》，把童话、散文、散文诗糅合在一起的童话体散文《松坊村纪事》、《孙悟空在我们村里》等，都是有口皆碑、具有较为恒久的艺术生命力的精品力作。可以看出，无论他在体裁、形式、表现手法上怎么发展变化，"万变不离其宗"，他始终把"思想欲求其深刻、新鲜，情感欲求其真切、出于自然流露，语言能准确表情意"，"具有时代特色、民族特色（中国气派）、乡土特色以及作家个人的艺术特色"，作为自己毕生追求的艺术目标。

读郭风的散文，我读出了它的新鲜、真切、自然、平易，这是郭风的文品，也是郭风的人品。这也正是我在为人、为文上应当学习、追求的品质。

郭风不止一次称我为"我国儿童文学界重要的领导人之一，更是儿童文学理论建设的功臣"，"众所景仰的儿童文学评论家和有力的组织者"。这显然是过誉了，未免让我脸红。我与这些称谓、头衔、评价相距甚远，只能把它看作一个长者、前辈对后来者的鞭策和期许。我深知自己这么些年仅仅是在力所能及的情况下，为儿童文学的生存、发展呼喊呼喊而已。

我一向敬重的郭风先生走了。此时此刻，作为后生晚辈和忘年交的我，由衷感谢他馈赠我的冰肌玉骨、飘散淡淡清香的水仙；感谢他启迪我以从事儿童文学为荣，不要损伤赤子之心；感谢他鼓励我坚持真挚、朴实的为文之道；感谢他导引我始终关注青年作者的成长。永别了，郭风先生，您慢走！

2010年3月9日

可亲可敬的任溶溶老兄

任溶溶是驰名文坛、成就卓著的儿童文学作家、诗人、翻译家。我和他相识相交已达30个春秋。他比我大七八岁，在我的心目中，他是一位可亲可敬、名副其实的老兄。

20多年前，在南京秦淮河畔，我和任溶溶一起参加《未来》儿童文学丛刊编委会，同住一间房。我俩曾不止一次推心置腹地彻夜长谈，各自诉说个人的经历、遭遇、兴趣爱好，顿然感到我们的心灵是相通的。我为结识这么一位胸怀坦荡、生性幽默的好友而深感荣幸。从那以后，尽管见面不多，但一直保持联系，或通信、赠书，或一起参加会议。尤其难以忘怀的是：从秦淮河畔那次长谈后，他按期给我寄赠自己参与编辑的《外国文艺》，一直到他退休为止。每当我想起一位七、八十岁的老人，20多年如一日，亲自写名签，装信封，为我邮寄这本刊物，占用了他多少宝贵的时间，我怎能不感动而又不安呢！

十几年前，他赠我大著代表作选集《给我的巨人朋友》，扉页上的题签，在签名、赠书日期之后，特地写了一行："我已七十岁了！"。在一篇随笔中，我曾写到这件事，并期盼在他80岁、90岁时还能得到他题签的赠书。真是有幸，一年前，我的梦想成真了。我在上海探亲期间，去他寓所拜望，如愿得到他面赠的译作诗集《什么叫做好，什么叫做不好？》。这次他在扉页上写的是：

"束沛德老兄留念　任溶溶2011.4.27时年八十八"。年届耄耋的任溶溶依然思维清晰，精神矍铄。如今我又衷心期盼当他成了百岁寿星之际的赠书了。当然，这还要看我能不能等到那一天、有没有这个福分了。

任溶溶对儿童文学情有独钟，一辈子把自己的心血、精力奉献给了为小孩子写大文学的事业。改革开放之初，他年近花甲之时，就有一种时不待我的紧迫感，情真意切地表示："人老了，时间少了，该为孩子和儿童文学事业多干点活"。近30多年来，他又创作和翻译了多少为孩子们喜爱的优秀作品啊！步入望九之年，他仍"天天想写"。从《文汇报》、《新民晚报》、《文学报》等报刊上不时能看到他写的儿童诗和忆旧怀人的散文随笔。他不仅自己坚持笔耕不辍，而且继续以深挚的感情密切关注着儿童文学事业的发展。去年初冬时节，在给我的一封信中写道："我如今关心的也只有儿童文学，希望大作品出世，好像也不容易。我只希望年轻的儿童文学工作者修养越来越高。儿童文学也是文学，文学修养不能降低。但是又怕把成人文学的一套照搬到儿童文学，失去儿童文学的特点。您看我是不是在折腾自己啊？"从这里可以清晰地看出，任溶溶老兄期盼的是富有文学品质、艺术魅力的儿童文学经典之作、传世之作的问世，关注的是年轻作者思想、学识、艺术素养的提高。他确实是无时无刻不在为儿童文学的发展、提高殚精竭虑啊！

我长期从事儿童文学的组织工作，由于年龄的关系，几年前从中国作家协会儿童文学委员会的岗位上退了下来。在一些场合，我曾向一些同事、朋友表示：今后将逐渐淡出儿童文苑。当任溶溶得知我这一想法时，当即写信诚挚地鼓励我：您可不该"淡出"，应当继续为儿童文学鼓与呼。他向来重视儿童文学的组织工作。他对我说："儿童文学界光有冲锋陷阵的虎将、猛将、大将不行，还要有摇羽毛扇的、诸葛亮式的人物。出主意，提建议，登高一呼，带领队伍前进。""做组织工作的，要懂行。如今一些文学团体的领导，往往只讲政治，很少谈文学。"他称赞胡德华、任大霖等自己能写，又热心地做了不少组织工作，不无感慨地说："现在愿意牺牲自己创作的人太少，往往忙于写自己的东西，不愿做组织工作。"

去年五月，我赠以拙著《束沛德谈儿童文学》，他在回信中写道："您一直指导并领导这一工作，是位内行，成绩有目共睹。但您总说自己'跑龙套'，'打杂'，实在太谦虚，也可以说是太书生气。不管怎么说，我是真心尊敬您，感谢您的。我真高兴儿童文学有这样的好领导！更希望您继续关心儿童文学，出好主意，多提挈新人。"在这里我之所以不避借重名人抬高自己之嫌，倒不是真以为自己是什么"领军人物"，做出了多大成绩，只是为了说明文学组织工作不可或缺，而且越来越得到作家的认同、理解和尊重。为了儿童文学的发展繁荣，需要有人心甘情愿来挑这个担子。

任溶溶多次谈起，上海理应为发展儿童文学多做点贡献，他希望我多关心上海的儿童文学工作。他还说起，您20世纪50年代，就写文章评论、推荐柯岩的儿童诗；对当今新出现的优秀儿童诗，也应该及时评介，为儿童诗的发展鼓鼓劲。是啊，尽管我不愿辜负任溶溶老兄的期望，但毕竟年届八旬，未免力不从心了。我是多么热切地期盼有更多年轻的有志者投身往往被冷落的儿童文学组织工作和评论工作啊！

2012年6月

书上的题签

长时间在文学界打杂，有幸结识了不少作家。有机会收到诸多名家新秀亲笔题签的赠书，得以领略他们的风采，享受阅读的愉悦，是一种缘分，也是一种幸福。

以书相赠的有前辈师长、同辈文友，也有后辈新朋。赠书的朋友在扉页题写上款时，大多以"同志"相称，也有客气地称我为"道兄""学长""老友""先生""老师"的。下款则有作者的签名、赠书日期，有的还郑重其事地盖上自己的印章。

在我珍藏的签名本赠书中，有若干本除了作者题签的上、下款外，还有弥足珍贵的题词或留言。每捧读这些意味深长、各具特色的赠言，总不免勾引起怀人忆旧的缕缕思绪。

十多年前，儿童文学作家、翻译家任溶溶给我寄来一本沉甸甸的《给我的巨人朋友》。这是他的作品选集，其代表作《爸爸的老师》《你们说我爸爸是干什么的》《"没头脑"和"不高兴"》《一个天才的杂技演员》等尽收其中。作者在扉页题签的上款是："束沛德同志留念"，在下款"任溶溶　1993.12.25"

之外，还写有一行极其醒目的"我七十岁了！"面对这一行字，真如见其人，如闻其声，那天真得像个老顽童的任溶溶，就仿佛站在我的面前。

20世纪90年代初，赴南京参加《未来》编委会，在秦淮河畔，我与任溶溶同住一室，曾不止一次彻夜长谈，各自诉说自己的人生遭际和感受。他那风趣幽默的谈吐，那乐观豁达的性格，还有那永不言老的精神，深深刻印在我的脑海里。如今他已是耄耋老人，但依然精神矍铄，笔耕不辍，不时有新作译著发表出版。我想象着7年之后，如果我还健在，也许还能收到他馈赠的一本在扉页上写着"我九十岁了！"的新书。我想，这对胸怀宽广、性情诙谐的任溶溶来说，也不算什么奇迹。

在我的书柜里收藏有散文家、资深编辑家袁鹰的十多本赠书，涉及散文、随笔、诗、儿童文学、传记文学多种体裁。我虽在建国前上中学时就从刊物上读过袁鹰的作品，并相识于20世纪50年代，但十年浩劫后交往才逐渐多起来。他是我尊敬的兄长，也是我心目中可以不时求教的师友。可多年来他在赠书给我时，总是写着"沛德兄惠正"，让我实在不敢当。几年前，他送我一本小说散文集《泥河》。这是他青少年时代作品的结集。他在题签时写道："穿开裆裤时代的照片呈沛德兄晒正"。这句形象生动的话，既真切地表现了作者的谦虚，也准确地反映了他出版这本书的心情。上世纪末，我又收到他寄赠的一本散文集《秋风背影》。书中收辑了他回忆与怀念文友、同事或老领导的几十篇感情真挚、文笔清丽的散文。这些文章所描写的对象有我熟悉和敬重的胡乔木、夏衍、光年、邓拓、恽逸群、林淡秋、冯亦代、徐迟、袁水拍、李季、冯牧等。其中有一篇的题目是：《舷梯上的背影——记周扬》；另一篇的题目是：《秋风里的送别——悼陈荒煤》。作者巧妙地从这两篇文章题目中各取两个字，组成情深意长、诗意浓郁的书名：《秋风背影》。而在送我的那本书的扉页，袁鹰又紧扣书名和该书的题材内容，满怀深情地写了一首诗："秋风送背影，/泉下故人多，/劫后幸存者，/怆然感逝波。"这里既寄托着作者对逝者深切的缅怀之情；也蕴含着激励生者珍惜时光、把握现在的殷切期望。

原本就是诗人的袁鹰，在赠我的另一本散文集《灯下白头人》上，又写下这样的诗句："花开花落等闲过，尚有情怀似旧时"，真实而又浓缩地抒述了他阅尽沧桑、抚今追昔的感慨和情思绵绵的襟怀。年逾八句的袁鹰如今依然活跃地驰骋在当代文坛上，他那长盛不衰的创作活力，真让人艳羡不已。

给我赠书最多的当推老作家沙汀。他是我跨进文学门槛后最早的顶头上司，也是可以推心置腹无所不谈的忘年交。在我的书柜里，不仅有他那本20世纪50年代初出版的《沙汀短篇小说集》，也有20世纪80、90年代前后用了六年时间才出齐的那套七卷本《沙汀文集》。在沙老谢世前那十多年，差不多他每出一本新书，都会签名送我一本。在所有这些赠书中，1980年出版的那本小说散文集《涓埃集》似尤为珍贵。他在这本书的扉页上写了这么一段话："这本小册子排错了字句不少，未敢轻易赠送友好，并已商请出版单位不重印了。前日偶与沛德同志谈及，特将此仅有的一册赠之。沙汀 八二.四.十二日."沙老把这么一本编校质量不高的书送我，由此可见他没把我当作外人，我们之间的情谊非同一般。但我之所以说这本赠书更有意义和价值，还不止于此，而是在于：沙老在收入此书的中篇小说《闯关》的末尾，原注明写作时间为"1943年10月"之后，用圆珠笔密密麻麻地写了一大段话："此书，即《闯关》，我记得系写于苦竹庵，时间在肖崇素同志被任正（振）翽关衙（押）的消息由县城传到睢水之后，而肖被捕是在42年秋。尽管他只被关了一夜就逃跑了，但当时的气氛却十分严重。而且，他一被捕，城里就来人催我下乡了。因此写作时间应为42年冬。原来下乡之前，我正准备动笔写它。 1982.5.3日记。"这段题记是作者本人为《闯关》的写作时间、地点立下的存照，这就为研究者提供了第一手权威的资料。像这样具有收藏价值的签名本，我想它的最好归宿该是现代文学馆或沙老家乡的图书馆。

赠书题签的内涵、样式远不止这些。比如，逢年过节，赠书人在题签时，往往会写下一些祝福的话。我手边就有好几本这样的书，我的老领导、女作家菡子1999年元旦送我和老伴的《重逢日记》，就写有："沛德、刘昆同志存念并贺年"。2006新年前夜，儿童散文家吴然在送我的散文选集《火把花》上，方方正正地写着："束老师，祝你健康、快乐、幸福！"一本书，一句话，这里面又负载着多么亲切、温馨的友情啊！

2006年5月21日

岁岁期盼一贺卡

每逢岁末年初，总会收到不少亲朋好友寄来的新年贺卡。这些贺卡载着一份份真诚的问候和祝福，让我深深感受到亲情、友情的温馨。

在我收到的贺卡中，为数最多的当属邮局发行的有奖明信片。而其余各式各样、设计新颖、印制精美的贺卡中，有带镂空或凸出图像的，也有带音响、带香味的，还有造币厂制作的镀金生肖礼品卡，可说是别出心裁，千姿百态。但我情有独钟、弥足珍贵的却是友人自制的题字绘画的贺年卡。

作家海笑是我的兄长、老友，也是江苏老乡。他年仅15在抗日烽火中投笔从戎，有着丰富阅历。由于他在写小说、散文、杂文的同时，也写了不少反映少年儿童在战斗中成长的中、长篇小说，因而把我这个在儿童文学舞台上跑龙套的引为知己。从20世纪80年代起，差不多每年岁尾都会收到他亲手绘制的水墨画贺卡。在一方宣纸上，他饱含深情地挥毫画熊猫、鱼虾，也画山水、松竹，画牛羊猫狗，也画花卉瓜果。年复一年，岁序流转，他的画路越来越宽，技艺也日臻纯熟。他的水墨写意，不落套，有新意，让人读后心旷神怡，浮想联翩。特别耐人寻味的是画上的即兴题款，更是令人拍案叫绝。1993年末寄来的贺卡，画着一只睁着大眼睛、翘着长尾巴的猫，题诗云："不问黑与白，如若善捕鼠，又能不偷嘴，方是一好猫。"面对此画此诗，怎能不让人联想到当下存在的鼠窃狗偷的令人焦虑的现实，又怎能不赞叹作者多么真切地表达了平民百姓期盼有更多"好猫"的心声。这充分显示出作为杂文家的海笑笔锋之犀利、感情之深沉。20世纪90年代，海笑兄曾三次以水墨荷花贺卡相赠。1997年底寄来的那张贺卡，上面画着几朵嫣红的嫩荷，衬以大片覆盖的绿叶，红绿相映，色泽明丽，一股清新秀雅之气荡漾于笔情墨韵之间。题款则由北宋周敦颐的《爱莲说》引申而来："荷与莲出淤泥而不染，濯清涟而不妖，中相通外挺直，其性格真可敬。"海笑兄对荷花如此钟爱，由衷赞美它的高洁品格，由此可以了解到他的所思所想，所爱所恨，也可约略窥见他人品文品之一斑。

去年年初海笑兄遭癌症袭击。大年初一住进医院，正月十五左右开刀，住院两月，又去外地疗养。他终于打败癌魔，顽强地挺了过来。2007新年前夜，我给他寄去一张贺年卡，真诚祝愿他早日康复，身笔双健。正当我在猜度：年届耄耋、大病初愈的海笑兄今年还能不能寄来自制贺卡时，一张绘有红梅花开的水墨画贺卡呈现在我的眼前，不禁让我惊喜。画上的梅花有的盛开，有的含苞待放，鲜丽动人，枝干挺拔向上，生意盎然。画上题写：
"雪飘冰冻梅花开，香美均自苦寒来。"并祝我"新年快乐、健康如意，继续为儿童文学作贡献。"落款为："丙戌年逃过癌症一劫的海笑贺"。这不仅表达了他对我这个儿童文苑园丁的期盼，也道出了他作这幅画的内心感情。冬梅那不畏严寒、傲雪屹立的风姿，那顽强、不可抑止的生命力，那甘愿历尽艰辛困苦也要把芳华献给人间的精神，何尝不是历经战火洗礼、文坛风雨、疾病折磨的海笑的自我写照哩。

　　尽管海笑兄自谦为"儿童画的水平"，但渗透在小小贺卡中那缕爱憎分明的真情流淌到我的心底，确实让我感动不已，回味无穷。

2007年2月5日

一本诗集联结了我们仨

前些日子，四弟告诉我：从百度搜索见到，地处山西介休市的三农书舍，开价200元拍卖一张我签了名的稿费收据。我上网一看，原来那是中国青年出版社1956年6月发给我的初审蔡庆生著诗集《告诉我，来自祖国的风》的审读费人民币60元正。

正是这本诗集把天南海北、素昧平生的长正、蔡庆生和我紧紧联结在一起。

事情要回到一个甲子前的1953年说起。那年深秋时节，河北唐山工人作家长正作为中国人民赴朝慰问团的代表，随慰问团赴朝鲜前线东海岸的鱼隐山下。慰问团华北分团团长交给长正一本抄在日记本上的《战地诗抄》，说总团康克清大姐嘱托"一定要想法找到作者，给他一个回复。"这个手抄本诗集的作者，就是当年年仅19岁的浙江籍战士蔡庆生。长正去他所在部队寻访他时，正好他随文工团小分队下连队去了，失之交臂，他俩未能见上面。长正回国后，从《战地诗抄》中挑选出《送行》《告诉我，来自祖国的风》二首，推荐给《人民日报》发表出来了，后一首还获得了中国人民志愿军文艺创作一等奖。从此，他俩鱼雁往还，谈文学，谈人生，相互关心、交流，有了深厚的友谊。改革开放以后，他俩曾有两次见面一叙的机会，但都擦肩而过。直到1986年，唐山地震十周年之际，蔡庆生偕老伴去长正寓所看望，他俩那双本该在33年前就握在一起的手，终于紧紧地相握了。

而我与长正的文字之交，也得回到20世纪60年代初。那时我在河北省文联文艺理论研究室，读了长正的中篇儿童小说《夜奔盘山》后，写了一篇《谈<夜奔盘山>的少年形象》，肯定了他塑造人物性格上的成就和特色。这本小说获得了全国第二届少年儿童文艺创作三等奖。十年浩劫之后，长正知道我从河北回到中国作协工作，来信索要我30多年前评论他小说的那篇文章。我当即寄去收有这篇文章的拙著《束沛德文学评论集》。从此，我与他也鱼雁往还，互赠新出作品，联系频繁起来。当我前些年收到长正寄来的诗文集《陌上黄花》，见到其中有一篇文章生动、具体地记述了他与蔡庆生相交相知的深情。我一见到"蔡庆生"这个名字，喜悦之情难以言表，情不自禁地立即给长正回了一信。我在信中这样写道："让我特别感到亲切的是《霜重色愈浓》一文写到的蔡庆生。我虽没和他通过信，见过面，但我早就从文字上结识了这位年轻的战士、诗人，多年来牢牢地记住了他的名字。这是因为他的第一本诗集《告诉我，来自祖国的风》，我曾参与编选。我当时在中国作协创作委员会工作，中国青年出版社文学编辑室的张羽，让我在业余时间读一些书稿。蔡庆生这本诗集就是由我编选、初审的。我一直还保存着这本书。你看，真是无巧不成书，文字、写作把蔡庆生和你、我联系在一起了。蔡庆生至今未必知道我和他之间早就有这样的交往。你如和他通信，请代致真挚的问候。"

当蔡庆生从长正处得知我的工作单位、通讯地址、电话号码后，马上从东海之滨打来长途电话。尽管相距千里，但两颗心紧紧地贴在了一起。打这之后，隔上一段时间，我们就互通信息，互赠新著，彼此对读书、写作、生活的近况都大致了解。蔡庆生寄来《诗卷》，约我为之作序，我未敢从命。这是由于我这些年对诗歌创作现状不甚了了，确实难以下笔。但我还是直率地对他的《诗卷》谈了一点读后的印象和感受。这很快得到蔡庆生的谅解，他不愿让我做勉为其难的事。

长正、蔡庆生和我，我们仨，一个是工人出身的作家，一个是战士出身的诗人，而我则是学生出身的文学工作者。我们仨都是中国作协会员，文学队伍里的一员。正是对文学、对写作执着的、始终不渝的爱和追求把我们凝聚在一起；是以文会友的相互理解、尊重的真挚情谊把我们凝聚在一起；是一个甲子历尽艰辛的风雨人生把我们凝聚在一起。啊，多么期待着有朝一日年届耄耋的我们仨能欢聚在一起！届时可以自由、从容地聊天抒怀，诉赋闲情，说翰墨缘，话中国梦，议天下事，把满腔的所喜所忧、所思所想淋漓尽致地倾吐出来。

2014年12月29日

第 2 辑 · 跋涉印痕

好书对我的馈赠

　　书，在我的心目中，是永远诲人不倦的启蒙老师，也是可以百年偕老的终身伴侣。我从小与书为伴，随着年龄的增长，逐渐成为一个读书入迷、爱书成癖的人。跨进文学门槛，又一直同写书、编书、评书的人打交道。对书，可说是怀有一种如漆似胶、须臾不可离的亲密而深挚的感情。

　　童年、少年时代，就爱听大人讲故事，也爱看故事书。我记得，十二三岁的时候，父亲从上海给我捎回一套《历史人物故事丛书》，包括《四谋士》《四忠臣》《四将领》《四才子》《四美人》等十本。我拿到手，花了几个星期的课外时间，如痴似醉地从头到尾读了一遍，被书中描述的诸葛亮、岳飞、文天祥、唐伯虎、王昭君这些英雄人物或风流人物生动有趣的故事迷住了。在我幼小的心灵里，越来越清晰地划下了一条忠与奸、善与恶、爱与恨、美与丑的分界线。

　　在少年时代读过的书中，对我的性格形成影响最大的，是上初中一时语文老师推荐的《爱的教育》这本小说。我从小舅舅那儿借来这本书，一下子就被吸引住了，深深同情书中那些小人物的遭际、命运，读着读着，有时竟情不自禁地流下泪来。半个多世纪过去了，至今我还清晰地记得，那个每天深更半夜悄悄地爬起床，替父亲抄写的《小抄写员》。小小年纪，就那么懂事，一心要挑起帮助父亲养家糊口的担子，并默默忍受着由于父亲误会而对他的批评、指责。儿子对父亲的这种强烈、深沉的爱，是多么纯真、高尚的感情啊！我也难以忘怀，《万里寻母记》中所描述的那个年仅13岁的马尔可，只身漂洋过海，行程万里，历尽千辛万苦，去寻找在异国当女佣的母亲。当我从书中读到马尔可穿过阿根廷首都一条又一条马路，找了一处又一处而碰了壁；又乘船、坐火车、搭马车、走山路，找到一座又一座城市，却一次又一次地扑了空。这时，我同小主人公一样心急如焚，未免感到沮丧、失望。而当马尔可忍受了长途跋涉的疲劳、疾病、苦役的折磨，终于找到生命垂危的母亲，并使他母亲重新点燃起生的欲望时，我不禁流下欣喜、激动的泪，并打心眼里佩服马尔可战胜一切艰难困苦的勇气和毅力。

一本《爱的教育》在我的心田里播下了爱的种子，真、善、美的种子，启迪、引导我从小爱父母，爱朋友，尊重老师，同情弱小。长大成人后也懂得与人为善，设身处地为别人着想；在同事朋友之间讲友爱团结，重互助谅解。我从来没有疾言厉色地训斥、批评过他人，在历次政治运动中始终也成不了积极分子。在工作、写作上，我之所以对儿童文学情有独钟，甘愿在文坛这个常常被遗忘的角落做一点摇旗呐喊、拾遗补缺的事情，追根溯源，也同《爱的教育》的启迪分不开。我深切地体会到，像《爱的教育》这样富有启蒙价值和艺术感染力的优秀作品，对于塑造未来一代的心灵、性格，有着不可低估的潜移默化的作用。因此，从我涉足文学评论领域的那一天起，就乐此不疲地鼓吹儿童文学作家、作品，从不吝惜用自己的心血和汗水来浇灌儿童文学这片小百花园。

我读初中三时，正是抗日战争胜利之日。我的家乡丹阳和我就读的中学所在地镇江都在沪宁线上，离上海不远，交通方便，信息灵通，接触各种报纸、杂志、出版物的机会和渠道比较多。开明书店、北新书局出版的文艺读物、知识读物逐渐进入我的视野。如叶绍钧、夏丏尊的《文章讲话》、朱光潜的《给青年的十二封信》、巴金的《家》《海底梦》、叶绍钧的《倪焕之》、钱钟书的《写在人生边上》等，都成了我爱不释手的读物。而《大公报》《中学生》《青年界》等报刊则成了我每天每月不可缺少的精神食粮。

1946年那个漫长的暑假，我居家消夏，养成了每天仔细读报的习惯。清晨起来，就期盼着邮递员送来当天的报纸。一份报纸拿到手，从国内要闻、国际新闻到文化、体育新闻，从副刊到书刊、影剧广告，都要聚精会神地逐版逐段一一细读。每天花费在读报上的时间差不多达两三个小时。日复一日坚持认真读报，使我对新闻、评论的写法、标题的制作、版面的编排日益发生了兴趣。于是又四方搜寻关于新闻学的书籍，先后找到了萨空了的《科学的新闻学概论》、储玉坤的《现代新闻学概论》、赵敏恒的《采访十五年》等书和当时南京出版的《报学杂志》。囫囵吞枣地学得了一点关于新闻采访、新闻编辑的入门知识，初步了解了新闻学在现代政治、文化生活中占据的重要地位。从此我饶有兴味地学写起新闻消息、通讯报道来。在自由命题的作文中，我学体育记者的笔法，写了一则校内举办篮球比赛的新闻，语文老师加圈加点，倍加赞扬。我又写了一些学府风光、学校生活素描之类的稿子，投寄到报馆、杂志社，其中不少篇被采用了；随后还当上了两家报刊的通讯员，这就进一步激发了我对新闻写作的兴趣。

读高三时，学校按数理化和英语成绩分为文科、理科两个班，我被分到了理科。说实话，我是"身在曹营心在汉"，学的是理科，爱的却是文科。我积极参加校内文艺研究会、时事研究会的活动，与爱好文艺的同学一起办壁报，编报纸副刊。通过《中学生》读友会以及与同窗好友交换文艺书刊，读到了香港出版的《读书与出版》《大众文艺丛刊》以及《母》《被开垦的处女地》《王贵与李香香》《李有才板话》等作品，思想豁然开朗，使我窥见了一个新的世界，一群新的人物。对知识分子前进的方向也有了较为清晰的认识。随着时局的发展,国民党统治摇摇欲坠,老百姓怨声载道,我对现实的不满越来越强烈,这就更加坚定了我要当一名新闻记者的志向,决心用自己手中的一支笔揭露社会的黑暗丑恶,报道民间的疾苦,反映大众的呼声,做人民的喉舌。

共和国诞生的时候,我如愿考入复旦大学新闻系。读了三年,提前毕业,我服从组织分配,到文学团体做了秘书工作。在文学战线"打杂"47个春秋,一直做组织工作、服务工作,始终没有当上新闻记者,也没能做成副刊编辑。回顾自己走过的路,没能完全按照自己的志趣、爱好、个性发展,没能圆青少年时代的梦,不能说没有一点遗憾。然而,从另一角度细细一想,我又无怨无悔。因为正是中学时代多阅读,勤练笔,才使我较为熟练地掌握文字的基本功,得以胜任写报告、讲话、总结、言论的任务;也正由于爱上新闻学,才使我重视并保持关心时事政治、顾全大局、敏于发现新事物、乐于搭桥铺路等优点和长处。唯其如此,我由衷感谢中学时代勤于读书对自己的馈赠。

一九九九年三月

记中学时代办壁报

前些日子收到中学时代同窗好友严川兄从美国宾夕法尼亚州布特勒尔城航寄来的一个厚厚的邮件，打开一看，是一本装订成册的《东南晨报·三六周刊》复印件。扉页上题写着："五十年前的热情和脑汁，万多里的流浪和奔波，虽是破旧的纸和粗浅的呻吟，却是永恒的友情和忆念！"凝视着那久违了的《三六》刊头、文章标题和一个个又熟悉又陌生的笔名，还有当年我那稚嫩的习作，我的思绪一下子被拉回到半个世纪前的镇江中学校园。

那是战火纷飞的动荡年代。在国统区，民不聊生，怨声载道；校园里死气沉沉，令人窒息。青年学子对校方"加重课程，统治思想"越来越不满，精神上的苦闷、愤懑无法排遣。1947年深秋的一天傍晚，我们高二甲班同寝室的八个同学在校园里边散步边聊天，爱舞文弄墨的严川提议："我们一起动手办个壁报好不好？"我们八个年轻人虽然性格、脾气各异，政治认识、志趣爱好也不尽相同，但似乎有着一个共同的愿望：活跃课外生活，使自己在精神上有所寄托，寻求同学之间的相互理解和沟通。七嘴八舌，议论一阵，很快取得了一致意见：由我们八人成立一个社团，以办壁报为主，同时也举办一些时事座谈会、专题讨论会，参加球类比赛等。因我们八人同在学校大食堂第36桌就餐，大家决定把社团名称定为三六社，并推举严川为社长，正音为《三六周刊》总编辑。

经过不长时间的筹划，占了半面墙、极其醒目的《三六周刊》创刊号就与同学见面了。这是一张综合性的壁报，分为新闻网、知识界、文化线、文艺谭、影剧城、体育圈、趣味园、通讯箱八栏。三六社的八个成员按照各自的爱好、擅长分别负责编辑一个栏目。壁报的编辑工作有条不紊。每星期五晚上开一次编前会，检讨上一期壁报的长短得失，确定下一期主要内容、版面安排；报头、标题、插图，则共同商量、设计，分头制作。大家的工作态度都挺认真，相互间也能展开诚恳直率的批评，有时为一篇文章或一个标题竟争论得面红耳赤。

壁报上刊登的稿件，开头大部分是自己动笔写，或从报刊上摘编。后来本着"从同学中来，到同学中去"的原则，也积极组织、吸引三六社以外的同学写稿。壁报的内容力求反映同学们的所思所想，所喜所爱，与同学们的思想感情、学习生活打成一片。我记得，那时召开过"女子要不要回到厨房？"、"巴勒斯坦与以色列犹太复国主义"等问题的座谈会。每次会后把大家的看法和意见摘要发表在《三六周刊》上，引起进一步的讨论。壁报与同学们的思想、生活贴近，也就引起他们的关心和兴趣。刚创刊时传到耳边的那些"闲得无聊"、"尽做傻事"、"好出风头"等闲言碎语也就烟消云散了。

办《三六周刊》，使我结识了一拨感情相投的朋友，给原本显得沉闷冷寂的生活增添了生气和活力。同时，也锻炼了我编编写写的能力，使我越发喜欢、向往新闻记者、编辑的工作。抗战胜利，我正读初三，成为《开明少年》《中学生》《青年界》《大公报》等报刊的忠实读者，还不断写些《镇中花絮》、《校园剪影》之类的稿子投寄到报馆杂志社。参加三六社后，又接触到一些思想进步的同学有机会读到自香港辗转而来的《读书与出版》《大众文艺丛刊》《小说月刊》等杂志，也读到了高尔基的《母亲》、肖洛霍夫的《被开垦的处女地》、李季的《王贵与李香香》等作品。这就在我眼前打开了一个新的天地。我那满脑子由巴金的《家》《春》《秋》、陶行知的"生活教育"、《大公报》的"小骂大帮忙"、国民党正统观念组成的"思想大杂烩"，好像加进了酵母，顿时发生了新的变化。我在茫茫黑夜，一次又一次地默默吟诵雪莱的诗句："如果冬天来了，春天还会远吗？"

在学习写作上，也跨出了小小的一步，原来我热衷于写一些学府风光、春花秋月的东西。我有一篇题为《插秧》的散文在刊物上一发表，三六好友正音就一针见血地指出："你是站在城墙之上看劳动人民！"《中学生》杂志读友会的一位朋友，在和我通讯中也曾指出："你似乎存在超政治、为艺术而艺术的观点。"在同窗好友的真诚帮助下，我的视角逐步转向关注人民大众的疾苦，试图揭露现实社会的黑暗丑恶。我写了《房客的悲哀》，《厄运》《安家费》《教师活不下去了》《哀新生的孩子》这样一些多少还有点意思的散文、速写，发表在《三六周刊》和其他刊物上。此时我更加坚定了献身新闻事业的志向，决心用自己手中的笔忠实地报道民间的疾苦，大胆地为人民大众说话，切实地负起"人民喉舌"的责任。

《三六周刊》以壁报的形式在校园里出了半年多。1948年暑假后作为镇江《东南晨报》的一个副刊出了15期，由于时局的急剧变化，也就寿终正寝了。大军渡江，镇江解放，三六社同窗好友各奔东西，天各一方了。

流光如逝，转瞬之间，50个春秋过去了。半个世纪前中学时代办壁报的情景至今依然清晰地浮现在眼前。我和身处异国他乡的严川兄一样，多么希望有朝一日三六社好友能在母校镇江中学欢聚一堂、重叙旧情啊！

1998年3月3日

从好学生到团干部

中华人民共和国诞生的前夜我如愿地考进向往已久的复旦大学新闻系。我按捺不住喜悦激动之情，暗自下定决心：刻苦学习，掌握本领，将来做一个出色的新闻战士。

当年新闻系录取的40多名新生中，我名列榜首。我的学号为D107，排在同班同学的头一位。入学后第一学年，我的学业成绩可说是出类拔萃。如今我手边还完好地保存着一张在十年浩劫中没有散失的大学毕业证书。这张证书的背面，刊有历年各科成绩表，我第一、二学期的国文成绩分别为89.7、93.3分，新闻学概论88.7、94分，编辑讨论为85分。那时，上海学联正号召搞好正课学习，学好本领，为新中国建设服务；复旦校园里也在物色、培养正确处理学习与工作矛盾的典型。我被系里的党、团组织和同学们看中了，先是选我担任新闻系学生代表；紧接着又推我竞选校学生会执委。这一下，可把我急坏了，思想斗争很激烈，几乎流下泪来。我想，我这么一个习惯于个人钻研，不善于联系群众，在大庭广众面前一说话就脸红的人，怎么做得了学生工作呢？！又想，如果像我周围的团干部、学生干部那样，成天开会、汇报、订计划、写标语，哪还有时间好好读书，哪还能在课余抽出时间学习写作，向报社投稿呢？！

那段时间，我经常泡在图书馆里，如饥似渴地阅读解放区和前苏联的文学作品，浏览各种报刊；自己还订阅了《学习》、《中国青年》、《文艺报》等多种杂志。阅读中偶有所得，就拿起笔来写上自己的印象和感受。我还热衷于写诗，抒发自己热爱新中国、热爱世界和平的真情实感。在《文汇报》、《人民文化报》、《青年报》连续发表多篇（首）诗和书评后，我的写作热情越发高涨，简直是欲罢不能。在这种情况下，我怎么甘心放下书本和笔杆，投入头绪纷繁的学生工作呢？！于是，我鼓起勇气找团支部书记诉说自己的苦衷和困难，强调自己不适合做学生工作，恳求他帮我说服同学，另选他人竞选学生会执委。团支书热情鼓励我：你学习认真，肯钻研，在学业上起了模范作用，希望你不仅学习积极，还要积极参加社会工作，既从书本上学，也从实践中学，成为一个学习、工作、思想都先进的积极分子。他根本没有考虑我的心愿，就这样我只好勉为其难地硬着头皮竞选学生会执委。

至今我还清晰地记得当年新闻系同学积极为我和系里另一位高班同学竞选的热烈情景。横幅、旗子、标语、传单、招贴画、锣鼓、喇叭……十八般武艺都用上了。尤其引人注目的是竖立在学校大门口的六块大宣传牌，每块牌子上写一个字，"束沛德"、"哈宽贵"六个超过一人身高的黑体大字，吸引了广大同学的视线。姓名上面用鲜红的颜色写着："请投一票！"姓名下面则配以生动逼真的肖像画和简明扼要的事迹介绍。一天早晨，我走近宣传牌，稍停了一会儿，听到两个素不相识的同学叽叽嘎嘎边说边笑："一个姓束，一个姓哈，好像都是少数民族。""嘿，束沛德是个好学生，还能写会编哩！"我听了觉得不好意思，马上就离开了。原来我还抱有一点侥幸心理：新闻系两人参加竞选，也许同学们会从两个中挑一个，哈宽贵是党员，又是高年级，大多数同学准会选他。如果我落选，那就正中下怀了。没想到可能是由于宣传介绍时突出了我学习勤奋，成绩优秀，结果竟以出乎意料的高票当选。这样，我就再也无可逃遁地走上学生会执委的岗位。

1950年是个多事之秋。2月6日，美帝国主义和蒋介石集团对上海进行疯狂大轰炸；同年10月掀起轰轰烈烈的抗美援朝运动。严峻的形势激发了我的爱国热情，也增强了我坚持学习、搞好工作的责任感。我全身心地投入学生会的宣传工作，编《复旦大学校刊》，抓广播站、黑板报，组织反美游行、控诉大会，草拟爱国公约，白天黑夜，忙得不可开交。同时，我也没放松正课学习，用坚持学习的实际行动来回答敌人对上海的轰炸和对朝鲜的侵略。第二学年，我的学业成绩仍保持优秀，时事研究98分，新闻资料90分，中国近代史上、下两学期分别为87.5、90分，政治讲座为84.3、86.9分，这在班上都是名列前茅的。我努力从工作实践中学习，把工作与学习紧密结合起来，把日常平凡、具体的工作与社会主义壮丽事业、共产主义崇高理想联结起来，决心培养自己成为一个德才兼备、全面发展、一切为了祖国、随时准备响应祖国召唤的优秀干部。这时，我逐步摒弃了所谓"超人"的自我优越感和"做一个党外布尔什维克"的自命清高的思想，心中萌发出加入组织的强烈要求。在不到半年的时间里，我先后被批准加入了青年团、共产党，成为工人阶级先锋队中的一个年轻战士。

入团、入党之后，组织上让我挑起更多更重的担子。当了一届学生会执委，接着又让我担任新闻系学会主席、新闻系团支部书记、学校团委会宣传部长和组织部长，思想改造学习委员会宣教组组长和理学院工作组组长。1951年暑假，还派我与团委书记一起到北京，参加团中央举办的青年团全国高等学校基层组织干部学习会；听了蒋南翔、钱俊瑞、田家英的报告，学习了学生运动的方针任务、马列主义的基本知识和团的业务知识。那是我第一次来到首都。天安门、祈年殿、昆明湖、万里长城，都给我留下难以忘怀的美好印象。尤其令人难忘的是，在北海公园同复旦参加军事干校、气象干校的九位同学不期而遇。老校友相拥在一起，那欢欣雀跃之情，至今令人怦然心动。我们在美丽的白塔前留下了弥足珍贵的合影。那帧已经发黄的老照片，如今依然夹在我的相册里。凝视着那一张张生气勃勃的英俊面庞，那一个个穿着军装的飒爽英姿，我的心又飞回了豪情满怀的青年时代。从北京回到上海，我就名副其实地成了复旦大学的一个团干部了。如果说同脱产的专职团干部还有什么区别的话，那仅仅是不领津贴、不享受供给制待遇罢了。

当了几年学生干部、团干部，在实际斗争和日常工作中摸爬滚打，使我得到了多方面的锻炼。拘谨腼腆的我，登台发言、讲话不再发怵了；到群众中调查研究，也不再张口结舌了。写计划、总结、汇报、宣传提纲这类文字比较顺手了，组织团日、学代会、庆祝大会、纪念大会这类大型活动也心里有底了。在干中学，不仅提高了我的口头表达、文字表达能力和组织能力，更重要的是磨炼了我的意志品质，使我能自觉地服从党和人民的需要；对工作极端负责；面对困难，不害怕，不畏缩；对朋友、对同志以诚相待、团结友爱。

回眸我走过的路，我虽然没能如愿成为一个新闻记者或文学编辑，而最终成了一块"打杂"的材料——当秘书，做组织工作。但我无怨无悔，还是由衷感谢三年大学生活，感谢三年学生工作、团的工作对我的馈赠。

2000年3月22日

难解难分的情结

共和国诞生的时候，我正在复旦大学读新闻系。第一学年选修了许杰先生讲授的"文学批评"，囫囵吞枣地学得了一点关于文学批评的ABC之后，就斗胆拿起笔来，学着写一点评介性的文字。当我怀着惴惴不安的心情把这些不像样的习作寄给《文汇报·磁力》（"笔会"的前身）时，估量这些稿件的命运十之八九是石沉大海。没有料到，时间不长，这些习作竟一篇接一篇地见报了，后来我了解到当时《磁力》的主编，正是我的老师唐弢先生。那时，他在复旦开了"现代散文诗歌"一课，我也选修了。当唐弢先生知道署名"缚高"的那些评介性文字出自我之手时，热情地鼓励我：多练笔，可从写短篇新作的读后感入手，然后再学着写些文艺短论、随笔。他还不止一次地提醒我，要言之有物，从创作实际出发，不发空泛性的议论，努力把自己的真切感受写出来。在唐弢先生的指点下，我又试着写一些评论文章。往往是在他讲完课，夹着黑色公文包即将离开教室的时候，我多少有些羞涩地把新写出的稿子交给他。他总是面带微笑，操着浓重的浙江口音连声说："好，好，有啥意见，我会很快告诉侬。"就从这时候起，我同文学评论结下了不解之缘。一年前问世的拙著《束沛德文学评论集》，其中写得最早的一篇文章《把文艺批评提高一步》，就是1950年1月在《文汇报·磁力》上发表的。唐弢先生可说是我学写文学评论的引路人。离开复旦，我和唐弢先生近30个春秋没有见面。80年代初，我们又在北京重逢时，他还记得"缚高"这个初学写作者。以后他每次见到我，总是亲切地以"缚高"相称，而不呼我的本名。

我学写思想杂谈，是从《文汇报·社会大学》起步的。当年我在复旦团委会、学生会做宣传工作，根据平素了解的学生思想情况，写了几篇同年轻朋友谈心的思想杂谈，在《社会大学》发表后，素不相识的编者来信相约，让我为《社会大学》写一专栏。专栏的名字是"思想改造学习随笔"，从1952年6月5日到8月2日，前后不到两个月，共发了32篇，差不多隔日就有一篇五六百字的短文刊出。为了使这个专栏不中断，有时我还得挤出课余时间把赶写出的稿子直接送到圆明园路149号报馆所在地。这些短文发表时署名高沛，文章标题有：《反对思想懒汉》《自满与自卑》《不要把改造思想简单化》《紧密联系实际》《不破不立》《虚心倾听群众的意见》《既要尖锐又要诚恳》《有则改之，无则加勉》，等等。回过头来看，这些稚嫩的文字既不犀利，又少文采，如果说有什么优点的话，那是一事一议，针对性很强。但毋庸讳言，片面性、简单化的毛病也不少，总不免带有那个时代的印记，对知识分子的思想改造操之过急。姑且不论文章的成败得失，如今依然令我激动不已的是，《文汇报·社会大学》编者对一个初出茅庐的、不知名的年轻作者的热情扶持。要知道，那时报刊舆论还没有鲜明地提出打破铜墙铁壁，重视培养新生力量哩。报社编者愿为我这么一个20岁的年轻人提供版面，开辟专栏，不能不说是表现了支持小人物的热情和勇气。

岁月匆匆，一眨眼，40多个春秋过去了。我由一个毛头小伙变成一个年逾花甲，即将加入退休行列的人，《文汇报》仍是我爱读的报纸之一。一年前，我老伴离休时，一家人七嘴八舌，各抒己见，在众多的报纸中选择、比较，最后由我拍板，自费订阅了一份《文汇报》。这样，我从《文汇报》50年代的一个老作者，变成了《文汇报》90年代的新订户。同《文汇报》真还有着难解难分的情结呢。

1993年1月1日

我当秘书的遭遇

46年前大学毕业后的一次谈话，可说是"一言定终身"，决定了我大半辈子当秘书的命运。

那是1952年秋天，我从复旦大学新闻系毕业调到中宣部干训班进修。学习不满一个月，干训班丙班主任找我谈话，说是"周扬同志需要一个助手，组织上考虑调你去很合适，你的意见怎样？"我当即毫不犹豫地表示服从组织调动。那时我确实按捺不住内心的喜悦，因为在中学时代就爱耍笔杆子，常给一些报纸"学府风光"栏投稿，写些学校生活散记之类的文章，一心想当个新闻记者。读大学时，又对文艺理论发生兴趣，试着写一点文学评论文章。在毕业生调查表上，我填写的志愿是：文艺理论研究、文学编辑或党的宣传工作。当时负责党的宣传、文艺工作的胡乔木、周扬都是我心目中的旗帜。如今恰好要调我到自己所敬重的周扬同志身边工作，可说是正中下怀。我记得，一个阳光灿烂的上午，我兴冲冲地沿着中南海的红墙走向当时中宣部机关所在地报到。同我谈话的是时任中宣部文艺处副处长的严文井同志。他对我说，文艺整风后，要加强全国文协（中国作家协会的前身）的工作。原本决定调你给周扬同志当秘书，现与周扬同志商妥，让你先随我去全国文协工作，熟悉文学界的情况，去周扬同志处工作的事以后再说。从此，在全国文协代理秘书长严文井麾下，开始了我长达四十多个春秋的秘书生涯。

刚跨进文学门槛那两年，我担任作协创作委员会秘书，并兼任作协党组记录。由于所处工作岗位，会上会下经常有机会见到周扬、丁玲、冯雪峰、邵荃麟、萧三等文学界头面人物。全国文协改组为中国作协后，周扬兼任作协党组书记，当面聆听他教诲的机会就更多了。我记得，1954年秋、冬之交，周扬即将率中国作家代表团赴莫斯科参加第二次全苏作家代表大会。行前除了要准备一篇在代表大会上的正式发言稿外，还要准备一篇在群众场合介绍中国文学现状的演讲稿。协助草拟这篇演讲稿的任务落到我的头上。我随创委会副主任沙汀到东四头条周扬的寓所。周扬拿出两页洁白的、写得密密麻麻的稿笺，这是他亲自动笔、刚开了个头的演讲稿，题目是：《为社会主义而斗争的新中国文学》。他胸有成竹、条理清晰地讲述了拟写的这篇演讲稿的框架、要点，让我帮助搜集资料，在一周内写出初稿来。我不敢稍有懈怠，立即全身心地投入紧张的工作。好在那时我作为创委会秘书，不仅平时分工阅读新发表出版的作品，而且参与起草每个季度向作协主席团的创作情况汇报，对创作现状还是心中有数的。加上年轻（那年我23岁）好学，平素抓紧一切时间，如饥似渴地学习党的文艺方针政策和苏联文艺理论，这也为起草讲话、报告这类文稿作了思想、理论上的准备。我夜以继日地奋战一周，如期拿出了一篇七、八千字的演讲稿，经沙汀过目后送到周扬处。周扬略作文字上修改，就打印出来随身带往苏联备用了。事后沙汀告诉我：周扬对你起草的这篇稿子比较满意，觉得眉目清楚，材料也还丰富。这也许可算是我起草的一篇讲话、报告"处女作"，曾引起作协领导和一些文学前辈的注意。

批判《〈红楼梦〉研究》、批判胡适、胡风的斗争相继展开之后，周扬同志再次提出需要一个助手，帮助做些资料、研究工作。也许经过一段时间的考察，组织上认定我是块当秘书的材料，搁浅了两年的周扬助手这个角色就仍然落到我的身上。1955年4月5日我去周扬住处谈工作。周扬仔细了解了我的经历、爱好及外文程度等情况后对我说：调你来，主要是帮助做些资料整理、初步研究、起草稿子的工作，业务秘书、研究助手的性质；电话、文件收发等事务用不着你管。你屁股还可以坐在作协，在作协办公，隔一段时间，给你布置一些任务。接着他谈起即将召开的作协理事会，议程之一是总结对胡风文艺思想的批判。他将在会上作报告，让我为他准备两个资料：一个是把胡风的观点按问题分门别类摘录出来；一个是针对胡风的观点，找出马恩列斯毛的有关论述。他扼要地讲述了拟在理事会上所作报告的思路、梗概，说是要对胡风集团的活动作一个历史的回顾和评价，指出它是一个反党反人民反马克思主义的资产阶级派别。他还谈到，除了胡适、胡风这两条战线外，还要开辟第三条战线，即展开对庸俗社会学的批评。

这次谈话之后，我即全神贯注地进入"研究助手"、"业务秘书"的角色。从作协图书资料室找来胡风的八、九本评论集：《文艺笔谈》《文学与生活》《密云期风习小集》《剑·文艺·人民》《论民族形式问题》《在混乱里面》《逆流的日子》《为了明天》《论现实主义的路》。我以周扬在《我们必须战斗》一文中所阐述的我们与胡风文艺思想的根本分歧和郭沫若在《反社会主义的胡风纲领》中所批判的胡风所谓的"五把刀子"为线索，戴着有色眼镜睁大眼睛从胡风著作中逐章逐段、逐字逐句地找问题。对我这么一个缺乏理论根底的文学青年来说，要读懂胡风著作中一些晦涩的"奴隶的语言"，实在是一件十分吃力的事，有时不免囫囵吞枣、一知半解。时间短，任务重，压力大，我只好回绝了未婚妻的周末约会，中断了同父母弟妹的书信往来，不分白天黑夜，加班加点地阅读、摘录资料，将两份整理好的资料及时送到周扬手里。

正当我得心应手、沾沾自喜的时候，一场来势凶猛的疾风骤雨把我卷了进去。1955年5月13日《人民日报》发表了《关于胡风反革命集团的一些材料》，随后又发表了第二、三批材料，毛主席以《人民日报》编者的名义加了按语，由此，一场肃清胡风分子和一切暗藏的反革命分子的斗争在全国范围内展开了。我所在的单位、部门——中国作协创作委员会秘书室挖出了一个"胡风集团骨干分子"。这个"胡风分子"交代，他向胡风集团传递的情况、消息，有些是从我口中得知的。于是开始追查我向胡风集团"泄密"的问题。我当了50多天周扬秘书，到此也就夭折了。

初来文协那几年，我一直担任党组记录、秘书。我回到办公室，创委会秘书室的同事，包括那个"胡风分子"，常常向我打听党组有些什么指示精神，对下段工作有些什么安排。我"政治上麻痹大意，丧失警惕性，缺乏阶级斗争观点"，把批判胡风看作文艺思想论争，加上又夸夸其谈，好表现自己，在闲聊漫谈中，曾不止一次地向那个"胡风分子"透露过：在什么情况下要讨论路翎的作品、发表胡风的检讨以及在理事会上将对批判胡风文艺思想作总结等等。在揭发批判我的会上，同志们尖锐地指出这些都是反胡风斗争的部署，是党的机密，疾言厉色，寻根究底地追问我为什么一而再、再而三地向胡风集团泄露机密。面对穷追猛批，我瞠目结舌，张皇失措，于是又进一步被怀疑为胡风集团在作家协会的"坐探"。这对我可说是如雷轰顶的巨大打击。我一直受到领导的信任、重用，听到的是一片赞扬夸奖的声音，春风得意，一帆风顺。一瞬间，我好像从高山之巅被摔到万丈深渊，顿即成了肃反运动的对象。我痛苦羞愧之极，简直无地自容。经过长达一年零四个月的审查，才作出了我同胡风集团没有组织上的联系、所犯"泄密"错误属于严重自由主义的结论。当年毛主席老人家有句名言："有些自由主义分子则是反革命分子的好朋友"，因而会上会下批判我的调门很高，斥责我充当了胡风集团的义务情报员，是反革命分子不折不扣的好朋友。本来要给予我这个反面教员以留党察看一年的处分，姑念我平时工作积极，运动后期态度较好，才减轻为党内严重警告。我经历的这场惊心动魄的斗争，到此才画上一个句号。

"吃一堑长一智"。这次当头棒喝，确实促使我猛然醒悟。我从患得患失的心态中逐步解脱出来，振作精神，抱着将功补过的心情加倍努力地做好本职工作。我那快翘起来的尾巴被打了下去，对自己的估计清醒冷静多了，说话办事也越发谨慎了，特别是意识到，再也不能把自己封闭在机关、斗室里搞秘书工作、文字工作，一定要到火热的群众斗争中经风雨、见世面、锻炼、改造自己。

到80年代初，随着"胡风反革命集团"一案的平反，我因"泄密"所受的严重警告处分也被撤销了。我终于卸下背了二十五、六年的思想包袱而轻装前进。

1998年2月

涉足儿童文苑

　　说起我和儿童文学的缘分，难以忘怀几位老师对我的引导、启迪和教诲。

　　我的文学启蒙老师赵景深，是我国早期儿童文学理论、创作、翻译、教学的拓荒者、探索者之一。他翻译过格林、安徒生的童话，最早在大学开设童话课，著有《童话概要》《童话论集》。他那优美的、富有诗意的童话《纸花》《一片槐叶》，童话诗《桃林的童话———给亲爱的小妹慧深》，都在我早期阅读中，留下了美好的印象。我上中学的时候，曾多次向他主编的《青年界》投稿。在这本杂志的《读者园地》一栏里，先后登载过我写的散文、速写《灯下自修记》《张先生的病》《房客的悲哀》《钟声》等。赵先生不止一次地给我回信，鼓励我写自己熟悉的校园生活，多读一点中外文学名著。他还用清秀工整的毛笔字，字斟句酌地修改我写的一首题为《走向遥远的边疆》的诗。那时，我企盼见到赵先生，想要当面聆听他的教诲。

　　没想到，我一考进复旦大学，就和赵先生不期而遇了。"国文"是一年级的必修课，在强大的教授阵容中，有郭绍虞、陈子展、章靳以、魏金枝、方令孺等，我毫不犹豫地选了我所熟悉又敬重的赵景深教授。赵先生讲课很生动、风趣，不时穿插讲一些文人逸事、文坛掌故，有时还哼几段京剧、昆曲，连唱带表演，引起阵阵笑声。他对外国文学很熟悉，不仅常常介绍狄更斯、左拉、莫泊桑、契诃夫等大作家，也偶尔推荐沙尔·贝洛、安徒生、王尔德、格林兄弟、豪夫、科洛狄等儿童文学大家的名著。赵先生对我这个《青年界》的小作者并不陌生，似有一层特殊的感情，还按照我的兴趣和愿望，为我开列了一份参考书目。我从学校图书馆找到了《敏豪生奇游记》《鹅妈妈的故事》《荒岛探宝记》等书，在课余时间如饥似渴地阅读，使我对外国儿童文学增进了了解。对我的作文，赵先生也鼓励有加，经常给以88、90的高分，并写下"有正确的政治立场，有熟练的文字技巧""文字明快有力，首尾完整"等评语。可以说，在我的文学之旅中，赵先生是第一个引领我向"儿童文学港"靠拢的人。

我走上工作岗位，第一个上级恰好又是儿童文学老作家严文井同志。在文井同志麾下，我一边学习做文学组织工作，一边利用业余时间挑灯夜读。我饶有兴味地读了严文井的童话《蜜蜂和蚯蚓的故事》《三只骄傲的小猫》《小溪流的歌》，被这些富有幼儿情趣、诗情与哲理交融的作品所深深打动。我对我的上级在儿童文学上的出色成就肃然起敬，这也大大激发了我对儿童文学的兴趣。

随后我在作家协会创作委员会当秘书，又有机会旁听文井和冰心、张天翼、金近等积极参加的儿童文学组关于作品和创作问题的讨论。文井谈到："现在儿童读物的缺点，也是爱教训孩子。孩子不爱听枯燥的说教，我们应当尽量把作品写得生动有趣一点。"他的这番话，使我较早地领悟到，儿童文学要讲究情趣，寓教于乐。中国作协编的《1954~1955儿童文学》，是由文井最后审定篇目并作序的。在协助文井编选的过程中，使我心里对如何把握少年儿童文学的特点，如何衡量、评判一篇作品的成败得失，有了点底。他在《序言》中所说的："应当善于从少年儿童们的角度出发，善于以他们的眼睛，他们的耳朵，尤其是他们的心灵，来观察和认识他们所能接触到的，以及他们虽然没有普遍接触但渴望更多知道的那个完整统一而丰富多样的世界……一定要让作品做到：使他们看得懂，喜欢看，并且真正可以从当中得到有益的东西。"这段言简意赅的文字，在我脑子里深深地扎了根，成了我后来从事儿童文学评论经常揣摩、力求把握的准则。

我涉足儿童文学评论，还忘不了《文艺报》和著名评论家侯金镜同志对我的鼓励和点拨。1955年9月，《人民日报》发了社论，号召作家为少年儿童写作，改变儿童读物奇缺的状况。中国作家协会和郭沫若、冰心等文学前辈响应号召，倡议每个作家

"一人一篇"。那时我还不是作家协会会员，但作为一个初学评论写作者，也深感有义务和责任，为孩子们做点什么。于是，我根据在创委会分工阅读作品的印象和感受，写了两篇儿童文学评论，那就是1956年、1957年刊登在《文艺报》上的《幻想也要以真实为基础——评欧阳山的童话〈慧眼〉》《情趣从何而来？——谈谈柯岩的儿童诗》。

这两篇评论文章，在儿童文学界还多少有点影响。前一篇文章引起了一场持续两年之久的有关童话体裁中幻想与现实关系的讨论，或多或少活跃了当时儿童文苑学术论争的空气，"也丰富了50年代尚不完备的我国童话理论"，在当代儿童文学史、童话史上留下了一笔。后一篇则是最早评介柯岩儿童诗的文章。从1955年底到1956年夏秋之交，我从《人民文学》《文艺学习》等刊物上，先后读到柯岩的《儿童诗三首》《"小兵"的故事》等，尤为赞赏其中的《帽子的秘密》《爸爸的眼镜》《看球记》等几首。我沉浸在阅读的愉悦之中，为这些诗篇所展现的纯真的童心、童趣所打动，情不自禁地要拿起笔来予以赞美和评说。那时，我同柯岩素昧平生，也没有报刊约我写这篇文章。选这个题目，可说是完全出自个人的审美情趣和发现文学新人的喜悦。文章初稿写于1957初春时节，正逢文艺界贯彻"双百"方针，鼓励鸣放，作家们如坐春风、如沐春雨。此时，我也心情舒畅，思想比较活跃，没有多少条条框框。修改定稿的1957年10月，已进入反右派斗争的中后期，正是我因"整风"期间所犯严重右倾错误挨批评、写检讨之际。我的女儿又正好在这个时候呱呱坠地。我住的那间十多平方米的屋子，一分为三：窗前一张两屉桌，是我挑灯爬格子的小天地；我身后躺着正在坐月子的妻子和未满月的婴儿；用两个书架隔开的一个窄条，住着我的母亲，她是特地从老家赶来帮助照料我们的。我就是在这样一种并非宁静、宽松的环境、氛围、心情下，完成这篇文章的。《文艺报》编辑部与创委会在同一幢楼办公，我把这篇稿子送到编辑部。负责审稿的责任编辑是青年评论家敏泽，该报副总编辑侯金镜同志终审。金镜同志阅稿后，约我谈了一次话，他热情地鼓励我：文章写得不错，从作品的实际出发，作了比较深入的艺术分析，抓住了作者的创作特色。他希望我沿着这个路子走下去。这篇近1万字的文章很快在8开的《文艺报》周刊上用两整版的篇幅刊出了。此文得到作者柯岩的首肯，也得到评论界和儿童文学界的好评，认为它是"有一定理论水平的作家作品论""对儿童情趣的赞美，与对'行动诗'的褒奖，深深影响了一代儿童文苑"。年轻时的这篇习作似乎成了我的代表作，先后被收入七八种评论选集。

20世纪50年代写了上述两篇评论文章，从此与儿童文学结下了不解之缘，成了儿童文学评论队伍里的散兵游勇。

2000年6月29日

反右侥幸过关

在反胡风斗争中，我摔了一跤。时隔两年，在反右斗争中，我又差一点遭灭顶之灾。

1957年春天，党在学术、文化界进一步贯彻百花齐放、百家争鸣的方针；在全国范围内开展反对官僚主义、宗派主义、主观主义的整风运动，欢迎大家"鸣""放"。知识分子如坐春风，如沐春雨，心情舒畅，干劲倍增。我因在反胡风斗争中受了处分，一度失去年轻人应有的革命朝气和政治热情，抱着不求有功、但求无过的消极心理，夹着尾巴做人。在这春意盎然的时节，我也振作起来，跃跃欲试，满怀对政治民主、学术民主、艺术民主的向往，投身到赴东北各地调查了解文艺界鸣放情况的工作中去。

第一次单枪匹马闯东北，既有一种新鲜感，也多少有几分紧张。好在出发前我所在单位——中国作家协会秘书长郭小川同我谈了话；又听了主管文艺的中宣部副部长周扬在刊物编辑座谈会上鼓励鸣放、着重反对教条主义和对待科学、艺术的官僚主义、行政命令方式的讲话，心里有了底。

从4月中旬到6月初，我兴冲冲地、马不停蹄地跑了沈阳、抚顺、鞍山、长春、吉林、哈尔滨、牡丹江、延吉等八九个城市，访问了60多位作家、文学工作者。由于我手里拿着中国作家协会和中共中央宣传部开的两种介绍信，来头不小，一路绿灯。每到一地，党委宣传部和作家协会领导人都很重视，安排单独会见或同班子成员小型座谈。他们渴望从我这里了解上面有什么新的精神。我空空如也，一无所有，只得打开自己的笔记本，把赴东北前所听周扬讲话的要点，向他们吹吹风。到长春的第二天，省里召开100多人参加的文艺界鸣放会。宣传部长一再动员我在会上传达一下周扬的讲话，我以"记录不全不准"为由婉拒了。当时，我暗自思忖：不能再重复反胡风时因夸夸其谈、好表现自己犯的错误，说话、办事得谨慎一些。幸亏长了这么个心眼，否则娄子就捅大了。我仅在小范围内向一些领导同志吹了吹风，反右时就招来了"从右的方面歪曲周扬关于'双百'的讲话"、"煽风点火于基层"的指责。如果我贸然到群众场合正式传达，那又不知会被扣上什么样的帽子呢。

从沈阳到长春，从哈尔滨到延吉，我一面快马加鞭地赶路，一面日以继夜地赶写各地鸣放情况汇报材料，一路上没有游山玩水，没有访亲问友，全身心地投入工作。那时，干劲可真不小，除了完成领导交给的收集材料，编写简报（计五篇，登在供领导参考的《文学动态》上）的任务外，还超额完成了两篇长达五六千字的通讯报道：一篇《迎接大鸣大放的春天——访长春的几位作家》，在《文艺报》上刊出了；另一篇《东北文学界鸣放剪影》，也已打出校样，因形势骤变未能问世。在这两篇通讯中，我力图真实地反映出一些有代表性的作家对文艺领导存在的教条主义、宗派情绪、简单化作风的批评，以及他们长久以来埋在心底的苦恼、委屈和愿望。文中虽然也引用了一些被冷落的老作家说的："作家协会把我排斥在外面"，高教部、文化部、作家协会"把我扔了，像破抹布一样"这类带有一点牢骚的话，但总的看来，那些批评意见还是与人为善、和风细雨的，并不是什么抱有敌对情绪的恶意攻击。然而，由于反右斗争的严重扩大化，一大批有才华、有作为、敢讲真话和逆耳之言的知识分子都被错划为右派，受到长期的委屈、压抑和沉重打击。我在长春采访的三位作家中，后来也有两位被错划为右派。这样，我写的那篇通讯在反右斗争中被批评为"替右派分子鸣锣开道"。面对报上公开点名批判那两位作家的事实，我也只好哑口无言了。

从东北回到北京，作家协会机关仍处于鸣放高潮中。我所在的创作委员会研究室负责人鼓励我："前些年你担任党组秘书，对领导的情况比较了解，应该在鸣放会上好好讲一讲，不要有什么顾虑。"我一直对整体工作比较关心，平时也爱动脑子思考一些创作、理论上的问题，对领导同志的思想、工作作风也有自己的看法。我想，既然党进行整风，广泛征求批评意见，我作为一个党员，有责任也有义务把自己的看法和意见直率地、无保留地讲出来。勇于独立思考，不要人云亦云；敢于说话，敢于批评，敢于争论，是我当时努力学习、追求的品格和作风。我作了认真思考，列了一个详细发言提纲，在创作委员会整风会上作了两个多小时的长篇发言。我大胆地、提名道姓地批评了胡乔木、周扬、林默涵、刘白羽等负责人"领导思想或'左'或右，对文学运动、文学创作中倾向性的问题不是处在清醒状态"，在创造新英雄人物问题上"存在脱离创作实践的教条主义观点"，有时"用行政方式解决学术问题、艺术问题"。我的这些批评意见不是毫无道理。但后来在反右派中却不分青红皂白地被斥责为"对领导抱有严重对立情绪"、"把马克思主义当作教条主义来反对"、"追求资产阶级绝对的民主，自由"。

我发言后没有几天形势发生急剧的变化。6月8日《人民日报》发表《这是为什么？》的社论。一场全国规模的群众性的急风暴雨式的反右运动猛烈地开展起来了。文艺界也掀起揭露、批判"丁玲、陈企霞反党集团"和其他右派分子的斗争。我所在的创委会研究室也无例外地卷入这场斗争。研究室共有13人，重点批判了三个人。我是第一个被批判的，主要批判我东北之行的两篇通讯和在创委会整风鸣放会上的发言。同事们义正词严地批判我："同情对党不满的人"，"同有右派思想、修正主义思想的人一鼻孔出气"，"在大风大浪中迷失方向，在右派的进攻面前，政治上动摇"，"从个人恩怨看问题，资产阶级个人主义根深蒂固"。在猛烈而严厉的批判面前，我晕头转向，不知所措。对有些批评，我虽心里不服，但觉得纵有七嘴八舌，也无法申辩清楚。只得一次又一次检查，挖思想，找根源，上纲上线，真诚地、沉痛地表示要洗心革面，痛改前非，到基层、到工农兵群众中去劳动锻炼，彻底改造自己的世界观。

到了运动后期，我们创委会研究室被批判的三人中，有一个被划为右派，有一个被开除党籍。组织上姑念我没有为"丁、陈反党集团"翻案的言行，也没有为自己在反胡风斗争中受批判、处分鸣冤叫屈，终于高抬贵手，放我过关了。我的问题性质定为严重右倾错误。据说内部排队定为中右（中间偏右），也就是说，距离右派只有一步之遥。好危险呵！已经到了悬崖边上。若干年后同友人谈起我在反右前后的这段经历，不止一位老友说：你算是幸运的了，作协划的右派太多，轮不到你了。如果换一个单位，你那些材料，白纸黑字，铁证如山，划你为右派，是绰绰有余了。

回忆这段往事，我倒没有为受到冲击、批判而自怨自艾。难以忘怀的倒是那刻骨铭心的教训：任何时候、任何场合，都要敢于讲真话，反映真实情况；压力再大，也不能讲违心的话，更不能做违心的事。扪心自问，在这方面我也还不是无懈可击的啊！

2000年4月29日

"文件作家"的甘苦

文坛上有诗人、小说家、散文家、报告文学家、剧作家、儿童文学家，还有理论批评家、翻译家、编辑家，从来没听说过还有什么"文件作家""材料作家"。可我从20世纪60年代初开始，就被同事们戏称为"文件作家"。

20世纪50年代末，我在河北省文联文艺理论研究室工作，参与过几次关于文艺方针政策文件的起草，省里主管文艺的领导发现我擅长于理论思维，逻辑性比较强，写出的文章有条有理，文笔也流畅。于是就把我调到河北省委宣传部文艺处去了。这样一来，给省委及宣传部领导同志起草有关文艺问题讲话、报告的任务往往就落在我的头上；有时还要代省报《河北日报》撰写文艺方面的社论。凡我执笔或参与起草的文件、材料，常常比较顺利地通过领导的审查，颇受同事们青睐，"文件作家"的称号不胫而走。在省委机关里，算是个小有名气的"秀才""笔杆子"了。

前几年，我出过两本文学评论集，有的老友、同事收到我的赠书，开玩笑地说：假如把你起草的讲话、报告都收进去，也许能出四卷、五卷哩！由于我所处的岗位，这么些年，我捉刀的、带有工作、职务性的文章确实不算少。

岁月无情，时过境迁，这些带有时代印记的文字，能经得起时间检验、还能站住脚的，可真是寥寥无几。然而当年受命写作前后的一些情景、赶任务的那股热情、干劲，至今记忆犹新。

1962年5月23日是毛主席《在延安文艺座谈会上的讲话》发表20周年的日子。5月初，省委宣传部决定组成一个包括我在内的三人写作小组，为《河北日报》赶写一篇纪念《讲话》发表20周年的社论。那时正值三年经济困难时期，粮食不够吃，辅之以瓜、菜、代（食品），机关也生产小球藻、"人造肉"等代食品。肚子里没有多少油水，经常是饥肠辘辘。我记得，每人每月有一张点心票。我买上六两点心，从食品店走回办公室，在路上不到十分钟，就吃得一干二净。肚子像个无底洞，怎么也填不满似的。领导上为了给写作小组的同志增加点营养，在河北梆子剧院借了一间房，作为我们的写作场所，这样中午、晚上可以到邻近的河北宾馆用会议餐。那时的会议伙食倒真是标准的"四菜一汤"，没有多少荤腥，几大盆菜端上桌来，不一会儿，就一扫而光，大家也顾不上吃相难看了。吃饱了肚子，自然就得抖擞精神加油干。开头是分工执笔，三易其稿，最后由我统改全稿，一篇6000字的题为《争取文学艺术的更大繁荣》的社论算是如期完成了。领导上显然很满意，主管文艺的宣传部副部长远千里拍着我的肩膀说："省报的一篇社论比你写一篇作品评论的影响大多了，你以后在宣传毛泽东文艺思想和党的文艺方针政策上多下点功夫吧！"

写作毕竟是绞尽脑汁的艰苦劳动，尽管领导上想方设法在写作、生活条件上给予照顾，但写完上述那篇社论，我还是患上了神经衰弱，头晕、心动过速、失眠，闹腾了很长一段时间。随着战胜三年困难，经济形势好转，我的身体才慢慢地好起来。

会议开幕词、闭幕词、大会总结这类文件的起草，往往是要夜以继日突击完成的紧急任务。养兵千日，用兵一时，能不能迅速拿下碉堡，全看你平时练就的本领了。在我的记忆里，从20世纪60年代到70年代，我曾比较干净利落地打了两个漂亮的"闪电战"。

1965年2月，华北区话剧歌剧观摩演出会在北京举行，我被抽调到大会秘书处工作。刚一报到，在住处安顿下来，华北局宣传部文艺处处长就找上门来，说是：观摩演出会的开幕式上，除了原来定的由邓拓同志代表华北局讲话外，现临时决定还要由宣传部部长黄志刚致开幕词。让我立即投入战斗，连夜写出一篇概述当前文艺的形势和任务、繁荣话剧歌剧的要求、对戏剧工作者的期望等内容的开幕词来。没有商量余地，没有任何退路，我只好勉为其难地接受任务。好在不久前我刚为《河北日报》写过一篇题为《沿着革命化民族化群众化的道路奋勇前进——祝华北区话剧歌剧观摩演出会开幕》的社论，对有关话剧歌剧的情况和问题做过一些了解和思考，手边也有一点参考资料。我锁上房门，聚精会神地奋战了一夜，当曙光照进房间的时候，我终于写出了一篇4000字的开幕词。会议期间，我还参与了黄志刚同志在观摩演出会上所作《总结报告》的起草。可能是由于写文件材料"有功"吧，我获得了一次破例的、分外的奖励。观摩演出会闭幕，党和国家领导人刘少奇、彭真等在人民大会堂接见与会的1300多名代表。合影时在第一排就座的，除党和国家领导人外，还有华北局及中央宣传、文化部门负责人，华北区各省、市、自治区代表团团长。出人意料的是，我也被安排在第一排靠边的一个座位。论职务，按级别，是怎么也轮不到没有乌纱帽的我呀。对这种额外照顾，我有点忐忑不安，坐在那个位置上，觉得不大自然。

还有一次漂亮的"闪电战"是在1979年11月打响的。第四次全国文代大会进入第五天；第二天，作家协会第三次会员代表大会就要开幕了。晚11点多，看完会议安排的两部电影，回到西苑宾馆，在走廊上，作协筹备组负责人李季迫不及待地对我说："刘白羽同志同意明天在作代会上致开幕词，你开个夜车，赶写一下，明天一早交给我。"面对这个紧急任务，我倒没有慌张。因为从这一年的2月到10月，我一直在文代会文件起草组工作。起草组搬了七次家，从一个宾馆到一家旅社，从一个招待所到另一个招待所，天天用会议餐，有时晚上还加夜餐，八九个月下来，我的体重竟由52公斤增加到61公斤。体质增强，精力充沛，开个把夜车，不成问题。特别是那段时间，起草组的同志经常在一起学政策，议形势，在吃透中央精神、吃透文艺界情况上，做了比较充分的准备。加上我又参与了提交第三次作代会的《工作报告》的起草，因而对拟写的开幕词应当说点什么，可说是成竹在胸了。思路清晰，按照立下的框架，写起来比较顺手，天亮之前，一篇两千多字的开幕词就写成了。经李季、刘白羽过目，没作什么修改，就在开幕式上同与会代表见面了。我算是又交了一份合格的答卷。

当了几十年文字匠，甜酸苦辣都尝过。要写好讲话、报告这类文字，似也没有什么诀窍，无非平时要认真学习党的方针政策，注意收集有关资料，广泛吸取多方面的知识，努力提高自己的理论、文化素养。

2000年4月13日

大红人·小爬虫

当史无前例的"文化大革命"狂风席卷中华大地时，我又一次不由自主地被卷进斗争旋涡之中。

"文革"序幕刚拉开，我就因在反胡风斗争中受过党内严重警告处分而被看作"危险人物"，置于靠边站、受审查的地位。不让我参加江青炮制的那个诬蔑新中国成立以来文艺界被一条黑线专了政的《部队文艺工作座谈会纪要》学习讨论会，也不准我听作为"文化大革命"纲领性文件的中共中央《五·一六通知》的传达。那时，我虽已不太年轻，步入中年人的行列，也经历过反胡风、反右派、反右倾的风风雨雨，但面对来势汹汹、波谲云诡的"文革"，不明底细，不知深浅，仍不免有几分紧张和忧虑。

我曾任周扬秘书一职事，因为是兼职，时间又极短，在反胡风斗争中犯了错误就被抹掉了。因此，我一直没有在干部履历表上填写过，调河北工作后也从没有向同事们提起过。当"文革"兴起，报刊公开点名批判"文艺黑线总头目"周扬之后，我觉得有必要立即向组织讲清楚自己同周扬的关系。我主动向所在单位——河北省委宣传部"文革"筹委会，如实交代了自己一度当过周扬秘书的经历。于是引来一些造反派异样的惊诧、怀疑的目光："哦，原来我们身边还藏着一个周扬黑线上的人物哩！"在揭发批判"周扬在河北的代理人"、省委宣传部"走资派"远千里的大字报、批斗会上，我被当作其"亲信""大红人""黑干将"，列在他推行修正主义组织路线、"招降纳叛"的名单之首。霎时之间，我同周扬文艺黑线的关系，成了省委机关大院里众目睽睽的大问题。然而，我毕竟只是个小干事，不是当权派，没有乌纱帽，也不是什么"学术权威"，不是运动的重点，充其量是个犯有错误的笔杆子，关进牛棚还不够格。

这样，我还有机会"放下包袱，参加战斗"。

根据毛主席的意见制定的《十六条》下达后特别是批判了"压制群众"的"资产阶级反动路线"之后，出于对毛主席和党中央的信赖，我也真诚地、瞻前顾后地投入揭发批判"走资派""反革命修正主义分子"的斗争。我从文件、报告、讲话和工作笔记里寻章摘句，断章取义，连续写了几张揭批远千里推行周扬文艺黑线、宣扬反"题材决定"论等"黑八论"的大字报。开头我还称远千里为同志，没过几天就直呼其名了。后来跟着那股"横扫一切"的旋风，干脆用红笔在他的名字上打"×"了。其实，我在内心深处始终不相信远千里是蓄意反党反社会主义反毛泽东思想，估摸他的问题性质也就是忠实执行了"修正主义文艺路线"。然而，在那发狂发疯的岁月，我这个被看作"死保远千里的老右"，岂敢逆潮流而动。为了保护自己，求得一个安身立命之地，也只好随声附和了。

紧接着，在天津掀起砸烂周扬黑线黑网的风暴，揪出了一些"周扬死党""变色龙""小爬虫"。这时，远千里又被视为"周扬死党"，接受新一轮更猛烈的批斗。至今我还清晰地记得，在省委办公厅楼前召开的批斗会上，胸前挂着黑帮牌子的远千里，不堪忍受红卫兵、造反派的"喷气式"，面如土色，冷汗直流。他原本患有严重的腰脊椎增生症，平时是要靠钢架来支撑身体的，怎能承受长时间的、90度的低头弯腰呢？！在这之后不久，一天薄暮时分，远千里躺在蚊帐内，用剃须刀割断手腕动脉，含冤而死。辞世前，他的桌上还铺着几页尚未写完的证明材料，那是天津造反派让其交代与"周扬死党"的关系的。这位忠于党、忠于人民的"三八式"老干部，无可奈何地选择不惜一死来证明自己的清白、善良和忠诚，以此抗议他永远不能理解的"文化大革命"。面对这个惨不忍睹的事实，被看作"小爬虫""小走卒"的我，只能强忍悲痛，把泪水往肚里咽。不仅如此，我还得言不由衷地表态："坚决与自绝于党和人民的走资派远千里划清界限！"远千里之死，和"文革"初期红卫兵抄家，我母亲不堪戴高帽游街、在天井罚跪的屈辱，深更半夜投井自尽，使我在"文革"中失去了两个至亲至爱的人：一个是苦心栽培我的领导；一个是生我养我的母亲，这在我心灵上留下了深刻的、永远无法愈合的创伤。

党的"九大"以后，我随着河北省直毛泽东思想学习班、"五七干校"，从保定到石家庄，从隆尧到宁晋，参加旷日持久的"斗、批、改"运动。我在班、排的整党会上，按照毛主席提出的"五十字建党纲领"，围绕举什么旗、走什么路、做什么人的要害问题，诚惶诚恐、一本正经地作了五六次斗私批修的检查，狠批自己"充当了文艺黑线的吹鼓手"，深挖自己"灵魂深处的资产阶级王国"，不止一次地声泪俱下，但依然过不了关，迟迟不能恢复组织生活。同志们众口一词地批评我对周扬、远千里恨不起来，在思想感情上同文艺黑线有着千丝万缕的联系，没有划清界限。"书记、部长的不少讲话、报告出自你的手，你这个干事在贩卖修正主义黑货、制造复辟舆论方面所起的作用，不亚于一个单位的当权派"，"你是文艺黑线的宠儿，正在被培养为资产阶级文艺的接班人，砸烂黑线黑网，把你的既得利益也砸在里面了，你失去了成名成家、向上爬的阶梯，禁不住为文艺黑线唱挽歌"……面对这些"刺刀见红"、上纲上线、狠触灵魂的批评，我张口结舌，无言以对，只有洗耳恭听的份儿了。

"斗、批、改"结束，重新分配工作，军宣队把我打发到一所工科院校。

好心的同事为我去说情："束沛德既不懂机，也不懂电，分配到机电学院，他能干什么？还是应当让他搞文艺工作。"一位军宣队负责同志斩钉截铁地回答："他是修正主义大染缸里滚出来的，不能再让这样的人占据文艺阵地。"这时我心灰意冷，别无选择，只好被迫改行了。可我依然关注着文坛的风云变幻，作家的遭遇命运……

2000年5月11日

归队·挑担子

我从五七干校分配到一所工科院校，做宣传工作、秘书工作，一蹲就是六七年。随着"四人帮"的覆灭，"文艺黑线专政"论被推翻，我也逐步将"文化工作危险"、"不再搞精神生产"、"投笔从农"等消极情绪抛到九霄云外，憧憬着有朝一日能归队，继续从事自己喜爱的文学工作。

1978年早春2月，我从报上刊登的全国政协委员名单中，见到了我的老领导、老作家沙汀的名字，真是喜出望外。"十年浩劫"，天各一方，生死存亡，杳无音信。曾一度风闻沙汀已不在人世，现在他的名字又奇迹般地出现在我的面前，怎么能不让我激动不已呢。我当即写了一封信寄往政协会议秘书处转沙汀。没想到，隔了几天，就收到他发自"北京友谊宾馆主楼435号"的一封回信。时隔十多个春秋，重新见到他那写得密密麻麻、工整而清秀的笔迹，感到格外亲切。他在信中告诉我"奉调来京参加工作"，"我的愿望是搞创作，但组织上既然要我来社科院文学所任所长，当然只有服从调配"。当他得知我还在一所与自己所学所长毫不沾边的机电学院工作时，热情地表示将帮我找机会归队，争取调回北京从事文学工作。同时又直言相告："只是你千万得有精神准备，因为据说调动干部来京，数字控制较严。我想你不至于把这看成推诿的托词吧。"后来，经过他多方联系，又得到严文井、李季、张僖诸位老上级的帮助和支持，全国文联、作协恢复工作后，我终于在十一届三中全会前夜，作为"业务骨干"又调回北京，重返文学岗位。

金秋十月，到作协报到后，第一个找我谈工作的是《文艺报》主编冯牧。他当时兼任恢复作协筹备组成员。在黄图岗四合院，冯牧那间狭窄、光线暗淡的书房里，他开门见山地对我说："决定让你到《文艺报》工作。现在作品很多，需要有几个人坐下来，认真地读一读这些作品，为编辑部拟定一些选题，组织评论文章；自己也可以写一些文章。我20世纪50年代末到'文革'前，在《文艺报》就是干这个工作。"分配我做这项工作，可说是正中下怀。当冯牧看出我多少有些信心不足时，他又鼓励有加："你50年代就在作协创作委员会，也为《文艺报》写过一些文章，还是有基础的；熟悉一段情况后，是可以胜任的。"开完作协第三次会员代表大会，建立了创作联络部这个机构，它担负着20世纪50年代作协创委会的相当一部分任务。这时，作协负责人、也是20世纪50年代我在创委会的老领导李季，斩钉截铁地、没有一点商量余地地让我和另一位同志共同负责创联部办公室的工作。这样，我未能如愿到《文艺报》从事文学评论，却与文学组织工作结下了不解之缘，继续在文学界"打杂"，又做了20年服务性的工作。

我第一次跨进创联部办公室，脑海里涌出的第一个念头是："创委会，我又回来了！"一个人的命运有时似乎富有戏剧性，谁曾料到：我1958年初离开创委会下放劳动，在张家口、天津、保定、石家庄转了一大圈，度过20个春秋，又回到自己最初供职的部门——创联部。日常工作仍然是调查了解文学创作、文学队伍情况，组织作品和创作问题的讨论，组织作家深入生活，加强同会员作家的联系，等等。真是无巧不成书，《作家通讯》1953年创刊，1980年复刊，都是我经手操办的。同时，我继续扮演"文件作家"——秘书的角色，参与起草开幕词、祝词、演讲稿、文件批语、会务工作报告诸如此类应用文。我所做工作的性质与20世纪50年代大同小异，相去无几。但时不待人，我已由一个年轻小伙子变成一个年届半百的中年人了。20世纪80年代初，周扬来作协看望大家时，当着我的面，对作协一位负责同志说："束沛德，我早就认识了，在文学战线工作30年了吧，是作协的老同志了。"他问我："你是创联部主任了吧！"我回答："主任是葛洛，我是一个助手。"稍后一些日子，历经磨难的老编辑家、评论家陈企霞也在作协的一次会上说："束沛德20多岁就给周扬起草访苏的演讲稿了，如今年近半百，怎么还不能让他挑挑担子呢？！"

随着中央提出干部队伍"革命化、年轻化、知识化、专业化"的方针，在一些老同志的关心、提携下，我有幸于1982年进入作协领导班子——党组。最初让我担负的工作，是协助常务书记抓作协书记处的运转。当时的4位常务书记——冯牧、朱子奇、孔罗荪、葛洛，都已年逾花甲，有的已年逾古稀。尽管我也50出头，但在他们面前，是后生晚辈，还算个年轻人。新旧交替，以老带新，我是他们传、帮、带的对象。经过他们几年的言传身教，我得到了这样的评语："沛德对一些文艺问题的看法，态度还是鲜明的。他考虑问题、办事情细致、周密，确实是个秘书长的人才。"这样，我就于1985年初持培训合格证上岗了，挑起了作协书记处书记的担子。

至今我难以忘怀一些老同志对我们这批接班的中青年干部"扶上马、送一程"的真挚感情和热切期望。张光年同志叮嘱我们：无论工作多忙，都要坚持读作品、写文章，否则会员不会承认、接近你这个"文化官员"。冯牧同志希望我们在任何情况下，都要有勇气坚持马列文论的基本原理，力求在理论、文化、业务方面具有更广泛、深厚的素养。葛洛同志则要求我们眼睛向下，面向30多个省、市作协，面向几千名会员，及时吸收新生力量壮大文学队伍。

我在作协党组这个位置上呆了9年，经历了以张光年、唐达成、马烽为党组书记的三届班子的变迁，被一些同事戏称为"三朝元老"。在作协书记处这个岗位上呆了12载，后几年主要做了一些力所能及的、弥补班子疏忽遗漏的工作，因而又被同事们戏称为"拾遗补缺专业户"。三年前站完最后一班岗，我也完成"以老带新"的任务，从一线退了下来。

"束沛德不是理想的帅才，是个好秘书！"干了大半辈子，得到这么一句评语，也就心满意足了。

2000年6月22日

我与中国作协的情缘

中国作家协会从它的前身全国文协成立之日算起，到现在已走过一个甲子风风雨雨的路程。60个春秋，中国作协一共开过七次代表大会。除1949举行成立大会时，我还是个青年学子，没有跨进文学门槛外，后来几次代表大会，我作为大会工作人员或大会代表，都是积极参与者和见证人。别的我不敢言"老"，要说"老作协"，也许我还可以勉强算上一个吧。

从我在几次"作代会"上扮演的角色，也可从一个侧面了解我在文学界"打杂"、跑龙套的经历和在人生路上留下的几个脚印。

第一次"作代会"即全国文协成立大会，是在中国革命取得基本胜利、新中国即将诞生的时刻，与第一次全国文代大会同时举行的。

那时，我刚从高中毕业，作为一个文学爱好者、初学写作者，密切关注那次来自四面八方的文学家、艺术家大团结、大会师的盛会。从报纸、广播中获悉毛主席亲临文代大会会场，对代表们说："你们都是人民所需要的人，你们是人民的文学家、人民的艺术家，或是人民的文学艺术工作的组织者。你们对于革命有好处，对于人民有好处。因为人民需要你们，我们就有理由欢迎你们。"毛主席的这番话，给我留下难忘的印象，不仅当时成了激励我投身文学工作的动力；而且后来成了治疗我的"打杂烦恼症"的灵丹妙药。每当我在文学界"打杂"遇到麻烦或不称心如意的事情，我的耳边就响起"人民需要你们"这一亲切动人的声音。它一次又一次成功地说服我在"文学艺术工作的组织者"这个岗位上坚持下去。

第二次"作代会"是在我国进入大规模的、有计划的经济建设新时期举行的。那时我是一个从大学毕业、参加工作刚满一年的年轻干部。1952年冬，我的第一个上级严文井带领两个秘书：一个丁玲秘书陈淼，一个原定给周扬当秘书的我，跨进作协大门，最早投入二次作代会的筹备工作，为改组全国文协为中国作协做准备。我作为创作委员会秘书，有幸在冯雪峰、邵荃麟、沙汀麾下，参与组织部分在京作家、批评家、文学界领导骨干学习社会主义现实主义理论的具体工作。两个多月，围绕四个专题，召开了14次学习讨论会，我自始至终担任讨论会的记录。学习结束后，我写了一篇八、九千字的《学习情况报道》，登在《作家通讯》上，为这次作为第二次作代会思想准备的学习，留下了一份备忘录。对我个人来说，则好像上了一期文艺理论学习班，为我后来从事文学评论打了一点基础。

第二次"作代会"是和二次文代大会一起举行的。我和时任创委会秘书室主任的陈淼一起，担任文代大会主席团秘书。我凭着那个写明职务的胸卡，不仅可以到各小组了解讨论情况，会后综合整理出一篇《历史估价问题和创造人物形象问题的讨论》，为文坛留下一帧史影；而且得天独厚，有机会参加大会主席团会、临时党组会，频频接触文艺界领导同志。尤其令人难忘的是1953年10月4日那一天，毛主席和刘少奇、朱德、周恩来、陈云等党和国家领导人在怀仁堂后面的草坪上接见出席文代大会的全体代表。合影之后，毛主席面带笑容，同代表们挥手告别，大家报以长时间的、暴风雨般的鼓掌和欢呼。我尾随郭沫若、茅盾、周扬等大会主席团成员，送毛主席等到怀仁堂后门入口处。当毛主席走上台阶，回过头来，再次挥手同代表们告别时，我就站在台阶下面，距离毛主席真是近在咫尺。可我竟没有勇气伸过手去，同毛主席握一握手。那时，我老实拘谨、循规蹈矩到了何等程度！至今想来，不禁扑哧一笑。

第三次"作代会"是在我国进入社会主义现代化建设的历史新时期，与四次文代大会一起举行的。这是粉碎林彪、"四人帮"后，各路文艺大军胜利会师的盛会。那时我归队已有一年。会前那一年，从春到冬，我参加大会筹备组文件起草组的工作，参与起草《作协工作报告》、修改《作协章程》，在大会前夜还赶写了一篇《开幕词》。

脱离文学队伍十多年的我，经过这一段补课，认真学习党的文艺方针政策，特别是亲耳聆听了邓小平同志《在中国文学艺术工作者第四次代表大会上的祝词》，感到心明眼亮了。

如今我的眼前还清晰地浮现出第三次"作代会"上，那些从牢房、牛棚、"五七干校"走出来的、阔别多年的作家相拥在一起的动人情景。挣脱了精神枷锁的代表们在"作代会"上充满激情、精彩纷呈的发言，不仅博得了到会代表热烈的、持久不息的掌声，而且吸引了众多的出席剧协、音协、美协等代表大会的代表来旁听，一时传为佳话。我当时担任"作代会"简报组组长，和组里的几位同事，情绪亢奋，夜以继日地赶写简报，反映作家们很久以来埋在心底的声音。

我还清晰地记得，"作代会"闭幕的那天，周扬同志到会就民主问题、团结问题讲了话。周扬同志真诚地向在自己主管文艺期间受过错误批判、打击的丁玲、陈企霞、冯雪峰、艾青、罗烽、白朗、陈涌、秦兆扬、刘绍棠等同志公开道歉。他的讲话引起了强烈反响。我当时根据自己的笔记整理成《周扬同志讲话摘要》，刊登在大会《简报》上，为当代文坛留下又一帧真切的史影。

第四次"作代会"是在经济体制改革全面展开的新形势下举

行的，是一次以"大鼓劲、大团结、大繁荣"为目标的会议。
那时，我进入作协领导班子——党组已有两年多。我满怀热情、
全力以赴地投入代表大会的筹备工作，分工负责修改《作协章
程》、选举产生大会代表、提出新一届理事会组成方案等工作。
大会期间，我名副其实、独当一面地挑起了副秘书长的担子，
大会小会，频频亮相，台前幕后，马不停蹄，一时成了一个大
忙人。

　　这次代表大会的热门话题是：坚持"双百"方针，保证创作
自由。我记得，这次大会后，包括我在内的十位作家一起会见
中外记者。当外国记者提出中国作家有无创作自由、创作自由是
否有各种框框这样咄咄逼人的问题时，王蒙从容而轻松地回答：
"任何创作只要不违反法律，都将是自由的。""如果一位作家
写了歌颂江青的作品，那就会受到公众的嘲笑，他走在大街上，
人们会朝他吐口水的。"他的敏锐、机智，赢得一片笑声和掌
声。代表大会通过的新的《作协章程》和我在大会上就修改《章
程》所作的说明，也引起新华社、美联社、路透社、法新社、
《纽约时报》等中外媒体的关注。外国报刊、通讯社都突出宣
扬："中国答应给作家创作自由"、《章程》规定"有自由可以
描写生活的一切方面，而不是像过去提倡的那样只写工农兵"、
"敦促作家们大胆地开辟新天地"。有的朋友、同事见到"大会
秘书长束沛德先生"的名字接连两天出现在《参考消息》上，给

我开玩笑："你成了新闻人物了！"

第五次"作代会"是在全面加强社会主义精神文明建设的背景下，与第六次文代大会同时举行的，是文艺界继往开来、迎接新世纪的盛会。这时我年届65岁，早该"到站下车"了，只因等待班子换届，拖延下来。我是当时作协班子里唯一参与过上次代表大会筹备工作的人，出于一种责任心，我不得不充当承前启后、拾遗补缺的角色。大会期间，我又一次勉为其难地担任副秘书长，并在大会上作关于修改《作协章程》的说明，以至一位领导同志也戏称我为"章程专家"了。

第五次"作代会"期间，中央组织部一位负责人来会上传达中央有关作协领导班子换届的精神。他在讲话中提到，我和另外两位作协书记处书记，由于年龄偏大，不再进入下届班子。这是意料之中的事，我平静而宽慰地面对这个期盼已久的决定。随后，在选举作协新一届全委会委员、主席团委员时，我出乎意料地以高票当选。这对搞了大半辈子文学组织工作的我，也算是一种肯定和鼓励吧。我从中得到一丝慰藉。

第六次、第七次"作代会"召开之际，尽管我已从作协一线退下来，但一直还挑着作协儿童文学委员会负责人的担子，因此仍忝为大会代表、大会主席团成员，并在会上被推举为全委会名誉委员。当然，我心里明白，主席团委员也罢，名誉委员也罢，都是一种安排，没有多少实际意义。真正重要的变化，是我顺利地交了班，作为一名文学组织工作者，算是画上句号了。从此可以按一种新的节奏、新的方式安排自己的日常生活了。

2000年6月24日

终点又是起点

　　退休前夕，我曾服务多年的中国作家协会创作联络部，为我和另一位退休女干部开了一次欢送会。欢送会是在京郊清河中国石化长城润滑油集团公司宽敞明亮的会议室里举行的。那天，创联部的同事应诗人、作协会员孙毓霜之邀，到他任老总的长城公司去参观。走出机关，到四化建设第一线，呼吸点新鲜空气，精神为之一爽。欢送会上，从容地、无拘无束地交谈，气氛和谐融洽。与我共事多年的朋友说了一些溢美之词，表达了依依惜别之情。我也不胜感慨地表示："打杂"大半辈子，在创作、评论上没一点聊以自慰的成果；如果说还有什么可以问心无愧的话，那就是从来没有讨价还价，自觉服从组织分配，在文学战线上老老实实地做了一些服务性的工作。我还自作多情地现身说法，喋喋不休地期望创联部的年轻人多读作品，多练笔，多同会员交朋友。

　　从清河归来，心情一时平静不下来。躺在床上，不禁思绪万千，往事一幕幕映现在眼前：

1952年初秋，中宣部干训班在西单舍饭寺大磨盘院简陋的礼堂举行迎新会，欢迎我们这一群刚迈出大学校门的新学员。这是我的人生路上的一个新起点。从迎新会到欢送会，从大磨盘院干训班起跑，到清河长城润滑油公司冲过终点线，我用了整整46年跑毕全程。

我乘坐的那趟人生列车，从故乡江苏丹阳出发，途经镇江、上海、北京、天津、保定、石家庄等大站，还有涿鹿、怀来、昌黎、宁晋等小站，最后到达终点站北京。列车在我学习、工作、劳动过的这些地方停靠的时间或长或短，长则八九年，短则一年半载。20世纪六七十年代先后经历了四次举家大搬迁。

在悠悠岁月中，群众团体、党委机关、报社、学校，都留下过我的足迹。我当过文艺哨兵也当过园丁，当过下放干部也当过五七战士，当过秘书也当过书记。在人生风雨路上，我磕磕碰碰地闯过五道关：反胡风、反右派、"文革"、反资产阶级自由化、1989那场风波，碰过钉子，栽过跟头，挨过批评，受过处分。我这个伴随《卓娅与舒拉的故事》、《古丽雅的道路》、《普通一兵》成长起来的新中国第一代大学生，也不是什么幸运儿，尽管没有被大风大浪所刮倒和淹没，但也喝过几口水，尝到了海水的苦涩味。

回头看我68年的人生历程，也留下了不少遗憾和悔恨，其中最难以释怀的有这么几件事：一是未能满足父亲"再次上北京住些日子，到故宫、美术馆细细欣赏历代书画艺术和当代美术作品"的愿望。20世纪80年代初父亲来北京时，祖孙三代挤在一间半房里，那时囊中羞涩，也没舍得让父亲品尝一下北京烤鸭。等到我分到三居室，手头也稍稍宽裕时，父亲已在不久前患中风猝死。每当想起这件事，我都会隐隐地心痛。另一件事是在我的老领导葛洛临终前，他的女儿打来电话，说是她爸爸急切地希望我去见一面，似有什么事要交代。那时天色已很晚，我答应第二天一早就赶往医院。谁曾料到，没等到天亮，葛洛与世长辞。他究竟要对我说些什么，成了一个永远解不开的谜。这不能不让我深深地感到遗憾。同上面这两件事相比，我更为悔恨的是年轻时读书太少，古今中外、文史经哲方面名著涉猎太少，更谈不上苦读、深钻，没有什么学问，文化素养不高，始终像是水面浮萍——没有根基，只能是块"打杂"的材料，很难有什么作为和建树。真是"少壮不努力，老大徒伤悲"啊！

…………

从参加工作到退休，是把自己的才华、精力奉献给人民的最佳时期，是人的一生中有所作为的、最为重要的阶段。从工作岗位退下来，是人生一个阶段的终点，又是另一个阶段的起点，开始进入余热发光、夕阳红的时期。如今，我快满69岁，真正是年近古稀了。虽然在耄耋之年的老人面前，还是个小弟弟，但即使按发达国家的标准，65岁算年轻的老人，或把退休年龄推迟到65岁，无论怎么计算、划分，我也可以名正言顺地进入老年人的行列了。只是在心态上，倒真有点像冰心老人说的："'天真'到不知老之已至的地步！"至今我不爱看《中华老年报》、《老年文摘》，却爱看《中国青年报》、《儿童文学》，从来也不收看《夕阳红》、《金色时光》这类电视节目，而收看世界乒乓球锦标赛、世界杯足球赛、奥运会等体育节目，仍不乏年轻时的那股激情，可以通宵达旦地守在电视机旁。乘坐公共汽车或电车，当售票员招呼："给老同志让个座"时，我一点也没意识到是要照顾我。很多场合，我还没有把自己与"老"字挂上钩。这也许像有的朋友所说，由于从事儿童文学工作，至今童心未泯吧。

　　然而，年龄毕竟不饶人啊！退下来之后，每天清晨去地坛散步，有心"多识于鸟兽草木之名"，认真地、专心致志地记住沙枣、油松、洋槐、银杏、合欢、云杉、白皮松、金银木等树名，可没过几天，有的树名怎么也叫不上来了。有的生僻字，读不出音，不止一次地查过字典，隔上一些时日，又忘得一干二净。记忆力日益减退，是不可遏制的啊！我手边有一张65岁生日时为同事、家人切蛋糕的照片，光亮的秃顶暴露无遗，真是惨不忍睹。面对这种状况，又不能不服老。好比一辆跑了上万里程的汽车，油快耗尽了，发动机、轴承等部件也需要上点长城润滑油了。那就让我在清河长城公司这一站加足油，从新的起点继续向前奔驰吧！

2000年4月

一次坦诚的作品座谈会

初冬季节，西双版纳阳光明媚，温暖如春。在绿树掩映下的孔雀山庄会议室，召开了一次坦诚的、别具特色的作品座谈会。这次座谈会的议题是讨论我的散文集《岁月风铃》。

说起这次座谈会的缘起，2006年，我年届75，学习写作将届60周年。有的同事、朋友有意为我搞点什么活动以示祝贺。由于我始终给自己定位为一个文学组织工作者，虽然业余多少写一点评论、散文，但没写出什么像样的东西，严格说来算不上一个作家，因而我当然不会同意举办鄙人"从事写作60周年"之类的活动。恰好2006年底，中国作协儿童文学委员会拟在西双版纳举行一年一度的年会，于是就有了一次"顺路搭车"的机会：在年会期间，插空举行一次"束沛德《岁月风铃》座谈会"。这样，既淡化了祝贺、纪念的气氛、色彩，符合我的心愿；又省事、省钱，简化了研讨会的组织工作。事情就这么定了下来。

我跨进文学门槛半个多世纪，也不知参加或主持过多少次作品座谈会、研讨会，但所有这些会都是讨论他人的作品。我自己的作品被研讨，真还是破天荒第一次。以往，我每次参加会，多半是会前准备了发言稿或发言提纲，在会上不揣冒昧地抛砖引玉；而这次却是聚精会神地洗耳恭听，还在笔记本上认真记录诸君的发言。两相比较，个中滋味迥然不同，似觉得又新奇又喜悦。我很庆幸也很珍惜有这么一次倾听朋友们批评意见的机会。

参加这次作品座谈会的都是作协"儿委会"成员，是我多年的同事、朋友。会上，除参加"儿委会"的朋友外，没有另请有关领导，也没请媒体的朋友。会议没发"审读费"，也没发"车马费"；桌上不摆名签，不排座次，随意入座。与会的朋友事前都认真地读过《岁月风铃》，对我的为文和为人都有程度不同的了解，用不着组织发言，也不必安排发言顺序，一个个争先发表自己的看法和意见。大家都是有备而来，有感而发，没有客套话、敷衍话，也没有令人昏昏欲睡的照本宣科，唯有坦诚相见的心与心的交流和宽松、无拘无束的自由讨论。

会上，与会者对《岁月风铃》这本书有赞扬有批评，也有期望和建议。朋友们都是把文和人联系起来评说，认为我这本自传性很强的散文，体现了中国传统知识分子的精神风貌，展示了"人格的魅力"。有的说从中看到了"时代的影子"，看到了"骆驼精神、龙套精神、求实精神"；有的说从中听到了"久违的风铃声，没有悲愤，没有狂喜，从容自如"。有的赞扬我"沉稳的性格"和"文静的气质"；有的肯定我"平和的心态"

和"自省的精神"。对朴实的文风也鼓励有加，认为"真诚、平实地抒发了自己的情怀，很自然，没有伪感情，没有修饰、雕琢"，"是从肺腑深处流出来的心语，展现了真性情"。

对《岁月风铃》的缺点与不足，朋友们也坦诚、直率地指了出来。有的说"文质兼美，质胜于文"，"不是那么才气横溢，写得过于朴实，略输文采，应力求更生动，更感人"，"似还存有些拘谨的成分，感情可以流露得更饱满，在细节、气氛描写上，还有很多发挥的空间"。有的认为"对历史的记忆要更丰富地展现，对历史的反思则可以更松弛一点"。不少朋友认为按照我的人生阅历，今后可以更放手地多写一些散文，"沛德见证了当代文坛的历史，创作资源还没有充分挖掘出来"，建议"用朴实的文笔，写出更多有史料价值的东西"。

座谈会开得生动活泼，气氛和谐融洽。有的朋友诗兴大发，情不自禁地当场赋诗相赠。为了充分反映座谈会的气氛、特色，也为了便于揽镜自照，不断鞭策自己，在这里，我不避王婆卖瓜之嫌，抄录下朋友们饱含真情的诗作：

风中有铃铃有风，沧桑无语任倥偬。

平中见奇说往事，最难境界是从容。

——高洪波《赠束沛德》

东湖夜读枕波涛，版纳研讨叶未黄，

文道统一见性情，岁月风铃传四方。

——王泉根《读〈岁月风铃〉》

握住《岁月风铃》

便握住了岁月的光芒

每一个光芒都将是一个指针

校正我人生的航向

握住《岁月风铃》

便握住了时代的航向

每一个音符都将是一个鼓点

在我人生的道路上擂响！

——王宜振《握住〈岁月风铃〉——赠束沛德老师》

鞠躬尽瘁七五春，青山踏遍见精神。

大树欲静偏风口，岁月如歌铸金铃。

大道齐天贵龙套，沛德立地有园丁。

最喜化泥护花处，新人辈出尽繁星。

——董宏猷《读束沛德先生〈岁月风铃〉

——呈束沛德先生》

　　座谈会从上午9点开到下午1点，整整4个小时，中间也没休息，到会的20多位朋友无一例外地发了言。最后，主持会议的高洪波以"一个人与一本书"（即束沛德和《岁月风铃》）、"一

个会与一项事业"（即《岁月风铃》座谈会和儿童文学事业）、
"一个集体与一个社会"（即作协"儿委会"这个集体与建设和
谐社会）为题作了小结。轮到我发言时，由于时间的关系，已经
不能畅所欲言了，只能用最简短的语言对大家的鼓励、肯定与期
望表示由衷的感谢。

　　这么一次真诚、坦率、讲真话、抒真情的作品座谈会，将会
深深镌刻在我的人生记忆里，永远难以忘怀。

2008年10月追记

第二次退休：告别儿委会

一个月前，中国作家协会儿童文学委员会成员调整。我终于如愿以偿从儿委会主任委员这个位置上退了下来，结束了我在儿童文苑长达20年之久的打杂、跑龙套的生涯。此时此刻，我一方面由于卸下担子，顿时有一种轻松之感；但另一方面毕竟与朋友们共事多年，少则5年，多则20年，一旦离开，心中不免升起一缕依依惜别、难舍难分的思绪。

20世纪80年代初，中国作协领导班子分工，让我联系儿童文学工作。我上岗之后，虽不敢说是"磨破了嘴，跑断了腿，操碎了心"，但确是满怀热情地为儿童文学鼓与呼，尽心尽力做了力所能及的事情。就拿作协的全国优秀儿童文学奖来说，从1987年创设到现在，一共举办了七届。其中除第四届我担任顾问外，其余六届都由我主持评委会的工作。回想从1987年10月我在第一届评奖初评读书班上致开场白，到2007年11月底在第七届评奖委员会上作小结，前后历时20年。这期间，我也不知主持了多少次与评奖有关的会议，阅读、讨论了多少本各式各样的参评作品。

更不用说，在评奖过程中难免听到这样那样的批评和非议，遇到一些磕磕碰碰的事情，我是评奖工作牵头的，置身其中，不能不亮明自己的态度，及时作出决断，三年五年或十年八年前，面对这点事，自我感觉也许还心手相应，游刃有余。如今年届76，有时确实感到力不从心，不堪重负了。作为一名儿童文学组织工作者，无论如何是到了画句号的时候了。

人生之旅，从起点到终点，要经过大大小小好多个站.如果说，1996年我从作协书记处退下来是第一次退休，到达一个大站；那么，这次从作协儿委会退下来，则可以说是第二次退休，到达另一个大站。本来，第一次退休后，特别是当我已超期服役七、八年，在1998年正式办理退休后，对儿委会的工作，完全可以只挂个名，不必事无巨细，事必躬亲了。可是我这个人本性难移，办事特别较真，始终没有学会当甩手掌柜的。因此，近10年来可说是退而未休，也就是到站没有下车。这次第二次退休，是不是该到站下车了呢？人生列车没有抵达终点之前，还会在轨道上继续前行。看来，我这个儿童文苑的老园丁，对儿童文学有着难以割舍的情结，对儿童文学界的新朋老友怀有深挚的感情.让我从此与儿童文学绝缘，可能是办不到的。我还会继续关注儿童文学的发展，努力做一个小百花园的忠实守望者，必要时也许还可当一名义工，干一点不太费劲的轻活。

同我相伴20多年的作协儿委会，是一个可爱的团队。团队的每个成员都怀有一颗赤子之心，一心一意想为孩子们做一点事。这个团队凝聚力很强，相互配合，相互支持，心往一处想，劲往一处使。调整后的新一届儿委会，增添了一些生气勃勃的新人，女委员的比例加大，地域覆盖面更广，呈现在我面前是一个崭新的阵容、崭新的面貌。在新旧交替的会上，我这个即将退役的老兵，又自作多情、絮絮叨叨地对儿委会多年来形成的规章、制度和行之有效的经验（如：大局意识、团队精神、务实作风等）向朋友们作了交代；并深切期盼儿委会今后有新的思路，新的作为，开拓创新，团结奋进。我情不自禁想挥手对朋友们说："再见吧，亲爱的伙伴们！""再见吧，可爱的儿委会！"但话到嘴边，我又收住了。我抑制了临别依依的深情，轻轻地道一声："ByeBye"，就匆匆离去了。

2008年1月21日写，7月31日改

第 3 辑 · 亲情抒怀

又安静又好动

我的家乡在沪宁线的一个小站——丹阳县的城里。我6岁那年，抗日战争的烽火燃遍了大江南北。我的童年、少年时代，整个是在"八年抗战"的动荡岁月里度过的。每当我回忆儿时的生活，最先浮现在眼前的，往往是这样一些难以忘怀的情景：

我站在家门口，注视着热血沸腾的青年男女组织起来的抗日救亡宣传队，迈着整齐的步伐，唱着悲壮激越的"起来，不愿做奴隶的人们……"、"大刀向鬼子们的头上砍去……"，走向街头巷尾。

当我和邻居家的孩子正在庭院里拍皮球或踢毽子的时候，忽听到敌机袭来的声音，马上仓皇地逃遁回家，来不及钻防空洞，祖母让我赶快钻到覆盖着好几条棉被的八仙桌底下。

家乡沦陷前夜，我们一家人也随着大批逃难的人群，藏身到乡村一个远房亲戚家。我和姑母在紧挨着牛棚的那间房里打了地铺，天蒙蒙亮，牛的犄角就从门缝中顶了进来。

从乡村回城的那天，第一次见到在城门口站岗的日本兵，握着上了刺刀的三八枪，凶神恶煞地盘问每个过路行人有没有"良民证"，把人们随身携带的行李、包袱翻了个底朝天。

在我幼小的心灵上，就这样蒙上了一层战争的阴影。正是在这种紧张、恐惧的氛围中，我迈进了小学的大门。

在小学时代，我是个典型的"五分加绵羊"的学生，听话，用功，斯文，腼腆。在班上，各门功课成绩优秀，参加年级或学校的速算、书法比赛，总能拿个好名次。四年级的时候，我写的一篇作文，题目是《给妈妈的一封信》，被选登在当时的县报——《新丹阳报》上。我的习作第一次用铅字排印出来，心里美滋滋的。我还不止一次地领到"品学兼优"的奖状，并被选为"模范儿童"。不过，在二三年级，期末拿到的成绩单上，其中"操行"一栏总写着一句评语："安静欠活泼。"这可说是准确地勾勒出我小时性格上的弱点。至今我还清晰地记得这么一件事：我的大弟比我小三岁，和我在同一所小学里上学。大弟右耳上长了一个豌豆似的肉疙瘩，圆嘟嘟的，顶惹人喜爱，大人小孩见了，往往怀着好奇的心理轻轻地抚摩它。有一次，他班上的同学轮番揪他耳上的肉疙瘩，揪得他生疼，终于放声哭个不停。他的同学跑到我教室，让我去"救驾"。我见到满面泪水的大弟，既说不出一句安慰他的话来，又不会疾言厉色地训斥欺负他的同学，显得束手无策，不声不响地站在那里，竟然情不自禁地跟着我大弟流下了眼泪。事后，大人们知道了，都说我"太老实，不中用！"

可是啊，孩子毕竟是孩子。爱玩、好动是儿童的天性。即使像我这样文静、怯弱的孩子，也禁不住那些充满乐趣的郊游、体育比赛等活动的诱惑。

在小学五、六年级的时候，我们十多个同班同学每天散学以后就急匆匆、兴冲冲地聚集到学校附近的一个同学家，把两张八仙桌拼起来赛乒乓球。有时采用淘汰制，有时采用循环制，每天非决出个雌雄不可。在赛场上，一个个全神贯注，奋力拼搏，不仅打得满头大汗，有时还为一个有争议的球闹得面红耳赤。后来，我们还别出心裁地成立了"友联社"，刻了个木头图章。每次比赛结束，发给冠军、亚军、季军的奖状上，都郑重其事地盖上"友联社"的大章。大伙还把节省下来的零花钱凑起来，买了铅笔、练习本、乒乓球，作为奖品发给优胜者。我的乒乓球打得还不错，就是在这两张八仙桌上练出来的。

当我在课外看了连环画《鲁滨孙漂流记》这类书之后，就产生了漫游、历险的渴望。有一次，班上几个比较顽皮的孩子在一起商量，为了逃避第二天将要举行的《自然》课考试，决定瞒着老师，悄悄地结伴到城郊练湖、桑园去游玩。我虽有几分犹豫，但终为好奇和探索自然奥秘的心理所驱使，还是加入了这个逃考的行列。那天风和日丽，我们玩得痛快极了。在湖畔摸小鱼小蟹；爬上桑树摘桑葚，吃得满嘴乌紫，一直玩到天色灰暗才回家。这次"逃考"行动，气坏了教《自然》课的傅老师。她声色俱厉地批评我们不求上进，不守纪律。特别还走到我课桌前，带着一种惋惜的口气对我说："你怎么也跟着他们逃考呢？"我低着头，沉默不语。哎，傅老师！你怎么就不理解一个循规蹈矩的好学生，同样蕴藏着一颗拥抱大自然、向往新事物的火热的心呵！

真是"本性难移"呵！从小铸就的内向而多思、文静而执著的性格，至今在我身上依然烙有深刻的印记。也许正是这种性格特征，才使我既长期安于平凡的工作，又勤于在事业上、文字上有所追求、探索的吧。

1993年5月4日

童年记趣

游戏伙伴小昆虫

我从小就喜欢小昆虫。萤火虫、金铃子、叫哥哥、蛐蛐儿、蚱蜢、知了，都是我童年时代的游戏伙伴。那鲜活的小生命，带给我无限的乐趣和遐想。

我四、五岁的时候，闷热的夏夜，同祖母一起在院子里乘凉。湛蓝的天空星儿闪烁，祖母指着明亮的星星，教我的第一首儿歌就是："天里一颗星，地下一颗钉，叮叮当当敲油瓶，油瓶漏，吃颗豆……"。当萤火虫闪着晶莹的光芒从我们眼前掠过时祖母又唱起："虫、虫、虫飞，飞啊飞上天，夜夜红，亮晶晶，好像天里许多星……"同时扳着我的两个食指一张一合作飞翔状。当我好奇地问祖母："萤火虫为什么发光啊？"祖母不假思索地回答："那是打着小灯笼给走夜路的人照明哩！"小星星、萤火虫、小灯笼，连同那韵律优美的儿歌，从那时起就深深地镌刻在我幼小的心灵里。

我上小学那几年，家住鱼巷，靠近小县城的新北门。家门口一条青石板铺成的小路，通向城墙下一片开阔的空地。那里野花盛开，杂草丛生，是我和小伙伴捉花蝴蝶、红蜻蜓、叫哥哥、蛐蛐儿的好地方。约莫七八岁，我和大弟玩搭积木，摆来摆去，就那么几种图形，觉得没什么意思。于是别出心裁，玩出了新花样：用积木搭成几条长长的通道，把我们从草丛中捉来的蚱蜢、螳螂分别放在各个通道口，让它们沿着通道向前爬，看谁先到达出口处。然后按照比赛成绩、名次，分别把它们放入用积木搭成的形状各异、规格不等的小屋里。

捉蛐蛐，斗蛐蛐，那是最有趣的游戏了，有时简直痴迷到废寝忘食的地步。哪里有蛐蛐瞿瞿瞿的叫声，我们就蹑手蹑脚地跟踪到哪里。入夜之后，打着手电筒或小火把，到潮湿的石板、水缸底下或墙缝里去寻觅、搜索。有时，小姑姑、小表叔也加入捉蛐蛐的队伍，帮我们捉那叫声洪亮而又藏匿得极其隐蔽的蛐蛐。斗起蛐蛐来，那全神贯注、较真儿、不服输的劲儿，真是又可笑又可爱。有一次，我那只背上有两个红点、连胜十多仗的"常胜将军"，终于败在表哥的"红头大王"脚下，而且被咬伤了一条腿。面对败局，我闷声不响，难受极了。当表哥慷慨答应把"红头大王"送给我时，我又露出羞涩的笑容。

小戏迷

我小时候还是个京戏迷。

20世纪40年代，我们县城里只有一个丹光大戏院。戏院经常邀请外地的戏班子来演出，门口张贴出重金礼聘"梅派著名青衣"、"麒派著名老生"领衔主演的海报。临街那面墙还挂着红底白字的长方形木牌，上面写着演员的姓名、行当，谁挂头牌、谁挂二牌，一目了然。也许正是一种"追星族"的心理吧，那时我总想尽早一睹挂头牌演员的风采，尤其崇拜文武老生。

下午放学回家，丹光大戏院是必经之地。我们几个小戏迷在戏院门口，探头探脑，东张西望。日场戏快要散场，检票员也就高抬贵手放我们进去了。时间一长，同检票员混熟了，我们竟有幸成了白看压轴戏的常客。我记得看过的剧目有：《打渔杀家》、《徐策跑城》、《四郎探母》、《八大锤》、《九更天》、《群英会》、《失、空、斩》、《玉堂春》等。当时，我还特别爱看武打戏，对擅长于翻跟斗、大劈叉、舞刀耍枪花样翻新的武生演员，可说是佩服得五体投地。我同狂热的观众一起连声叫好。一出《长坂坡》，让我对智勇双全的赵子龙赞叹不已。散戏之后，归家路上就不禁哼起："长坂坡，救阿斗，杀得曹兵个个愁……"

戏看多了，手也痒痒起来，先是找来一根竹竿当金箍棒，对着镜子耍起来。春节手头有了几个压岁钱,到庙会上买回木制玩具大刀、长矛和画着京剧脸谱的假面具。我和大弟戴上假面具,一个舞刀,一个耍枪,对打起来。我还学武生演员从八仙桌加椅子的高处往下跳。正当我们玩得痛快时,引来了祖父的厉声斥责,也就只好草草收场了。

从小看京戏、听说书、读《三国演义》,给我上了有关历史人物、传统文艺的生动一课。

体育发烧友

我爱好体育,是从在小学里拍皮球、踢毽子开始的。两张八仙桌拼成乒乓球案,练就了一手好球。直到我年过半百时,上高中、爱打乒乓球的儿子,依然是我的手下败将。这不能不归功于少年时代打下的基本功。

上初中时,每年学校里都要举行春、秋季运动会。县里隔上一两年也要举行一次全县运动会。我是这些运动会的热心观众和积极的啦啦队员。我总是从头到尾看完比赛的全过程,不到拉下帷幕,也不愿离开赛场。

我最喜欢看撑竿跳高和三级跳远比赛。那凌空一跃、越过横竿的优美姿势,那一踮一跨一跳、奋身向前的巧妙动作,真是妙不可言,令人赞不绝口。

　　我身材矮小，体质又弱，自知不是一块田径运动员的料。但这丝毫也打消不了我那跃跃欲试的劲头。在学校里轮不到我练，就把家里后院那块狭小的荒地当作田径场了。开头先练掷铅球，选一块圆形的石头当铅球。我和大弟轮流上阵，每掷一次，用皮尺丈量，记录下成绩。十天半月下来，记录被多次刷新，心里乐滋滋的，劲头就更足了。我们又自己动手用废木料制成跳高架，用一根较粗的晾衣裳的竹竿作为撑竿。没有沙坑，竟在平地里练起撑竿跳高来。功夫不负有心人，我的成绩达到了1米45，超过自己的身高了。要知道，当时校运动会冠军的成绩也还超不过2米哩！

　　我对体育的爱好，从小到老，长盛不衰。上高中时，我的100米成绩为13·9秒；在绿茵场上，是三六队的门将。读大学时，篮下投篮，一分钟能投入30多个；我还是团委会篮球队的队长哩。参加工作后，20世纪60年代初，为了观看第26届世乒赛的一场半决赛，我从天津专程赶回北京，看了松崎君代对高基安的那场扣人心弦的比赛，就无可奈何地提前退场了，因为体育馆门口还有另一位球迷在等着我这张票看下半场呢。

　　如今我年届古稀，每逢田径、球类大赛，仍聚精会神地坐在电视荧屏前收看现场直播，也算得上一个体育发烧友了。

2001年月10日

爷爷逼我读两本书

《鲁滨逊漂流记》（连环画）、《寄小读者》、《爱的教育》、《历史人物故事》这些书，是我童年时代爱不释手的读物。这些书中描述的人物、故事，深深地刻印在我小小的脑袋里，对我性格的形成，起了潜移默化的影响。

除了这类文艺书，还有两本应用性、工具类的书，成了我童年时代的亲密朋友，一本是《日用杂志》，一本是《尺牍大全》。这两本书都是爷爷逼着我经常读、反复读的。

去年秋天，我带着几分怀旧的心情，踏着江南家乡的青石板路，走进小巷深处我童年时代住过的几间老房子。一进庭院，眼前立即清晰地浮现出小时候在天井里拍皮球、堆雪人的情景。跨进座北朝南的那三间房，首先忆起的是爷爷让我在一盏煤油灯下记家庭日用帐的往事。那时我十一二岁，读小学五、六年级。爷爷已是年过花甲的老人，赋闲在家。每天薄暮时分，吃罢晚饭，妈妈刚洗好碗筷，爷爷就催促我："快把今天的账记上！"我打开那印着红格子、分上下两栏的旧式账簿，上栏记载收入项目，下栏记支出项目，都是用毛笔竖写。妈妈坐在我身边，一边想，一边报账。我在账簿上逐项记下："青菜五分"、"毛豆八分"、"豇豆一角二分"、"鲫鱼三角五分"、"肥皂两角四分"、"开水两分"，等等。有时碰到我一时写不上来的生字难字，如"荸荠"、"藕"、"三瓣头"（野菜名）、"鳝鱼"、"簸箕"等，爷爷就让我查《日用杂志》。这本《日用杂志》编得好极了，蔬菜、水果、鱼虾、服装、日杂用品……分门别类，还配有插图，查找起来很方便，不消半分钟，就可一一找到答案。天天、月月与这本书作伴，几年下来，我把收集在内的各种食物、日用品的名字背得滚瓜烂熟，增长了不少生活知识，而这些都是小学课本里没学到的。

爷爷是个很古板、很严肃的人。他不仅让我天天记账，还要求每天核对收支是否相符。我拨动算盘珠，打了一遍又一遍，有时仍对不上。即使差几分钱，爷爷也得让妈妈再想想，再想想。妈妈左思右想，实在想不出来。这时奶奶走到我跟前，贴着我的耳朵，悄悄地说，写上零用或零食花了多少吧，对爷爷打了个马虎眼。我从小受到省吃俭用、勤俭持家这种家风的熏染，几十年如一日，不管是手头拮据还是略有余裕，都坚持量入为出，精打细算，从没有大手大脚、挥霍浪费。

爷爷逼我认真读的另一本书《尺牍大全》，也就是《书信大全》。牍是古代书写用的木简，用一尺长的木简写书信，所以叫尺牍。那时，我爸爸远离家乡，在外地就业。每逢接到爸爸来信后，隔上一些日子，爷爷就催我写回信。开头我对书信的格式一点也不摸门，读了《尺牍大全》，才知道该怎么起头，怎么落款。于是，也照猫画虎地写起："父亲大人，膝下，敬禀者"，结尾写上："敬请福安！儿沛德叩上"。熟能生巧，常常动笔写信，逐步掌握了书信这种应用文体的特点，我对写信一点也不发怵了，而且有了兴趣和热情。从那以后，不管是在中学、大学读书，还是东跑西颠，在外工作，我一直勤于给亲人、朋友、同学写信，因而被弟妹、儿女戏称为"写信积极分子"。

《尺牍大全》不仅教会我写信，更重要是在思想、品德、修身治家上，给了我可说是刻骨铭心的影响。我记得，上小学五年级时，学校里开运动会，表演团体操，要求同学做统一的运动服。我回家向妈妈要钱，妈妈死活也不答应。她担心叠罗汉时我从高处摔下来。加上当时家里也不太宽裕，要花这笔额外的钱，她也怕爷爷那里通不过。那时我不理解妈妈的心情和难处，又哭又闹，奶奶、姑姑怎么劝我哄我也不行，甚至连晚饭也不吃了。后来还是妈妈悄悄地答应掏出她的私房钱来缴制运动服的款，这场小风波才算平息下来。过了些日子，爷爷针对这件事耐心地教育了我。他翻开《尺牍大全》，与我一起读曾国藩给二儿子纪鸿的一封信，其中有一段写道："凡仕宦之家，由俭入奢易，由奢返俭难。尔年尚幼，切不可贪爱奢华，不可惯习懒惰。无论大家小家、农工商，勤苦俭约未有不兴，骄奢倦怠未有不败。"爷爷语重心长地对我说："你要记住，由节俭便奢靡容易，由奢靡再变为节俭就难了，从小可要养成勤劳、节俭、朴素的作风啊！"从那时到现在，60年过去了。如今我的脑海里依然不时闪现出"由俭入奢易，由奢返俭难"这十个字，它成了我日常生活的准则，做人治家的座右铭。

2003年1月21日

父子一夕谈

　　我的父亲读过多年私塾，平生爱好书画艺术，写得一笔好字，也喜欢吟诵古典诗词。我清晰地记得，我读小学四年级的时候，父亲已届而立之年，他在房间里挂上了自己的一帧放大了的半身照片。照片下面写有一首《自题小像》的五言诗，表达他青年时代的壮志豪情。照片一侧还挂着父亲用隶体手书的条幅，上面写着"勤能补拙"四个字，这可以说是他的座右铭。每次我抬头瞧见那相片和条幅，父亲那炯炯的目光，那刚正端庄的书法，好像时时刻刻在鼓励我：勤奋刻苦地学习，不要懈怠。

　　抗战胜利后的第一个春天，我离开家乡到镇江去读初中三年级。家里在为我准备行囊时，父亲特地给我买了一只新的帆布箱。特别让我高兴的是，父亲还请江南颇有名气的金石篆刻家周梅谷老先生为我刻了一枚名章。在洁白的宣纸上，我第一次郑重其事地盖上自己的图章，然后贴在帆布箱背面的中心位置。有了这枚图章，有了这只帆布箱，我顿时觉得自己长大成人了。我即将告别家乡、告别父母，独立地面对生活，独立自主地做事情，成为一个真正的小小男子汉。父亲送给我的这两样东西，伴随我走过半个多世纪的人生道路。如今，那只帆布箱已经破旧了，但那朱红色的印钤还没有褪色。那枚名章还完好地保存在我手边。我不时赏玩着周梅谷老先生在印章四周镌刻下的："笔下不难风秀，难于古朴中仍带秀气；结字不难整齐，难于疏落中却又整齐；运刀不难有锋芒，难于光洁中仍有锋芒；竖书不难于直难于似直而曲、似曲而直，此种妙印，惟汉印有之。"这闪闪发光的文字，不仅让我稍稍懂得了篆刻艺术的真谛；更重要的是随着岁月的增长，帮我逐步领悟到充满辩证法的人生哲理。

我父亲悔恨自己青年时代没有机会进洋学堂，读中学、大学，没有技术专长，不能成就一番事业。他怀着实业救国的理想把希望寄托在儿女身上，热切期盼我学有所成，有一技之长，能出人头地，报效祖国。在我上中学时，父亲就不惜花钱给我购置了《代数大辞典》《几何大辞典》《三角大辞典》等工具书，还不断地向我提供《十万个为什么》《少年电机工程师》《少年化学实验手册》等科普读物。他一心要把我引上学理工的路，鼓励我读机械、电机、土木或纺织工程系。而我虽然数理化成绩还不错，从高二起又被分在理科班，但我早就对编编写写有兴趣，一门心思扑在文学、新闻学上。这样，父子之间在究竟是学工还是学文上产生了分歧和冲突。

我记得1948年暑假，一个炎热的夜晚，我和父亲在院子里乘凉，满天星斗，没有一丝风。父亲不停地摇着蒲扇，不无忧虑地说：时局动荡，百业凋零，维持生计越来越困难，能不能供你上大学也成了问题。他直截了当地问我：假如能上大学，你打算报考什么院系？我又一次毫不犹豫地、坚决地表示：读新闻系，将来当一个为大众说话的记者。父亲严肃地说：文人耍笔杆子，不仅容易惹是生非，而且大多生活清贫，有时连养家糊口也困难。还是学点技术好，有了真本事，将来才好找一条出路。我多少有点激动地、毫不含糊地回答：这些我都认真地考虑过，当记者，生活会比较苦，也可能遇到麻烦，但这动摇不了我早已定下的志向。这些年，亲眼看到国民党的穷凶极恶，腐败无能，横征暴敛。对现实社会的不满，越发坚定了我要当一个记者的志向。我不是羡慕"无冕之王"这项桂冠，也不是幻想通过办报来升官发财，而是要用自己手中这支笔报道民间的疾苦，反映大众的抗争。父亲听了我这番话，既没有表示赞同也没有反对。他知道要改变我的想法也很难，只是不胜感慨地说：记者这碗饭可不好吃，在现时的环境下，要喊出民众的呼声，谈何容易！

夜深了，天上星光闪烁，有一点南风吹来，心情为之一爽，我和父亲的谈话顺畅自然地深入下去。我又告诉父亲：这两天我正在写一篇题为《教师活不下去了！》的速写，反映省里各中学教师为生活所迫，决定总请假的情形。"我们学校里的一位体育主任，月薪84元，上了一趟街，买了20斤白薯、10斤芋头、一包香烟，洗了一把澡，就把一月的薪水花光了。另一位英语教师，月薪72元，买不了三斗米，八口之家，一日三餐喝稀粥也维持不了。教师总请假的前夜，我们的级任导师在最后一堂课上，用低沉忧郁的语调对同学们说：'诸位，明天我们就要暂别了，这是逼不得已的事情。本来，我们只想获得政府有限的帮助与社会的同情。可是，真令人失望，政府只知道前线第一，根本不考虑负责培植下一代的教师的生活，漠视我们的呼吁和起码要求。因此，我们不得不暂时卸下神圣的职责。我的心情十分沉重，希望同学们能理解、原谅我们。'"

父亲凝神屏息地倾听着我的诉说，按捺不住心中的愤懑，气愤地说："真不像话，总不能让教师吃粉笔灰、喝西北风啊！"他当即让我把写好的稿子拿给他看看。当他读到我文中引用的《省中教师告家长书》的一段文字："每天两顿薄粥，啃白薯芋艿聊以度日，眼看着自己的父母子女饿死冻死，天下宁有此人？……虽沿门求乞，在所不计。"我看到父亲的泪水夺眶而出，他满怀深情地对我说："这是教师生活的真实写照，说出了教师的心里话，是一篇饱含血与泪的控诉。"

从此父亲不再向我提起学理工的事，似乎默默认同了我的志愿。一年以后，我报考了复旦、燕京、社会教育学院三所大学的新闻系，都录取了，最后选择了复旦。

2000年4月

好儿女志在前方

每当我耳畔响起激越悲壮的《共青团员之歌》，眼前便立即浮现出50年前复旦园里热血青年投身抗美援朝运动的动人情景。

那是一个初冬的夜晚，多少已有几分寒意，但年轻人的血是热的，胸中燃烧着抗美援朝、保家卫国的熊熊之火。3000复旦人集会于421室，控诉美帝国主义者侵略朝鲜的罪行。会场里灯火辉煌，热气腾腾。"年轻人，火热的心，紧紧跟随毛泽东前进"、"再见吧，妈妈！别难过，莫悲伤，祝福我们一路平安吧"的歌声此起彼伏，扣人心弦。青年学子一个个义愤填膺、慷慨激昂地控诉美帝国主义者的残暴行径和精神毒害，共同发出"不看美国电影，不听美国之音，全力支援抗美援朝"的呼喊。我记得，农艺系的十多位同学坚决表示要参加志愿军，到战火纷飞的朝鲜前线去抗击美帝国主义者。新闻系、经济系的几位女同学带头捐献，当场摘下金戒指、绿宝石项链。他们勇敢、高尚的行为感人肺腑，激起了一阵又一阵、暴风雨般的掌声、口号声。全复旦人都卷入高涨的爱国主义热潮之中。大家都真心实意地要为最可爱的人——人民志愿军献出自己的一份爱心，捐款、献血、写慰问信、做棉手套……表达了广大同学捍卫祖国的拳拳之忱。

在反美侵略控诉大会上，一位平素文静、内向，表现并不那么积极的女同学，声泪俱下地讲述自己勇敢地丢掉家庭包袱、坚决要求参加志愿军的事迹。她的爱国热忱深深地打动了我。我情不自禁地连夜写下了一首题为《写给妈妈》的诗：

妈妈，亲爱的妈妈！
去年的夏天，
我准备好了行李，
要随军向大西南进发，
您的哭哭啼啼，
压抑了我的革命热情，
我在您的泪水里，
停住了刚要迈开的步伐。

妈妈，我亲爱的妈妈！
今年的初秋，
我要独个儿到东北去上学。
您舍不得您的独生女儿，

要我紧贴您的怀抱；

那时，我真是太懦弱，

又无奈地放下了扛起的行囊。

妈妈，我亲爱的妈妈！

您的懦弱的女儿，

今天，勇敢庄严地宣誓：

"我要到前线去杀敌！"

妈妈，您一定会伤心地哭吧？！

妈妈，亲爱的妈妈！

谁不愿意过安逸的日子，

谁又愿意远离自己的双亲，

可是，美国强盗来了，

它的大炮正敲打我们的国门，

它的飞机正轰炸我们的家园，

战火正在我们身旁燃烧，

威胁着千万个妈妈，

千万个儿女，

妈妈，您说我们能不闻不问吗？

妈妈，亲爱的妈妈！

我是妈妈的好女儿，

我也是毛主席的好孩子，

我衷心热爱自己的妈妈，

我也热爱千万个像您一样的妈妈！

妈妈，亲爱的妈妈！

苏维埃的好女儿丹娘，

中国人民的好女儿郭俊卿，

为了保卫祖国和人民，

曾勇敢无畏地打击敌人。

今天，李蓝丁医疗队的儿女们，

已经开到战火纷飞的朝鲜前线，

妈妈，您的女儿怎么能偷生苟安、裹足不前？！

妈妈，亲爱的妈妈！

您的女儿虽不是共产党员，

也不是青年团员，

但我是人民共和国的女儿，

为了保卫我们的祖国，

为了世世代代的妈妈和儿女，

我要参加抗美援朝的志愿军。

妈妈，亲爱的妈妈！

请别牵挂也别悲伤，

女儿的意志像钢铁一般坚强，

英勇无畏地奔向朝鲜战场，

等到彻底打败美国野心狼，

幸福美好的生活，

将永远属于我们！

这首朴实无华的诗记述了那位女同学真实的故事，也抒写了我自己发自内心的真情实感。它在1950年11月25日华东《青年报》上一发表，引起了不少青年朋友的共鸣。

差不多也就是在写上面这首诗的同时，我又挤出时间，满怀激情地写了一封长信寄给住在家乡——江苏丹阳县的父母。在那封信里，我开宗明义地写道：战火已烧至鸭绿江边，抗美援朝运动在复旦校园里如火如荼地展开了。我是学生会执委、新闻系学会主席，是学生干部，也是青年团员，当祖国需要的时候，我随时随地准备奔向前线。我在信里如实地叙述了自己要求参加志愿军所经历的激烈思想斗争：我舍不得远离亲爱的父母和弟妹，舍不得远离可爱的故乡和校园，也舍不得抛下自己热爱的新闻专业，但为了捍卫祖国，为了保卫和平，我不得不告别温馨的家庭、可爱的学校，不得不暂时放下当新闻记者的美好理想。我们的祖国正处在生死存亡的关头，个人的欢乐与忧患无不与国家的命运息息相关，个人的前途、兴趣、爱好不能不自觉服从祖国的前途和需要。在信的结尾，我真诚地请求："亲爱的爸爸妈妈，理解你的儿子、支持你的儿子吧！"

这封信送到父母的手里，可说是一石激起千层浪，极大地震撼了他们以至祖父母、外祖父母的心灵。尽管事情过后，父亲还曾当面称赞我："这是你写得最好的一封信，晓之以理，动之以情，很有说服力、感染力。"但当初他们可没有一点精神准备，万万没有想到自己的儿子、孙子就要远离祖国、奔赴前线呵！

我的妈妈少年时代曾就读于著名画家、美术教育家吕凤子为校长的私立正则女子学校；年轻时还专门学过刺绣，是一个心地善良、性情温顺的家庭妇女。她平素对子女的关爱、体贴无微不至。儿是娘身上的肉，她怎能舍得自己最钟爱的大儿子离开自己身边、奔向前线呢？！面对我写去的那封信，她心急如焚，坐立不安，以为我马上就要告别学校、踏上征程了。她决心要赶到上海同我见上一面。

这时候，祖国发出了动员青年学生、青年工人参加各种军事干部学校的号召。复旦园里立即掀起了报名参干的热潮。学校的各个角落贴满了红红绿绿的标语，悬挂着醒目的红底白字的横幅，上面书写着："热烈响应祖国的召唤！""保卫我们祖国神圣的天空、土地和海洋！""年轻人，让我们的青春更美

丽！""报名去，让祖国挑选！"鲜明有力的标语口号鼓起的爱
国热情，在每个人心中激荡。短短的十多天，就有682人走进张
灯结彩的光荣门，在报名簿上庄重地写下自己的名字。我也走在
新闻系队伍的前列，勇敢地、毫不犹豫地报了名。各系报名参干
的同学组成了"毛泽东战斗队""陈毅战斗队""保尔·柯察金
战斗队""丹娘战斗队""马特洛索夫战斗队"……整个校园沉
浸在一片富有英雄气概的战斗气息里。

正当我满怀豪情等待组织批准参干的时刻，我的妈妈在外公
的陪同下，乘火车急匆匆地赶到了上海。他们一个电话打到学
校，让我去武定路鸿庆里我舅舅家同母亲见面叙谈。我记得，那
天晚上，母子一见面，再也按捺不住激动的情绪。妈妈目不转睛
地凝视着我，泪水簌簌地流了下来。我细细地向妈妈诉说自己报
名参干前后的思想历程和学校里一些同学说服家长、教授鼓励爱
女参干的典型事例，一再表示"好男儿要把祖国的需要放在第一
位""我爱妈妈，但我更爱祖国"。母亲默默地倾听着，既没有
鼓励我，也没有责备我，只是千叮咛、万嘱咐："一定要把学校
领导和老师的话放在心里""不管走到哪里，都不要忘了给家里
写信""在外要当心，注意自己的身体"。我情不自禁地投入母
亲的怀抱，激动地说："妈妈，您放心吧！"

学校最后批准283位同学光荣参干，我因学生工作需要，加
上左肺部有一钙化点，没能如愿走上国防建设岗位。但通过抗美

援朝运动，我经历了一次严峻的思想斗争，如同经受了血与火的洗礼，摆正了个人志趣与祖国需要、个人利益与人民利益的关系。送走参干同学不到两个月，我就被批准加入了中国共产党。

2000年3月12日

相见时难别亦难

送走今夏家里来的最后一批亲戚，顿时觉得松了一口气。我回到多日被临时挪作卧室的书房，坐在写字台前，打开台灯写日记，恢复一个多月来多少被打乱的生活秩序。

自从在北京有了个落脚点，特别是近几年住房比较宽敞之后，每年总要接待几次来自远方的亲友。赋闲在家的老人，比如我的父亲、姑母、舅父母，都挑选春暖花开的四五月或秋高气爽的九十月来京旅游；而尚有上学孩子的亲戚则别无选择，只能在热浪滚滚的暑期携儿带女逛北京。

今夏我家又迎来了一个待客的小高潮，从6月底到8月上旬，一个半月光景，先后接待了四批亲戚：先是年逾古稀、业已退休的内堂兄自中原来。随后，我的弟媳妇带着小学刚毕业的儿子从江苏老家来。接踵而至的是我的一个在太原刚参加完高考的外甥女。最后，是我的小姨子从遥远的乌鲁木齐来。我和老伴深知，他或她，来一趟北京真不容易，不仅跋涉千里，一路辛苦劳顿，而且要准备一笔相当可观的车旅费和令人咋舌的参观游览费。靠死工资过日子的，早几年就得为逛北京积攒盘缠了。小字辈的来北京，更是他们翘首以待、向往已久的事。几年前，我回老家时，就听到四弟对他的儿子许了愿："等你小学毕业，带你上北京旅游。"我的妹妹也曾对女儿说："各门功课都考80分以上，就让你上北京大舅舅家去玩一些日子。"对我的侄儿、侄女、外甥、甥女来说，逛北京等于是从父母那里领了一次高规格、高档次的奖赏，确实是机会难得。正因为如此，我和老伴虽年逾花甲，在盛夏酷暑，不堪家务重负，但还是一心一意，尽力使远方来客在饮食起居上称心满意，玩得开心。

好在我们住京多年，待客已有经验，特别是6年前有过同时接待4家、12人的经验，如今接待三五位零散来客，可说是成竹在胸、游刃有余了。多少年来，我家的几个成员自然而然地形成一种井然有序的分工，各司其职，各尽所能。儿子负责送往迎来，逢上星期天，还要充当一两次导游。他自封为接待科长，这两年又戏说该晋升为礼宾司长了。我凭借多年做文学组织工作的经验，责无旁贷地协助安排参观游览日程，按着《北京市交通游览图》，指点乘车、换车路线。我还自告奋勇担任采购员每天清晨下楼散步、做操时，顺便到附近的农贸市场选购新鲜的菜蔬，老伴则专司掌勺、整理内务。女儿、女婿有时也来帮一手，按照菜谱，照猫画虎，做一两道时新菜肴，换换口味。新来的客人饱览京都风采之余，也忙里偷闲，帮助我们家搞卫生。勤快、能干的弟媳妇、小姨子、外甥女，又擦地板又擦玻璃，旮旮旯旯儿都打扫得干干净净，还把油渍麻花的瓶瓶罐罐擦洗得透明锃亮。我开玩笑说："家里来了两支卫生大军，一支是来自江苏的东路军，一支是来自新疆、山西的西路军，两军协同作战，攻克所有的死角，使我家迈进了'清洁户'的行列。"

亲人相聚，推心置腹，谈天说地，其乐无穷。交谈的话题极为广泛，从子女侄甥的升学、就业到亲朋好友的出国、下海，从物价、股市的涨落到住房、医疗制度的改革，从家乡丹阳入选全国百强县到新疆边境的中哈贸易，从彗木相撞到世界性的酷热，可说是天上人间，无所不谈，真是一次方方面面的信息大汇总、大交流。谈吐中有喜有忧，酸甜苦辣，五味俱全。甥女不无欣喜地谈到她的爸爸妈妈今年同时晋升为高级工程师，但又不无忧虑地诉说父母所在的国有企业经济效益极差，今年已有两个月发不出工资。弟媳妇谈起我的几个在家乡的弟妹家中都安装上了程控电话，最近又筹措款项买下了自己的住房，但各家几乎都动用了全部积蓄，有的还欠下了一笔不小的债。内堂兄诉说不久前回乡办理落实私房政策的遭遇，怒不可遏地抨击当今办事非得找关系、走后门、请客送礼不可的腐败现象。他翻开《宝应历代县志类编》一书"教育类"第三章第四节，指着刘启勤的名字，对我老伴说："我们家是书香门第。你祖父是清朝末代举人，他漂洋过海，到日本留学，宣统三年，即1911辛亥革命那一年，毕业于明治大学法政科。如果他老人家还健在，一定会运用法律的武器毫不留情地惩治那些利欲熏心的腐败分子。"

茶余饭后，远方来客你一句我一句畅谈自己对北京的印象。我弟媳妇感慨地说："同我1980年来京旅行结婚时相比，首都面貌大不一样了。那时只有前三门矗立着一排高层宿舍楼，如今举目一望，北京四郊高楼大厦林立，立交桥四通八达，黄色'面的'满街奔驰，确有一个大都会的气派了。"说到这里，我的12岁的侄儿竟冷不丁地插了一句："也不过如此！"原来，他小小年纪，却见多识广，不止一次地去过南京，到过上海，苏州、无锡也都游览过，加上电影、电视、刊物、画报，多种现代传播媒介所展示的大都市景观，对他来说，已是司空见惯。在他眼中，不管南方北方，高楼大厦，亭台楼阁，无非是一堆房子，看来看去，"也不过如此"。当我问他："你这次游北京，最感兴趣、印象最深的是哪个景点？"他不假思索地回答："最有趣的是在天文馆里看彗木相撞；最过瘾的是在石景山游乐园玩原子滑车、激流勇进。"少年儿童的兴趣、心理和视角，毕竟和成人存在很大的差异，我们做爷爷奶奶、爸爸妈妈、叔叔阿姨的，是不是都能很好地理解他们的精神需求呢？！

在品尝了北京烤鸭、美国肯德基、麦当劳之后，我又有意识地问小侄儿："你在北京，最爱吃什么？"答案又一次出乎我的意料，他毫不含糊地回答："炸酱面，味道好极了！"应他的要求，大伯母为他做了三次炸酱面。他仍不满足，临走前又让他妈妈买了六袋六必居的甜面酱带回老家去。说是要存放在冰箱里，隔上一段日子，吃一次炸酱面，细细品尝。而生长在北方的小姨子、外甥女却对我按家乡传统烹调法制作的家常菜——毛豆、青椒炒茄丁情有独钟，赞不绝口，说是一定要把这道菜引进新疆和山西。看来，吃的艺术、饮食文化也是需要相互借鉴，南北大交流呵！

天下没有不散的筵席。热热闹闹、乐乐呵呵了一阵子，山南海北的亲戚一个个告辞离别了。这时，我和老伴既有一种从忙碌、烦乱中解脱出来的轻松感，同时心中又不禁升起一缕"相见时难别亦难"的依依之情。

1994年8月14日

难得大团聚

今年国庆、中秋两个节日喜相逢，是个家庭大团圆的好日子。我们这一家，经过历时半年的筹划，终于在家乡——江苏丹阳实现了老老少少28人的大团聚，了却多年来梦牵魂绕的一个心愿。

还是38年前，1963年春节，我们兄弟姐妹8人都回到家乡，同父母一起，共叙天伦之乐，并到照相馆留下唯一的一帧弥足珍贵的合家欢。从那以后，母亲在"文革"中含冤而死；父亲好不容易熬到噩梦醒来是早晨，又突发脑溢血而撒手人间。学有所成、刚挑起重担的大弟也英年早逝。留下我们兄妹7人，天南海北，各处一方，再也没有找到机会来一次全家团聚。去年10月2日，即农历八月十六，正好是我母亲90诞辰纪念日。二弟倡议乘这个日子举办家庭聚会，既可对已故的父母亲表示深挚的怀念之情，又可借以增进我们一家祖孙三代的亲情交流。我和弟妹们都举双手赞成二弟的这个倡议。

节日前夜，我们兄妹7人携儿带女，从北京、上海、太原、马鞍山等地分别乘火车、小巴或飞机按时赶到家乡。除旅居国外和个别因工作实在不能抽身的以外，能来的都赶来了。这是一次空前规模的家庭大团圆。38个春秋，对于历史老人来说，只是弹指一挥间。而人的一生又能有几个38年呢？！我们一家人，特别是我们兄妹7人，怎能不为这次难得的大团聚而激动无比又感慨万千呢！

久别重逢，兄弟姐妹间、姑嫂妯娌间，真有诉不尽的离情别绪，说不完的知心话儿。一个话题接着一个话题，谈得最热烈的还是家乡面貌、家庭生活的发展变化。就拿我们家来说吧：1963年的10口之家，已繁衍为当下的15个小家庭，人口翻了两番。祖祖辈辈住了几十年的老房子已无影无踪，在那地皮上修成了一条宽阔的、贯通城市东西的新民路；绿草如茵的市中心人民广场即将呈现在眼前。在家乡工作的三个小弟妹，旧宅拆迁之后都住上了三室一厅的居民楼，电视、空调、煤气灶、卫生间一应俱全，再也不用为生炉子、倒马桶发愁了。我还记得38年前团聚时，刚度过三年经济困难，物质极度匮乏，什么都凭票证供应，我从天津带回几斤高价"高级点心高级糖"，都觉得很稀罕。这次家庭团聚，两次到饭店聚餐，美味佳肴应有尽有；还到老字号金鸡饭店品尝了水晶肘子、蟹黄包子、鳝丝面等富有家乡传统特色的早点，实实在在地感受到了当下物质产品的丰富。说起通讯联络，多少年来，我们兄弟姐妹一直保持书信往来。如今家家都安上了电话，大多用上了电脑，子、女、侄、甥辈还都有了手机，平时长途电话、"伊妹儿"穿梭往来，谈心聊天，方便快捷，连我这个素以勤于写信著称的大哥也懒得动笔了。当年团聚只能到照相馆拍上一张合家欢，这次我女婿却可用摄像机真实而生动地录下家庭聚会的全过程。社会的发展进步是多么迅猛啊。每个普通人家确实都得到了改革开放的实惠。

家庭是社会的缩影，时代变革的大潮也无一例外地波及到家家户户。我们这一家同样是机遇与挑战、希望与隐忧并存。一说起下岗待业、集资购房、学费过高这些沉重的话题，我的两个弟妹和一个小妹就不免露出忧虑的神色。她们不到45岁，由于所在单位不景气，不得不提前办理退休，或面临一次买断工龄的威胁。而对困难，她们没有怨天尤人，而是起早贪黑、含辛茹苦地去打工，或在自己家里照管一个来自农村的中学生的食宿，千方百计地攒一点钱，以供给儿女上大学或重点中学。在外地工作的哥哥姐姐，一听到小弟妹有困难，马上毫不犹豫地伸出援助之手，想方设法，一齐凑钱，以救购房、缴纳大笔学费的燃眉之急。这些年来，尽管父母早早离开我们，但家里并没缺了主心骨。血浓于水的亲情把我们兄弟姐妹紧紧地联系在一起；那如胶似漆的凝聚力，是什么东西也分离不开的。我们心连心、手拉手地迈过人生路上一道又一道坎，同甘共苦地走过来。亲朋好友、左邻右舍都情不自禁地赞扬我家兄妹、姑嫂团结互助、亲密无间。

在缅怀父母的追思会上，我不无激动地谈起我们兄弟姐妹恪守祖辈、父辈言传身教的"奉公守法"、"勤能补拙"、"量入为出"、"和衷共济"的做人准则，努力做一个正直的人、勤奋的人、俭朴的人。热切期望全家人发扬光大家庭的传统美德，把它当做传家宝一代又一代地传下去。我的一席话引起全家老少的共鸣。古老又清新、强劲又温馨的门风、家风，连同浓浓的手足情、父子情，深深地刻印在亲人们的心灵深处。

2001年12月12日

八十抒怀

三伏天刚过，迎来了我的80岁生日。生日前夕和当天先后收到诸弟妹、侄、甥和几位老友发来的e-mail，或打来电话，祝贺我的生日。特别是二弟还写了一篇情真意切的短文，四弟则精心编选了有关我的照片专辑发在网上，为我的生日祝福。生日那天晚上，全家人在江苏大厦聚餐，分享生日蛋糕。席间欢声笑语，频频碰杯，小孙子举杯"祝爷爷活到100岁"，气氛极为欢乐和谐。

几天前，我在致一位老友的信中，谈及流光易逝，58年前我迈进全国文协（中国作协的前身）门槛的情景犹历历在目，转瞬之间，我竟已跻于耄耋老人之列。回眸往昔，我原本体质单薄瘦弱，中学时代一度染上肺结核，20世纪80年代末，又曾遭癌魔袭击；走过的人生路也不算太平坦。我想，之所以能活到这把年纪，除医疗保健条件改善外，一是自己一直坚持手脑并用，始终没有闲着。在职时勤于工作，勤于思考；退下来后，也还保持多少读点书、写点短文、参加一些活动、做一点力所能及的事，包括家务事。二是生活比较有规律，饮食起居，定时定量，不吸烟，不喝酒，不暴食，没有不良习惯，过着普通人健康的生活方式。三是性情平和，遇事冷静沉着，一般能保持心态平衡，不急躁，不激愤，少计较，少抱怨。四是长期从事儿童文学工作，多少还保持几分天真，没有完全失却纯真的童心，往往用孩子的眼光看人、看生活、看世界。正因为如此，经历了几十年政治运动、文艺斗争、社会变革风风雨雨的我，战胜癌魔、与死神擦身而过的我，如今对周围的一切人和事，对世界风云的变幻，都想得比较开、放得比较开了，对鲜花、掌声、奖杯、头衔、座次、名利、地位乃至生死，都看得比较淡了。

我依然把冰心老人的"人生自八十开始"作为激励自己继续前行的动力。毕竟老了，我没有什么雄心大志，也没有什么豪言壮语，将怀着一颗平常心，从容地读一点想读的书，量力而行地做一点愿做的事；与几十年风雨同舟、在最艰难的时刻始终不渝支撑我的老伴携手并进，力求把晚年生活安排得更闲适自在一点。在没有走完的人生路上，我将踏踏实实、一步一个脚印地走下去。抵达终点的时候，回头一望，如果还算得上是一个认认真真做事、清清白白做人、朴朴实实为文的人，那也就问心无愧了。

2010年8月21日

深情的祝福

今天是亦平和李玲步入婚姻殿堂，结为终身伴侣的大喜日子。让我当证婚人，感到格外高兴和荣幸。说实话，我年届八旬，还是第一次当证婚人哩！我兄弟姐妹多，侄、甥辈差不多覆盖了十二生肖。我也是第一次参加侄、甥的婚礼，第一次在家乡的土地上喝侄、甥们的喜酒。

亦平和李玲的恋爱、婚姻，是一对幸福的组合，是十分珍贵的缘分。李玲的家乡在天府之国，亦平的家乡在长三角，一条浩浩荡荡的长江把一个四川辣妹子与一个江南小伙子紧紧地、亲密地联结在一起，真是千里姻缘一线牵。祝他们的爱情像长江一样源远流长。

李玲学的专业是生物，亦平学的专业是医药，都与大自然、与生命科学分不开。祝他们的爱情、婚姻像探索大自然的奥秘、生命的奥秘那样永远神奇、新鲜、美妙，魅力无穷。

李玲和亦平都工作在著名的花城广州。祝他们的爱情、婚姻之花像南国花市那样色彩缤纷，香飘万里。

婚姻是爱情的升华、爱情的归宿；也是人生幸福的一个新起点。正像李玲、亦平登记结婚那一天，在题为《我们一路走来》那首充满真情的诗中所表达的：

> 无论风雨，我们都会携手前行
> 我们是幸运的
> 因为彼此幸运地等到了要等的人
> 美丽幸福的花朵，永远在我们心中绽放

这是他们共同的心声。我作为证婚人，见证了他们从相遇相识到相知相爱，确实是志同道合，情投意合；不是奉父母之命、媒妁之言，是完全自由的、心心相印的结合。

我真诚地祝愿他们在事业上、工作上兢兢业业、扎扎实实、红红火火。

祝愿他们在生活上、感情上亲亲热热、甜甜蜜蜜、和和美美。

祝愿他们从新的起点出发，一步一个脚印，以更加坚实的步伐向前行，向着银婚、金婚、钻石婚的美好目标登攀！

我和所有在场和不在场的亲朋好友一起，深情地祝福新郎新娘亦平、李玲婚姻美满，生活幸福，夫妻恩爱、早生贵子、百年和合，白头偕老！

2011年5月2日

让我欣慰的2011

台历翻到最后一页，又到了年终盘点的时刻。即将告别的2011，对我来说，可说是双喜临门、怡然自得的一年。

让我喜悦、欣慰的，主要是这么两件事：一是圆了兄弟姐妹八家在家乡大团聚的梦；二是在真挚、温馨的友爱氛围中度过了80岁生日。

十年前，我兄弟姐妹连同儿、女、侄、甥辈建立的小家庭，曾有过一次难得的大团聚。随着时间的推移，当年的16个小家庭如今已发展为21个，家庭成员也由原来的42人增至51人。我家今年真是喜事连连，从春到秋，我三个最小的侄女、侄儿和外甥女先后步入婚姻殿堂，成家立业。八兄妹趁金秋时节回家乡参加外甥女婚礼的大喜日子，实现了梦寐以求的、空前规模的家庭大团聚。51个家庭成员中，除因病住院的大弟妹和旅居新加坡的大侄女一家三口没能回来外，其余老老少少47人都赶回来了。从年逾八旬的老头、老太到刚满百日的小毛头，分别从北京、上海、广州、珠海、太原、马鞍山乘飞机、高铁或自驾小轿车回到阔别多年的家乡大地。

今年的家庭聚会有个鲜明的主题，即纪念我们兄妹八个的父母百年诞辰。我们的父母是辛亥革命的同龄人。他们是国家求独立、人民求自由的见证人，也是兵荒马乱、天灾人祸的亲历者。在纪念辛亥革命百年之际，越发牵动了我们对亲爱的父母怀念之情，感激之情，深切缅怀他们心地善良、为人厚道、做事认真、生活俭朴的美好品格、作风。亲情是血肉相连、至亲至爱的感情，是人间最纯真、最珍贵的感情。对父母的浓浓的亲情像一根红线把我们八兄妹紧紧地串联在一起，并形成相互关爱、团结互助、一方有难、八方支援的好传统、好家风。至纯至美的亲情也渗透到姑嫂、妯娌、连襟、叔侄、舅甥、堂兄弟、表姐妹之间。大家相聚在一起，说说笑笑，亲密无间，知心话、家常事，还有共同关注的住房、看病、教育子女、理财、反腐等话题，真是三天三夜也说不完。

这次聚会办得像模像样，井然有序。座谈、合影、游园、聚餐，还打印了在追思会上的发言和家庭成员通讯录，编选、制作了录入几百张新、老照片的家庭电子相册。一件精致的水晶石纪念品，上面刻有"谁言寸草心，报得三春晖"的诗句。按照大家的建议，二弟、四弟还在编选一本题为《大井头6号——一户普通人家写照》的纪念文集，内容包括："团聚纪实"、"追忆亲人"、"兄妹剪影"、"家园拾叶"；准备自费印刷，分送亲友，留作永恒的纪念。这次情深深、意浓浓的家庭大团聚，将永远镌刻在老老少少亲人的心坎上。

说起我的80岁生日，按照家乡"做九不做十"的习惯，去年虚岁80时，儿女、弟妹已为我做过生日，我还写了一篇《八十抒怀》的短文。今年我80周岁生日的前夜，恰逢安徽少年儿童出版社出了一本《束沛德谈儿童文学》。这是我50多年来所写儿童文学评论的一个选集。这本书问世后，热心的朋友倡议召开一次关于我的儿童文学评论座谈会。我想，如能直率地谈谈我在评论上的成败得失，有好说好，有坏说坏，真正发扬良好的批评风气，那我还是乐于接受的。事前我再三表示，最好不要把座谈会同祝贺我的生日挂钩，尽量淡化生日色彩。可朋友们的盛情难却，最后还是定格为"束沛德先生80华诞暨儿童文学评论座谈会"，我无可奈何，也只好听其自然了。在座谈会上，朋友们说了不少鼓励和赞扬的话，比如："他有一双大家愿意紧紧握住的引领者的大手"，他"纵横交错地描绘了一幅中国新时期以来儿童文学的立体地图"，"他懂政治，更懂文学"，"智慧地平衡了政治的原则和文学的原则"，"我们需要一个感谢他的机会"，等等。对我的这些评估，显然是过誉了，但我相信朋友们的真诚。

座谈会后，没想到又在中少总社的儿童阅读体验大世界继续举行欢乐、有趣的庆贺活动。两个造型新颖的大头娃娃从舞台上走下来同我紧紧握手，向我献花，美丽的姑娘一个个端着点亮的红蜡烛夹道欢迎。我和朋友们一起徜徉在琳琅满目的书的世界里，在"红袋鼠"咖啡座分享生日蛋糕和"变变变"饮料。置身于这样一种热烈、温馨、童趣盎然的氛围里，我喜不自胜，真有点不知所措。我心里明白，朋友们举办如此精彩、别致的庆贺活动，并非我个人在文学评论上有多大成就和贡献，而是借此表达对跑龙套角色的肯定和尊重，认同儿童文学这个"小儿科"确实需要有人热情地为之鼓与呼。干了大半辈子文学组织工作，得到这样的肯定和认同，我也就心满意足了。

2011年岁末

情系大井头6号

　　读完二弟、四弟编选定稿的《大井头6号——一户普通人家写照》，亲人面影、家庭往事历历在目，不禁让我百感交集，思绪万千。

　　编印这本书的初衷，是为了让家庭成员和子孙后代了解我们的父母及其子女——我们兄妹八个的经历、工作、生活、家境和家风。家庭是以婚姻和血缘关系为基础的社会单位，包括父母、子女和其他共同生活的亲属在内。它是社会的一个细胞、一个基本单位，是社会的缩影。家庭的兴衰枯荣，家庭成员的遭际、命运，往往是与社会的变迁、发展紧密相连、息息相关的。从我们这一家的经历、遭遇中，同样可以清晰地看出历史的、时代的投影和折光。就这个意义来说，这本书不仅是给子孙后代提供一本必读的家史；同时也是为现、当代"社会调查"留下一份真实的、有一定史料价值的记录。

　　以家庭住址、门牌号码——大井头6号作为书名，表达了我们对家园和亲人的眷恋之情、怀念之情。呼唤亲情，赞美亲情，珍惜亲情，弘扬亲情，是这本书的主题和基调，它像一根红线贯穿全书从头到尾的字里行间。不久前我在《新民晚报》发表过一篇题为《让我欣慰的2011》，文中写到去年圆了兄弟姐妹八家老老少少47人在家乡大团聚的梦。多位朋友来信赞扬我家的怡怡亲情，其中一位谈到："你的家庭就是中国一段历史的写照"，"这样和睦的大家庭以后在中国会越来越少了"；另一位写道："如果我们国家的每个家庭都能如此，那就真的进入和谐社会了"。收入《大井头6号》的不少文章，从不同角度、不同侧面反映了家庭成员彼此之间的亲密关系，颂扬了血浓于水、难以割舍的亲情。和睦家庭是和谐社会的基石。讴歌亲情，就是为了更好地培育、弘扬和谐精神。

善良、认真、勤俭、正派，是祖辈、父辈留给我们后辈弥足珍贵的精神财富。它的价值是万贯家财、金玉满堂所无法比拟的。固然，我们的思想观念、精神道德要与时俱进，要跟随时代的步伐发展变化。但万变不离其宗，无论如何，我们要把"温良恭俭让"这样的好传统、好家风作为传家宝一代一代地传下去。

《大井头6号》这本书是集体创作的成果。家庭成员中的成年人都为它的问世付出了自己的心血和精力。特别是二弟、四弟，对此书的策划、组稿、撰写、编选、印制，真可说是费尽心机、不遗余力了。我深切期盼每个家庭成员以及子孙后代珍惜这份来之不易的劳动成果，好好地利用它，保存它。

2012年2月4日（龙年立春）

我赢得25年美好时光

搬来安外东河沿8号楼已将近25年了。搬家前三四个月，我被协和医院确诊患上令人忧虑的鼻咽癌。

1988年1月11日，那是严寒季节一个阴暗的日子。在耳鼻喉科门诊室，面对主治大夫在我的病历上写下可怕的"ca（癌）"字，我的身心就被笼罩在癌魔的阴影之下。我努力说服自己，要"勇敢面对"、"处之泰然"；同事、朋友也劝慰我："放开，不要有负担，把一切置之度外"。然而，当我想起只差三年半就到退休年龄，本可以从容地读点书，写点文章，偏偏在这即将"到站下车"的时刻，遭到癌魔的无情袭击，心中不免有几分悲凉情绪。

大病初愈，不敢有很高的期待，心里暗自许了一个愿：先争取3年、5年的存活期吧。没料到，8年、10年、15年、20年，一个一个坎都平安顺利地迈过来了。如今我已闯过25年大关。看来可以骄傲地说：我已彻底战胜了癌魔。

其实，我与癌魔搏斗，也没什么妙法绝招，只是老老实实、认认真真地坚持了老生常谈的三条：一是切实遵医嘱，放疗6周，服中药两三年，这段时间按中医大夫说的不吃螃蟹和无鳞鱼；无论如何不乱投医，不乱用什么偏方。二是少生气，少埋怨，少攀比，保持平和乐观的心态，遇麻烦事力求心理上的平衡。三是休养四五个月，就照常上班，适当掌握工作、生活节奏，避免过于劳累；多少参加一点体育锻炼，学过气功，做做自编的健身操，坚持散散步。从1988年1月到2013年1月，我整整赢得了25年美好时光。25年，在历史长河中是短暂的一瞬间。而如果按平均寿命75岁来算，那25年就相当于人生旅程的三分之一；即使按长命百岁来说，25年也占了漫漫人生路的四分之一里程了。25年，对人的一生来说，可是无比重要、宝贵、不可多得的啊！

回望逝去的这25年岁月，且不说国际风云的变幻、中华大地的沧桑，单看我个人的经历、遭际，也可说是三生有幸。

这25年，我在文学工作岗位上超期服役7年，直到67岁才退休；特别是在儿童文学组织工作岗位上又当了10多年义工，主持了多次儿童文学评奖和作品研讨会，76岁才挥手告别中国作协儿委会。在年逾古稀之际，还得了一纸奖状——宋庆龄儿童文学奖特殊贡献奖。

这25年，我坚持边工作边读书，边思考边练笔，先后出版了10本评论集和散文集。尽管这些文章质量平平，没多少特色，但总算留下了一份有点个性色彩的人生记录和读书札记。在我75、

80生日前后，作协儿委会、中少社还分别为我召开了散文集《岁月风铃》座谈会和"束沛德儿童文学评论座谈会"，让我这样一个业余老作者，有幸当面聆听到朋友们对自己笔耕成果的批评意见。

这25年，由于出访、开会、探亲、旅游，我有机会多次走出国门，在意大利、泰国、缅甸、加拿大、美国留下自己的脚印。

在职时一心投入工作，不止一次放弃了游览名山大川的机会。退下来以后终于得以补补课，先后游历了黄山、庐山、武夷山、峨眉山、张家界、鼓浪屿，并登上美丽的台湾宝岛。外出走走，呼吸点新鲜空气，开阔了眼界，增长了知识，愉悦了身心。

这25年，我与老伴同甘共苦、相依为命，手拉手、心连心地一起度过60、70、80生日和金婚纪念。年过70后，先后抱上两个孙子，尝到含饴弄孙之乐趣。我兄弟姐妹八个加上儿、女、侄、甥辈，如今已组成21个小家庭，家庭成员总共51人。2001、2011年，在家乡丹阳有过两次难得的大团聚，深深体味到至诚至纯的亲情的温馨和欢乐。

25个春秋，自然也遇到过一些不称心如意的事，但我确实应当知足了。试想，如果25年前癌魔夺去了我的生命，那我就不会有前面所说的那些人生阅历，也就品尝不到那些聊以自慰或值得庆幸的人生滋味。不用说，那样，我会带着不少遗憾、悔恨撒手人间。如今我年届82，思维也还清晰，步履还算稳健，还没显出龙钟老态，偶尔还动动笔，日常生活也能自理。保持如此生存状态，我是心满意足了。即使明天闭上眼睛，似也死而无憾了。

此时此刻，我由衷感谢社会的进步、生活的馈赠，由衷感谢亲人、朋友、师长、同事的理解和关爱！

2012年12月

从同窗情到钻石婚

我和导涓在中学时代相遇相识时，还是年方二八、生气勃勃的少男少女，如今已是年满八五、两鬓斑白的耄耋老人了。时间呀，飞速前进，一眨眼，我俩已在一起度过七十个春秋。

1947年夏秋之交，导涓从兰州女中转学到镇江中学，从此我俩在一个班级同窗两年。那个年代，男女同学之间的交往还不是那么活跃潇洒，个别接触、交谈是很少的。我和导涓也就是在办壁报、参加时事研究会和班级组织的春游、秋游活动中，相互留下了一些美好的印象。我觉得她单纯、热情、开朗、向上，而她对我的印象是：真诚、勤奋、肯钻研、有志向。也许正是这种感觉、印象，埋下了爱的种子。难忘的同窗情，仅此而已，与一些朋友、同事想象的"早恋"、谈情说爱还不沾边。

解放大军渡江，镇江解放，我和导涓就分手了。她满怀革命热情参加了工作，从南京二野军大到二野《后勤导报》，随军抵达重庆，后又调到《新疆日报》。而我抱着一心要当记者的愿望，进入复旦大学新闻系，毕业后分配到中国作家协会。从1949

年5月在镇江分别到1953年4月在北京重逢，我俩分处两地整整有四年光景。她在重庆、迪化（乌鲁木齐），我在上海、北京，持续不断的上百封书信往来，终于使爱的种子生根、萌芽、开花了。"纸上谈情"的成功，不能不感激语言文字的神奇魅力。

开头在信中彼此谈学习、工作、写作、家庭情况，谈各自的优缺点、兴趣爱好、人生追求。我抒述在抗美援朝中报名参干，为《文汇报》写"思想改造学习随笔"专栏；她告知赴南疆麦盖提参加土改，到八一纺织厂、钢铁厂采访报道。过了一段时间，就一步一步更多地在信中抒发彼此想念的感情了。

"你的来信和照片扰乱了我的心"

从友情到爱情的突破，是由于我勇敢地迈出第一步，主动寄给她一张在复旦大学德庄宿舍门口的照片引发的。我在寄去照片的那封信中表达："在镇江中学，你给我留下一个美好的、永不磨灭的印象。我们的情谊是深厚的，是建立在一致的方向与共同的目标上的。

你现在做报纸工作，而我的志愿也是做一个有作为的新闻工作者。如今与我同学、同志、同行、同伴的，就只有你一个。希望我俩真正成为亲密的同志、朋友和伴侣。"

她喜欢那张照片中的我，欣赏我的清秀、文雅、青年学子的朝气。后来她在一封信中坦率地表白："你的来信和照片扰乱了我的心。我的心开始被你占据了一个很重要的位置，初恋的爱在我幼小的心灵上生了根，它是稳固而有基础的。""由我不懂得爱情和开始懂得爱情时，我只爱过一个人，那会是谁呢？亲爱的沛德，就是你。我向你公开了我的秘密，你知道我的心在跳动，我的脸在发烧吗？"她回赠我一张在文艺宣传队伍里打腰鼓的照片，让我越发觉得她纯真明朗、活泼可爱，更坚定了我与她相恋相爱的决心。

20世纪五十年代初，根本没有E-MAIL、微信、IPAD，连打个长途电话也很困难，通讯联系的唯一方式是写信。而一封航空信从乌鲁木齐寄到上海或北京，在邮途中要耽搁十天八天。发出一封信，要等到对方的回信，至少得半月二十天。从1952年秋到1953年春，是我和导涓热恋的一段日子。那时，常常扳着指头算日子，盼望、期待远方来信的那种急切的心情，真可说是望眼欲穿。随着相互了解的加深，爱情的火花也越发强烈、绚丽地迸发出来。信中的称呼不断升温，从沛德、导涓到亲爱的沛德、导涓，亲爱的哥哥或妹妹。信的结尾从握手、紧握你的手到吻你、亲吻你、紧紧地拥抱。真是"一在东来一在西，你想我来我想你"。

1953年初春时节，我和导涓正式肯定了恋爱关系。接着就面对一个如何调动到一起的问题。我在致导涓的信中真诚地表示：

"我关心祖国边疆的建设，热爱边疆人民，也同样热爱每一个参加建设边疆的干部，当然啦，我也是爱你的。"导涓也在复信中回应："如果我们一旦晨夕与共，该是多么的幸运。我记忆着江边的别离，也热情地等待着我们在天山脚下会面的一日。"当年支援边疆建设是干部分配的大趋向，我俩是真心实意想一起在新疆工作的，没有奢望相聚在首都北京。然而，当我向上级严文井提出要求调往新疆时，得到的回答很干脆：正在加强中国作协的工作，人手很少，不可能放你走的。他让我把导涓的所在单位和简历写给他。后来，中宣部干部处给新疆分局组织部打了电话，商调导涓来京。过了一个多月，这事就办成了。

在接受批判、审查那段日子里

我还清晰地记得，导涓从乌鲁木齐乘汽车到兰州、西安，又转乘火车到北京，一路上风尘仆仆，折腾了半个多月。她到达北京的当天傍晚，我到石碑胡同中宣部招待所去看她。她披着一件列宁式的棉上衣，桌上放着一本正在阅读的前苏联郭尔巴托夫的小说《宁死不屈》。离别了四年，一旦相逢，那喜悦、激动是难以用语言比拟的。

调到一起头两年，我在中国作协，她在《中国青年报》，工作、学习、生活，一切都还称心如意。星期日、节假日，只要不加班，总是约会相聚在一起。北海、景山、颐和园、中山公园，都留下我俩谈情说爱的甜蜜记忆。阅读文学作品是我俩的共同爱好，特别是俄罗斯和前苏联的作品，从屠格涅夫、契诃夫到肖洛霍夫的《静静的顿河》、尼古拉耶娃的《收获》，都是当年我俩经常的、饶有兴味的话题。

导涓来北京后不久，我才写信告诉家里和她相恋相爱的事，并在信中附去一张我俩在北海五龙亭的合影。那张小小的四方形照片是用莱卡相机拍的，年逾古稀的老祖母戴上老花镜也没能看清楚未来的孙媳妇是什么模样。结婚前半年，导涓借去江、浙采访之便，路过我家乡江苏丹阳时，第一次去探望公婆和我的弟弟妹妹。她还清晰地记得，我母亲讷于言辞，不善交际，特地把我的外婆请来负责接待。外公、外婆请导涓到中华老字号丹阳金鸡饭店用早餐，品尝了丹阳肴肉、蟹黄包子、鳝丝面。我母亲在家里烹饪了红烧狮子头、清蒸鳜鱼、肉丝腰子汤，也让她品尝了家乡味。导涓用随身携带的相机给小弟妹们留了影。我的相册里至今还保存着那些老照片呢。丹阳之行，情深深，意浓浓，外婆的热情、干练，母亲的亲切、善良，弟妹们的活泼可爱，家庭的温馨和睦，都给导涓留下难忘的印象。

然而好景不长，在反胡风斗争中我遇到了麻烦，因为所谓"泄密"错误而受到批判。审查了一年多，才得出：与胡风集团没有组织上的联系，犯了严重自由主义错误的结论，并给予我党内严重警告处分。在我接受批判、审查那段日子里，我和导涓的联系一度中断。在1955年国庆前夜，导涓所在单位的领导给她打招呼：节日期间不要和束沛德见面，避免把问题搞复杂了。报社有的好心的同事甚至劝说导涓和我分手，幸好导涓很坚定，她相信我的为人，在爱情上没有动摇。

婚事"低调、低规格"

反胡风斗争尘埃落定，我和导涓被"运动"耽搁了很久的终身大事才提到日程上来。我的上级、时任创作委员会副主任的女作家菡子了解到，我和导涓相识已达10载，肯定恋爱关系也已有四年之久。

我俩的婚姻通过漫长的恋爱季节，又经受了斗争风雨的洗礼，应该说是水到渠成、瓜熟蒂落了。菡子对此表示充分的理解，热情支持我们尽快地办喜事。1956年12月5日，寒冬腊月，我和导涓到朝阳门外芳草地派出所领了结婚证，在芳草地中国作协宿舍里举行了简朴的婚礼。由于我还背着刚受处分的沉重包袱，我和导涓达成了婚事"低调、低规格"办理的共识。除了我俩所在部门的同事外，连我们中学、大学时代的同窗好友也都没有邀约。新房是一间不足14平方米的简易平房，没有玻璃窗，只有一层可卷上卷下、用以挡风的窗户纸。

　　所有的家具都是从机关借用的，没有添置多少新的生活用品，只买了一台红星牌收音机，临时从作协对面的供销社抱回一条红绸被面的棉被。举行婚礼那天薄暮时分，陆陆续续来了40多位宾客，菡子也冒着寒风来了。一间房挤不下，住隔壁的同事王景山、李昌荣夫妇又打开通向他们家那套间的门。菡子带来一件古朴典雅的、白底黑花的陶瓷花瓶，上面贴着她亲手剪的大红的双喜字，表达她对我和导涓的深情祝福。在一块粉红色的、印有喜鹊登枝、龙凤呈祥图案的签名绸上，菡子和诸位来宾饱蘸醋墨签上了自己的名字。一束鲜花，一杯清茶，几把喜糖，欢声笑语，热热闹闹，两间小房里顿时洋溢着欢乐祥和的气氛。那情景，那场面，使原本强颜欢笑的我实实在在地感受到了人情的温暖。六十年过去了，菡子那亲切的"祝你们喜结良缘，白头偕老"的江南口音，依然萦绕在我的耳边。老领导沙汀从四川来京开会，补送给我俩那块绸料台布，前些年还覆盖在我家冰箱上哩。

我所有文章的第一读者

　　1956—2016，整整一甲子。半个多月前，我和导涓迎来了人生难得的钻石婚。在异国他乡的儿子一家和我的弟妹侄甥们，先后打来电话或发来微信表示祝贺；还有几位热心的朋友为我俩精心制作了音乐相册。女儿、女婿送来鲜花，为我俩的健康、幸福干了杯，并拍了几帧照片留念。钻石婚纪念日就这么未加张扬而又欢乐开怀地度过了。回望六十年走过来的路，可说是还算顺利、幸运，但也尝到不少酸甜苦辣，不禁让人感慨系之。

在事业、写作上，没有什么成就和建树，但数十年如一日，认真负责地做了力所能及的工作，在这一点上我俩是问心无愧的。我长期从事文学组织工作，也做了点为儿童文学鼓与呼的实事，还出了十几本评论集、散文集。导涓担任《中国青年报》驻浙江、河北记者多年，在新闻战线也参加过一些重要的采访活动；她还和一位同事合出了一本散文集。我写文章、出书，大多是导涓在电脑上一字一句敲出来的，她成了我的老秘书，也是我所有文章的第一读者。我南腔北调，拼音不准，也就懒得在电脑上敲键盘了。

在历次政治运动、文艺批判中，我在反胡风、反右派、"文革"、反资产阶级自由化中，碰过钉子，栽过跟斗；在大风大浪里学游泳，总共喝过五口水。导涓也在反右斗争中遇到过麻烦，入党没能按期转正，延长了一年候补期。但相比而言，我俩毕竟没被戴上什么帽子，算不上命运多舛。

在家庭生活上，可说是和谐、美满的。我和导涓一直心心相印，相濡以沫。在家务事上，从来是共同操持，没让导涓一人围着锅台转。管儿女，带孙子，也是同甘共苦，各尽所能。80年代末我战胜癌魔的袭击，至今赢得了29年美好时光，也是与导涓的温馨体贴、悉心照料分不开的。我还记得，大病初愈，作协领导让我去北戴河创作之家短期休养，导涓还带着小电炉、药罐子，天天给我煎中药哩。

我俩对家庭的关心照顾，也算是尽心尽力。从20世纪50年代初到80年代初，一直从微薄的工资中抽出钱来资助家用，为弟妹们上学助一臂之力。20世纪80年代初，家里的老房子拆迁，拿到两万多元拆迁费，在弟妹们分这笔钱时，我俩和大弟、大弟妹毫不犹豫地放弃那应得的一份，使在家乡的弟妹可以多分到一点。孝敬老人、关照弟妹、省吃俭用，是我家祖辈、父辈留下的好传统、好家风啊。

分离之苦与团聚之乐

当然，在改革开放前，从1958年下放到十年浩劫，这20年间，我俩也尝够了两地分居、离多聚少之苦。我永远不会忘记，每当报社派导涓到外地采访，周末我得从天津返回北京，匆匆赶到青年报幼儿园时，往往只剩下我女儿一人。她那张小脸紧贴在窗户玻璃上，眼巴巴地等着家人来接。面对这个情景，我的眼泪几乎夺眶而出。

1963年河北发大水，导涓到永年县采访，被洪水围困在县城里，与报社也失去联系。这时我恰好在北戴河、秦皇岛参加河北省委宣传部召开的地、市委宣传部长会议工作，把不到6岁的女儿留在天津大营门幼儿园。周末没人接，老师只好把她带回自己家里去。想起当年各处一方、杳无音信的那种焦急不安的心境，至今还不免心有余悸哩。

"文革"头几年，我在宁晋河北省委五·七干校，导涓在河南潢川团中央五·七干校，只好把9岁的女儿和2岁的儿子留在保定，让保姆照料。一家分处三地，怎么能不让人牵肠挂肚呢。

写到这里，我不禁想起改革开放30多年来，我们阖家团圆，享天伦之乐，那是多么温馨、欢乐、幸福！

2001、2011年，我们大家庭在故乡大地有过两次难得的大团聚。新世纪初的团聚，参加聚会的28人，隔了十年再次聚会时增加为47人。浓浓的亲情把我们兄弟姐妹八家紧紧地联结在一起。导涓和我一样，深深体会到至亲至爱的兄弟姐妹之情、姑嫂妯娌之情。每当面对那张在家乡绿树成荫的万善公园拍的合家欢，照片上那三代人个个眉开眼笑，精神饱满，真让人心旷神怡。

从20世纪80年代到90年代，我俩的儿女都先后成家立业，并在古稀之年尝到含饴弄孙之乐。小孙子早就会喊爸爸、妈妈、奶奶，唯独不会喊爷爷。没想到，正月初一，他喊出第一声"爷爷"，像是为了向爷爷拜年似的，真让人高兴。我和导涓曾两次到加拿大蒙特利尔儿子、儿媳处小住；一年前又去他们在美国新泽西州新安的家住了五个月。

同时，我女儿、女婿也去美国旅游。我们一家老少又有幸在美国大团聚了。尤其难忘的是祖孙三代，一行八人，从加拿大温哥华到美国阿拉斯加乘豪华邮轮作海上七日游。一路上，观赏了近在眼前的冰川和在海上跳跃的大鲸鱼。停船时上岸观光，我俩虽年届耄耋，但精神还好，能跟上队伍，一个码头、一个景点都没有错过，对此不能不聊以自慰。

分离之苦与团聚之乐，今昔对比，怎能不让人感慨万千，又怎能不由衷感激多彩生活的馈赠呢！？

度过钻石婚，又站在一个新的起点上，我俩将手拉手，心连心，力求平稳地、一步一个脚印地走完漫漫人生路。

2016年12月25日

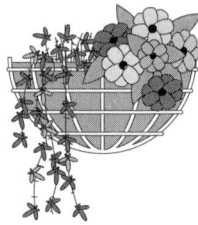

第 4 辑 · 悦读偶拾

植根生活　驰骋想象

　　汪玥含是当今儿童文苑一位生气勃勃、富有活力的青年作家。她在校园青春小说、儿童小说创作上均有令人瞩目的可喜成果，她的创作成就和特色值得探讨。我读了《狂想家黄想想》系列的三个中篇（《黄想想的盛宴狂想》、《黄想想的脏薯条》、《黄想想遇见女生》），有这么一个印象：汪玥含是一位贴近儿童生活又善于驰骋想象、坚守文学品格又追求艺术特色的写作能手。

　　最近一个时期，"中国梦"成了官方、民间、媒体最为关注的热门话题。我读汪玥含的三个中篇，深切地感受到，她是在追寻五彩斑斓的童年梦。少年儿童是祖国的希望与未来，实现中华民族伟大复兴的历史重任落在他们身上。从狂想家黄想想和他的同学的身上，我们读到了一种积极进取、奋发向上的精、气、神。作品基调昂扬、明朗、温暖、快乐。

　　作品主人公黄想想从小就爱狂想。在幼儿园，每天午睡都睡不着，在自己想象的世界里不停地游荡。从奥特曼到孙悟空，从霸王龙到圣斗士；躺在床上，闭上眼睛，把保时捷、法拉利、宝马、奔驰、三菱，漂移各种赛车开得飞快。他的这些想象植根于生活土壤，真实反映了当代都市孩子的兴趣、爱好，也符合他们的年龄特征和心理特征。作者的本领在于：敏锐地从日常生活中发现、捕捉孩子身上美好、向上、闪光、稚气的东西，又善于把它们编织成有趣的、引人入胜的故事，吸引读者一口气读下去。书中描写生长在单亲家庭、又从来没有养过宠物的黄想想，向同学大讲自己的爸爸在澳大利亚有个农场，养着袋鼠、考拉、袋熊，自己得过"动物小专家"称号，爸爸因为给学校捐款被聘为"客座教授"。故事讲得有声有色，有头有尾，让同学们惊羡不已，无比陶醉。黄想想的想象并非凭空产生，而是来自他熟悉的《动物世界》；同时也反映他的小小心灵渴望父爱、亲情的滋润。

想象力与天分、经验被看作写出好作品的三要素。歌德说："不管是文学、艺术还是科学领域，要想做成大事，都需要杰出的想象力。"孩子的想象往往带有一定的夸大性，喜欢夸大事物的某些特征和情节。汪玥含深谙个中道理，她把夸张浸透到丰沛、活泼的想象中，使得狂想家黄想想所思所想、所作所为越发有趣、好笑。书中描写黄想想崇拜绘画大师阿子卷卷的长头发，竟然把玉米棒上的须须用透明胶粘在自己头发上。他又如法炮制了一张阿子那样的名片，自封为"环球世界总公司董事长和艺术总监"。拿着名片四处旅行，对着镜子与外国人对话、谈生意，回国翻山越岭，穿行于用家里的桌子、柜子、台灯、花瓶、墨水瓶、盆花、橘子布置成的羊肠小道、茂密丛林之间。最后黄想想的"长头发"挂在了路边的"花"和"树枝"上，并被打翻的墨水瓶染成了深蓝色。作者熟悉儿童的思维特征，用幽默、夸张的笔调，把小主人美好的向往、纯真而富有想象的心灵世界展现得淋漓尽致。读到这里，你不禁会捧腹大笑。

文学作品，包括儿童文学中叙事体裁的小说、童话、还是要注重塑造人物形象的。前些日子，从《文艺报》上读到一篇题为《文学人物画廊就要关闭了》的短文；文章作者感叹每年发表出版为数极多的小说，却难留下一两个有血有肉的人物形象。这也许有点极而言之，但提出的问题也还是值得儿童文学作者关注的。尽管这些年儿童文学作品也塑造出皮皮鲁、大头儿子、贾里、贾梅、马小跳、皮卡这样一些生动的、为小读者接受和喜爱的人物形象，但只见故事、不见人物的现象还是屡见不鲜的。本来故事情节是人物性格发展的历史，精心编织故事才有可能表现出人物的性格。我以为，汪玥含的中篇系列还是着力刻画人物的。狂想家黄想想这个儿童形象虽然还不是那么血肉丰满，但已生动清晰地表现出他的个性特点。他的好学向上又斯文温顺，酷爱狂想又慢条斯理、好胜心强又胆怯软弱，给我们留下难忘的印象。黄想想与花花、马莉哲玩过家家，他一次又一次被使唤去买菜做饭，送生病的"妈妈"去医院，假装成孙悟空翻山越岭去探险挖宝，被小伙伴折腾得气喘吁吁，体力不支，无奈地发出"孙悟空是被你们两个给累死"的感叹。他的言听计从，说做就做，充分揭示了他性格中听话、温顺、认真、实干的一面。又如，他以两张游戏卡与唐纯交换彩色迷宫书而受骗之后，在家里摩拳擦掌，与妈妈散步时讲班上的故事，想象着把唐纯打昏在地。从他欲解心头之恨而又临阵怯场的思想行为里，我们又看到了他心地善良、缺乏勇气的一面。作者把发生在黄想想与同学、老师、亲人之间的一个又一个有趣的故事连缀起来，随着故事情节的推进，一个生动、可爱的小男生形象就刻印在我们的脑海里了。

汪玥含坚持儿童文学"深入浅出"的写作准则，文字浅显、流畅。她以亲切平等的姿态，轻松自如的叙事方式，面对面地与孩子对话、交流，完满地实现大人与孩子的心灵沟通。这个中篇系列是适合小学生阅读的优秀文本。愿汪玥含的《狂想家黄想想》系列走进广大小读者，为他们所喜闻乐见。

2013年6月27日

从"彩乌鸦"说到中篇创作

"彩乌鸦中文原创系列"在儿童文学界、出版界和读者群中已经逐渐成为有相当知名度和特色的图书品牌。

三年前，在南昌召开的"彩乌鸦"和新文化时代研讨会上，我曾谈到"彩乌鸦"成功的奥秘在于：第一，具有较高的文学品位和审美价值；第二，坚持儿童本位，心中唯有小读者；第三，讲究图文并茂；第四，编辑具有独到的眼光和功夫。在那次会上，我还谈到"彩乌鸦"的成功，对我国儿童文学的创作出版有五点启示：一是发展原创是繁荣儿童文学之本；二是坚持文学的基本品质，坚持儿童文学的核心价值观；三是讲究质量，以质取胜；四是引导读者，提高读者；五是倾情全力打造品牌。

时隔三年，有幸再次参加在京召开的这次"彩乌鸦"研讨会，我的上述基本估计和看法没有改变。我依然十分赞赏"一口气读完　一辈子不忘"的编辑理念。我以为，这是二十一世纪出版人对文学品质和艺术魅力的追求，也是作者、读者、编者用以衡量作品思想、艺术水准的一把公正、严格的尺子。

　　靠什么来达到"一口气读完 一辈子不忘"？这就要求作品在思想、艺术上具有强大的吸引力、感染力。不仅在当下为读者所喜闻乐见，给他们带来快乐和感动；而且经得起时间的检验，有较为长久的艺术生命力，能永远留在读者的童年记忆里。吸引力、感染力从何而来？这就有赖于作品本身好看的故事、鲜活的人物、真挚的感情、生动的文字。既精粹、精彩又精致、精美，"彩乌鸦"已经问世的20本原创作品，大体上已达到或接近这个目标。

　　"彩乌鸦中文原创系列"从2007年启动，2009年第一本书面世，至今五六年时间，总共出版了20种。20种，在浩如烟海、不胜枚举的图书之林中，可说是微乎其微。编辑、出版人真正坚持了"少而精"、"慢工出细活"，宁可少些，但要好些，宁可慢些，但要细些，追求品质，讲究质量，把质量放在第一位，以质取胜。在当下图书市场竞争激烈的情况下，始终不渝地做到这一点，确是难能可贵的。

　　这次我再次浏览了手边能找到的几本校园小说，包括张之路的《弯弯》、彭学军的《奔跑的女孩》、李潼的《大声公》、王淑芬的《我是白痴》等。读了这些作品，引发出我的一个想法：在儿童文学领域，要鼓励、提倡作家多写一些中篇儿童小说，中篇童话。从我读过的这些作品中，可以清晰地看出中篇体裁的特色和长处：

一是容量不大不小，篇幅不长不短，一般三、五万字，适合孩子，特别是中低年级小学生在较短时间内读完，不像读长篇那么费时，又比读短篇解馋、过瘾。

二是可以写一个较为完整，但又不过于复杂的故事，反映的生活相对单纯集中，符合孩子渴望了解事情或人物来龙去脉的阅读心理、习惯。

三是可以刻画一个主要人物或两三个人物形象，从他们的一段生活经历或若干生活侧面，揭示他们的个性特点。

四是有利于作家提高艺术概括力，更加注重作品的艺术构思、情节的提炼，用更简洁、省俭的笔墨来叙事写人。

在我国现、当代文学史上，写中篇的大家、能手，中篇精品力作屡见不鲜。鲁迅的《阿Q正传》、赵树理的《李有才板话》、孙犁的《铁木前传》和新时期以来谌容的《人到中年》、鲁彦周的《天云山传奇》等，都是脍炙人口的中篇杰作。在儿童文学领域，也有徐光耀的《小兵张嘎》、李心田的《闪闪的红星》等流传至今的中篇佳作。我深切希望《彩乌鸦》吸引更多的作家来写中篇，坚持不懈地把发展繁荣中篇创作当作自己的一种责任，多推出一些像《你是我的妹》、《弯弯》这样的优秀之作。

我读了收入"彩乌鸦"系列的几本校园小说，还想说一点粗浅的印象和感受：

校园不是一个孤立的存在，它是社会的一角，现实生活的一个方面。写一个班级，不必拘泥于描写教室、操场、同学之间、师生之间的关系，可以联系到学生的家庭、他们的父母兄弟，联系到社会上的一些人、事和自然万物。要善于把孩子的小世界、小社会与成人的大世界、大社会联系、交融起来描写。比如，《大声公》写同学们到翠峰湖探险、到典雅的陈家大厝作毕业旅行，写鼓号乐队到渔港玩耍以及校园遭遇地震侵袭的情景。这样，既真实、生动地展现了学生丰富多彩的生活，又让读者开阔了眼界，获得了不少新鲜、有益又有趣的知识。

塑造人物形象，刻画人物的性格，这是小说家的根本着力点所在。儿童小说能不能感动读者、征服读者，也要看它是否成功地创造出有血有肉、

栩栩如生的儿童形象或与儿童不可分割的成人形象。生活是五彩缤纷的，人物是多种多样的。少年儿童由于成长环境、文化教养、生活经历、天分禀赋的不同，也就形成各自不同的个性特点。题材、风格、表现手法要多样化，人物形象、性格也要注重多样化，力求写出熟悉又陌生的"这一个"，写出新的、独特的、与众不同的儿童形象来。从"彩乌鸦"的几本校园小说里，可以看到作者在这方面的用心和努力。《弯弯》写一个普普通通、平平常常、纯真、善良而又不乏想象力、创造力的女孩。《奔跑的女孩》写了少年体校两个贴心、知己而梦想、性情又不

尽相同的女孩。《我是白痴》则写了一个身患残疾而"每天都很快乐"的男孩。这些小主人公的个性特点鲜明，都有自己独特的内心世界。作者刻画这些儿童形象的笔调，或幽默风趣，或情真意切，或轻松流畅，让读者在心里久久回味、思索，引起感情共鸣，难以忘怀。

2013年4月28

苏梅童话绘本的魅力

　　炎炎夏日，骄阳似火，我满怀热情来参加这次苏梅幼儿文学作品暨"苏梅童话绘本系列"新书发布会。

　　我对苏梅近些年的儿童文学创作，可说是一直投以深情关注的目光。每当她在创作上有了新的拓展、新的收获时，我由衷地为之高兴。一年多前，当他的短篇童话集《红红的柿子树》问世之际，我写过一篇题为《心中有孩子笔下有精灵》的苏梅印象，对她在创作上具有的优势及其童话创作的特色，谈过一些粗浅的看法。这次读了她的《自然童话绘本》、《数学童话绘本》，更清晰地看到她正以坚实的步伐继续行进在探索幼儿童话创新之路上，对被喻为幼儿"人生第一书"的绘本创作做出了独特的、引人注目的贡献。由文本童话向绘本童话的转变，使她的作品以新的面貌、新的风姿呈现在小读者面前。

　　《苏梅童话绘本系列》是童话故事与科学知识的完美融合，语言文字与绘画艺术的完美融合。在我国刚刚起步、相对薄弱的原创绘本中，苏梅的系列作品可说是让人眼睛为之一亮的新收获。

苏梅的作品，无论是自然童话还是数学童话，每一篇都有一个优美的、隽永的故事。这些故事都是从鲜活的生活中来，非常贴近孩子身边的事物，贴近孩子的心理。故事里面蕴含的真、善、美的思想感情，给孩子的性情、品行以温馨、快乐的熏陶。《棒棒猪的新领带》构思精巧，故事编织得奇妙有趣。主人公棒棒猪的心地善良，慷慨大度，时时处处为他人着想，他的美好思想行为，像一阵暖暖的春风吹入幼儿的心扉。

苏梅的童话故事不仅给孩子以情感、品德的陶冶，而且深入浅出、不露痕迹地传递了有关自然、数学、科学的知识。这些知识并非枯燥无味地叙述出来，而是巧妙地隐藏、渗透在生动有趣的故事里；随着故事情节的发展，自然而然、水到渠成地传达出来。《太阳眼镜在哪里》中的熊小小收拾满屋子乱七八糟的东西，把餐具、文具、工具、图书分门别类地放回橱柜、抽屉、工具箱、书架上，从中小朋友就不知不觉地初步认知了数学概念中的"分类"。《玻璃和琥珀弹珠》中写花斑猪竟然蹲在洗澡盆里想变成一只琥珀猪，这个妙趣横生的故事情节，更加激发了小朋友了解琥珀如何形成的兴趣，扩大了他们想象的空间。

《苏梅童话绘本系列》图文并茂，珠联璧合，是作家、画家呕心沥血、通力合作的成果。这个绘本系列是由作家写了童话故事，然后再由画家根据故事内容来绘制的。我看了这套绘本，深切地感到它既是用语言文字讲故事，也是用图画讲故事，可说是文字、绘画并重，各自用不同的方法、手段来表现故事的同一个主题，两者的融合天衣无缝，浑然一体。画家的作品精致、清新、特色鲜明、富有个性，不仅贴切、完整地表达了作家提供的文本内容，而且挖掘了、更加突出了故事中一些生动有趣的情节、细节，从而更充分地发挥了绘本的艺术魅力。例如，在《棒棒猪的新领带》中跳跳猴弯着腰、低着头从裤裆下倒着看棒棒猪为他缝补的裤子画面，突出那两个圆形大洞，巧妙地融入数学知识，很传神、幽默、好玩，富有想象力，增强了作品的艺术效果。

我以为，苏梅的童话绘本系列是适合亲子共读，老少咸宜的，它会激励、启迪、引领孩子及其父母向往大自然，亲近大自然，快乐轻松地走进奇妙的数学世界、科学世界。寒假期间，我收到《自然童话绘本》，祖孙三代共读。不仅我的两个孙子非常喜爱书中可爱的麦子小姐、机智的咖啡豆娃娃、逗人的花斑猪，连我这个年逾八旬的老爷爷，读后也不禁勾起不少童年回忆。回想当年在小学五年级时，傅老师上的自然课，激发起我拥抱大自然、探索大自然奥秘的兴趣和热情。我与同学结伴到城郊练湖摸小鱼小蟹，爬上桑树采摘桑葚，划着小船到池塘里采菱的情景，至今历历在目。我情不自禁地立即带着两个小孙子到小区花园、草坪上去。我还向往着有朝一日带他们到家乡的田野上去，到远方密密的森林中去。童话绘本的感染力、吸引力又是多么强烈啊！

　　优美隽永的故事，含而不露的知识，贴切鲜丽的图画，文学与绘画的完美融合，文学性、知识性、趣味性的有机统一，这正是苏梅童话绘本的魅力所在。

2013年6月19日

照亮孩子心灵的灯

　　一个从小爱听奶奶唱童谣、妈妈讲故事的孩子，一个从小与文学图书为伴的孩子，长大了就有希望成为一个胸襟开阔、心地善良、情操优美、想象丰富的人。儿童文学是少年儿童精神成长、心灵成长不可或缺的维生素；它凭借生动的艺术形象对孩子品德、性格的形成，发挥着润物细无声、潜移默化的独特作用。正因为如此，随着社会的进步，物质文明与精神文明的发展，人们越来越重视儿童文学的发展繁荣，越来越关注少年儿童的文学阅读欣赏。

　　我国现、当代儿童文学，特别是改革开放以来新时期的儿童文学，取得了令人可喜的长足进步。富有爱心和责任感的儿童文学作家创作出众多为孩子们所喜闻乐见的优秀之作、精粹之作。由于时代的变迁，儿童文学作品的题材、主题、形式、表现手法和风格都发生了很大变化；但凡是名篇佳构在弘扬真善美、讲究独创性、力求表现儿童的视角、心理、童真童趣上却有着惊人的一致或相似。因此，让具有纯正文学品质和艺术魅力的优秀儿童文学作品一代代传承下去，是有益于塑造未来一代美好心灵的实事，也是具有民族文化传承意义的好事。

摆在我们面前的这套《新创儿童文学系列——书香传承》，浸透着爱与美，散发着浓郁的书香。它是从我国具有代表性、典范性的优秀儿童文学作品中选精拔萃而来。

入选这套丛书的十位作家，无论是文坛前辈还是当今儿童文苑的佼佼者，都富有"俯首甘为孺子牛"的大情怀和丰富、娴熟的创作经验、艺术技巧。他们珍惜童年生活对自己的馈赠，在精神气质、感情、心灵上与亿万孩子息息相通。

入选的十本作品，在体裁、样式上，以童话故事为主，兼及生活故事、小说、散文、诗歌，呈现了色彩缤纷的多样性，可以满足孩子们不同的精神需求、阅读兴趣。

这些作品都在"以情感人"、"以美育人"上下功夫。善于编织故事，敢于驰骋想象，注重情趣、幽默、诗情画意。作者借着有趣的故事、生动的形象，让孩子们学会辨别真善美与假恶丑，感悟爱、快乐、温馨，懂得感恩、分享、同情、宽厚、团结、互助。对孩子品德的熔铸、性格的陶冶，都通过文学特有的审美作用来实现。

这套小丛书的读者对象锁定为学前与小学低年级的孩子。充分考虑低龄儿童的心理特点、阅读习惯和欣赏趣味，为他们打开一扇放飞梦想的窗口，上好文学启蒙的第一课。

童趣盎然的故事与别具一格的绘画交相辉映，图文并茂，是这套丛书的又一特色。它增强了作品的艺术吸引力和感染力。

我愿借这套《书香传承丛书》问世之际，向呕心沥血、辛勤劳作，创作、出版、传播儿童文学精品力作的作家、出版人、阅读推广人鞠躬致敬！是他们满怀热情、千方百计地让优秀作品走进广大小读者中去。我更要向有眼光、有识见的广大家长、老师表示由衷的赞赏！是他们关注孩子的文学阅读，让孩子们从小接受文学的熏陶，逐步养成良好的阅读习惯。

儿童文学是照亮孩子心灵的灯。愿这套丛书中描绘的"小桔灯"、"鱼灯"以及其他优秀作品点亮的各色各样、五彩缤纷的灯，照亮孩子成长的路，实现中国梦的路。

2013年10月3日

幽默也是一种心灵美

少年儿童的文学阅读，如果说有经典阅读与时尚阅读、深阅读与浅阅读之分的话，那么，晓玲叮当的幽默新童话系列《超级笑笑鼠》，可说是一个非常适合孩子快乐阅读、轻松阅读的优秀文本。

晓玲叮当是一位富有丰沛想象力和幽默气质的年轻女作家。她的《魔法小仙子》给我们构筑了一个以五十个仙子为主人公的色彩缤纷的植物王国；而在《超级笑笑鼠》中，她展开想象的翅膀，自由翱翔于森林边上的嘻哈镇，又为我们营造了一个生龙活虎、光怪陆离的动物王国。

作者十分熟悉当今孩子的感情、心理、阅读兴趣、欣赏习惯。她的创作灵感、激情、想象都来自孩子丰富多彩的日常生活，来自那些自称"叮叮党"的众多粉丝的精神需求。她像一位聪明、热情、富有经验的导游，不经意间就把小朋友引进神奇、有趣、陌生而又新鲜的嘻哈镇，口若悬河、滔滔不绝地向他们讲述发生在嘻哈镇的趣味盎然、引人入胜的故事。嘻哈镇是一个动物世界，同人间一样，它那里也有自己的法律、传统、习俗、语言，甚至还有自己的镇歌《嘻哈镇之歌》。那里的法律规定："对欢笑、快乐和爱不收税"，吵架"超过72小时还不和好者每天发银币两枚"，兔歪歪和小猪酷呆呆就因此收到过罚款单。赏罚如此分明，既生动反映了嘻哈镇居民的行为规则，也巧妙地、不露痕迹地折射了身边的日常生活，不禁让孩子从中照见自己的面影。

随着故事的推进，作者引领小朋友怀着好奇心、新鲜感结识了嘻哈镇一群嘻嘻哈哈、彼此相亲相爱的居民。书中刻画的笑笑鼠、咕噜牛、老龙咪咪、小猪酷呆呆、小鸡布丁、兔歪歪、丢丢蛇、嬉皮猴……都有自己的性别、爱称、绰号、爱好、愿望、口味、口头禅，有的还有人生格言。作者善于将这些动物拟人化、人格化，赋予他们各自不同的思想、感情、性格、语言。从这些动物演绎的尾巴比赛、另类动物选秀赛、竞选梦幻岛岛主、到森林或大海探险、开设"根治烦恼门诊部"等精彩故事中，小读者很自然地、饶有兴味地关注他们的言行、表现、遭遇和命运。

笑笑鼠是本书的女一号，作者着力刻画的主人公。她的外表和内心，都给小读者留下极其鲜明的印象。笑笑鼠那双闪闪发亮、黑豆子似的眼睛，那条超级光滑美丽的尾巴，还有那脸上永远露着的官方认可的"招牌微笑"，从故事一开始就让你过目不忘。她作为20世纪"迷茫派"诗歌领军人物的嫡孙女，有个内涵丰富、特别响亮的笔名，叫做：笑士比亚都德歌德王尔德。她在虫虫大比拼、竞选梦幻岛岛主的活动中，充分发挥自己的优势，大笔一挥，游刃有余地为她的宠物毛毛虫起草了一篇题为《相信我，我能行》的演讲稿，写下了闪闪发光的名言："不想当蜂王的蜜蜂不是好蜜蜂，不想当继承人的虫虫不是好虫虫。"她带领探险别动队到傻瓜森林去探险，不仅为失恋的鸵鸟胡罗儿炮制了一首火辣辣的情诗，还设计了亲自担任总指挥的"弹丸A行动"。

经过一波三折，终于撮合胡罗儿和小姑娘图图永结同心。正是借着这些诙谐、令人爆笑的情节，一个机灵、热情、异想天开、敢于冒险的笑笑鼠形象，就深深刻印在孩子的心灵深处。

其他动物形象也都写得生动活泼，个性鲜明。如老龙咪咪的爱唠叨，小鸡布丁的爱捣鼓，经济大鳄的爱吹牛，特别是咕噜牛的爱数钱，爱财如命，精于算计，更是写得惟妙惟肖，入木三分。书中描写嘻哈镇举行年度尾巴比赛，咕噜牛是这次大赛的赞助商，她将为冠军提供24K足金打造的"尾巴戒指"。参加决赛的有哆哆虎娃、大马哈哈和笑笑鼠，其中以笑笑鼠的尾巴最为纤细小巧。咕噜牛为了尽量节省打造"尾巴戒指"的足金，竟在决赛前把抢答题的答案悄悄地告诉笑笑鼠，最后笑笑鼠无可非议地登上冠军宝座。你看，寥寥数笔，一个生动、精彩的细节，把心地善良而又吝啬、小气的老牛形象活灵活现地呈现在小读者面前，不禁逗得人发出会心的微笑。

幽默不只是一种文字风格、一种表现手法，而是一种积极、健康的人生态度，一种开朗、乐观的精神气质，它也是心灵美的一种表现。我欣喜地注意到，晓玲叮当在编织故事、刻画形象、语言文字等方面，紧紧把握幽默、诙谐、情趣的总格调，作了新的、多样化的探索、尝试。在选择题材、提炼情节上，她更多地在孩子们尤感兴趣的竞争、比赛、探秘、冒险上驰骋笔墨。在叙事方式上，她力求在童话故事中注入许多当代生活中时尚的、流行的元素，什么"叽哩呱啦八卦网"呀，"兔肉收索"呀，都与当今孩子们热衷的网络游戏紧密相连。在语言运用上，作者别出心裁地巧用成语、谚语、歇后语、歌谣来丰富人物的语言，凸显他们的个性特点。晓玲叮当在这些方面的孜孜追求、精心创造，才使得《超级笑笑鼠》这个童话系列在带给孩子们欢笑的同时，也不知不觉、一点一滴地在他们幼小心田里播下关于智慧、勇气、善良、正义、友情、生命、成长的种子，为他们打开一扇扇通向生活、通向世界的窗户。

2013年11月30日

天真比才华更重要

前不久，我外甥女的女儿，一个小学四年级的学生，从马鞍山给我寄来一封信，说是她所在学校最近布置一次作文作业，是和一位亲友书信往来。她在信中说是非常喜欢阅读文学作品，希望我推荐一些优秀读物。我在回信中，谈起自己儿童、少年时代的读、写情况，并向她推荐了几本儿童小说和童话，其中第一本就是刚读完的《童年河》。

赵丽宏的这本长篇小说真挚、感人、亲切、流畅，是富有文学品质和艺术特色的优秀之作，可说是近些年儿童文学园地上难得的、可喜的收获。

作者非常珍惜童年生活对自己的馈赠，永远保持孩子那种天真、单纯的心态。写儿童文学作品，一定要有童心，万万不能失去童心。保持童心、天真比富有天分、才华更重要，而丧失童心、天真比丧失才华更致命。童年生活的回忆给作者以天真、稚气、灵感、激情。正因为永葆童心和天真，才能在感情上、心灵上与当今的孩子息息相通。这是作为成人文学作家、诗人的赵丽宏，初次涉足儿童文学领域之所以能大获成功、赢得读者的奥秘所在。

文学的魅力在于以情感人。《童年河》的作者善于捕捉日常生活中那些闪光的、动人以情的事物，在小说中着力表现了普天下少年儿童心灵能共同感受的感情，比如亲情、友情、乡情、同情心、悲悯情怀、对未来美好生活的向往，等等。主人公雪弟与亲婆（祖母）之间祖孙情、与阿爹（父亲）之间的父子情，与牛嘎糖、小蜜蜂、唐彩彩之间的同窗情谊，以及对唐彩彩一家遭遇厄运的同情，都写得相当真挚、动人，富有浓郁的感情色彩。"艺术是一门学会真诚的功课"（罗丹语），真挚确实比技巧更重要。

作者注重通过人物与人物、人物与环境之间的关系来揭示孩子的精神成长、心灵成长。从雪弟跟着阿爹到上海，舍不得离开乡下的亲婆，到亲婆把雪弟偷吃一个苹果的事揽在自己身上；从雪弟与同学一起用西瓜皮扔"疯老太"，亲婆明了真相后，执意要他去道歉，到他面对亲婆的去世，初次尝到失去亲人的悲痛，随着故事情节的推进，我们深切地感受到，雪弟在大人的呵护、点拨、导引、磨练下，一点一滴地明白了待人、处世的A、B、C，在身心、品行上一天天地长大了。亲婆对雪弟的那份无微不至的关爱之情，深深地刻印在他的心坎上，成了他向上、向善前行路上一盏永不熄灭的灯。唐彩彩一家的遭遇和命运，也是帮助雪弟初步接触社会、面向人生、茁壮成长的一个阶梯。从雪弟喜欢闻坐在他前排的唐彩彩淡淡的香味，第一次走进彩彩家，对一个知识分子家庭的新鲜、陌生、神秘感，到他随班主任一起去给彩彩送课本，见到书房里一片狼藉，对彩彩将随父母"被遣送回乡"所引起的忧伤，我们真切地看到一个初涉人世、不明事理的孩子，开始尝到人生的酸甜苦辣，在幼小的心灵深处打上了无法抹掉的时代烙印。小说中描述雪弟对家境清贫的牛嘎糖去不了大世界的同情，对和他一起救人的陈大鸭子和小鸭子的深情关切，请求谢校长让他们来上学……在诸多人际关系的描写中，一个单纯、善良、向上、在成长中的雪弟形象就生动、清晰地呈现在我的面前。

这本小说在叙事方式上也力求质朴、亲切、自然，不加雕琢，不事铺陈，结构、语言文字如行云流水，娓娓道来，层次分明，前呼后应，读来感到十分流利顺畅，没有一点虚情假意，矫揉造作。

期盼着有更多的成人文学作家加盟儿童文学，写出孩子们喜闻乐见的作品。也真诚希望儿童文学作家既不要妄自菲薄，也不要妄自尊大，要善于借鉴成人文学作家的经验，开阔眼界，博采众长，不断丰富、提高自己。张炜说过："一个从诗写到散文，到小小说，到短篇小说的人，往往是一个可信的、能够走远的作家""一个好的写作者，首先是一个好的儿童文学作家，和一

个好的诗人"。我以为这话不无道理，赵丽宏的成功就是一个
例证。

2014年1月6日

感人至深的真情

　　薛涛的中篇小说《九月的冰河》描写了中俄边境、隔河相望的一个中国男孩和一个俄罗斯男孩与他们的爱犬九月之间的故事。两个男孩的喜怒哀乐和成长，与爱犬九月的遭遇、命运紧密地交织在一起。这是一篇构思精巧、以情动人的儿童文学佳作。

　　故事发生在充满北国风情的冰河两岸。黑魆魆的森林，漫天飞舞的雪花，冰冻覆盖的界河，屹立崖顶的哨所，穿行于山林中的狼群、黑瞎子、傻狍子，往来于国境线两侧的中俄巡逻兵，还有那用桦树皮吹响的清脆笛音，所有这一切，构成作品浓郁的地域特色。独特、新鲜而陌生的自然景物、生活环境，有着强烈的艺术吸引力，激发起读者的阅读兴趣和审美期待。

　　作者选择了少年读者尤感兴趣的冒险、历险题材。故事情节的发展一波三折，引人入胜。小说描写小满三番两次想方设法越境过河去寻找、营救九月；尼古拉则执意游过河把受了伤的小满送回对岸。他俩面临狼群追逐、被越境走私者抛弃的生命威胁，都不惜牺牲自己；生死关头依然念念不忘照顾好爱犬九月。在崖顶与狼群搏斗的九月，救了大家，自己却跌进深谷。这些故事都写得有声有色，撼人心魄。

但更为出彩的不在于情节的紧张惊险，起伏跌宕，而在于作者以饱含深情的笔触生动地刻画了两个男孩的性格和内心世界。小满甘冒风险，勇于行动，临危不惧，舍生取义，表现了一个北方小男子汉刚毅、顽强的品格。尼古拉由于父母双亡，有点抑郁、自闭，但十分看重友谊，懂得感恩，是一个心地善良、明白事理的俄罗斯男孩。九月有情有义，与主人相依相偎，关键时刻挺身而出，无限忠诚，确是一条有个性、有思想的狗。

《九月的冰河》通篇作品的字里行间洋溢着孩子与孩子之间、孩子与狗之间感人至深的真情。它所表现的两个男孩与爱犬九月之间的同患难、共命运、生死不渝的情谊，会引发小读者和大读者对友谊、和谐、生命、死亡的种种思考，给人以坚韧不拔、勇往直前的力量。

2014年3月23日

赤子情怀与传奇色彩

　　张炜是一位令人瞩目的重量级作家。我很赞赏张炜热爱、尊重儿童文学的创作态度。我记得，他在一次演讲中曾说过："一个从诗写到散文，到小小说，到短篇小说的人，往往是一个可信的、能够走远的作家。"他还说："一个好的写作者，首先是一个好的儿童文学作家，和一个好的诗人。"我以为，他之所以把儿童文学和诗歌放到了如此重要、崇高的地位，那是来自他对文学艺术特征、功能的真知灼见。写诗、写儿童文学，那是尤其需要冰清玉润的赤子情怀的，是特别注重以善良、纯净、美好、高尚的感情陶冶人的，也是力求以富于诗意、想象的语言来与读者亲切地对话交流的。而所有这些文学的看家本领、特殊的基本功，都首先要从诗和儿童文学的创作实践中尝试、磨练。张炜看重儿童文学的态度与对儿童文学不屑一顾或看作"小菜一碟"的偏见相比，可说有天壤之别。

　　正因为如此，张炜以其创作理念与创作实践的完美统一，为我们提供了一个生动的、有说服力的范例。他在小说、散文、诗、儿童文学特别是长篇小说方面取得可圈可点的出色成就，证明他确实是一个好的、可信的、能够走得远的作家。2012年初，张炜奉献了长篇儿童小说《半岛哈里哈气》。时隔两年，他又推出优秀的、富有鲜明色泽的长篇新作《少年与海》。如此勤奋、不懈地为少年儿童写作，充分体现了他对未来一代精神成长、心灵成长的倾情关注。我想，他既不是"奉命写作"，也不是接受什么"加工订货"，而完全是出于一种自觉的责任担当，也是回应自己心灵的呼唤。前不久，他曾有过这样的表示："我可能会转过头来，一而再、再而三地从童年的视角写人生、写社会和写人性。"我们热切期待着！

读了《少年与海》，我以为，张炜这次创作实践的成功给予我们不少有益的启示。

一是作者善于发挥自己的优势和擅长。

张炜是在山东海边林野中长大成人的。他对自己多姿多彩的家园有着难解难分的情结。那里的山川海滩、风花雪月、飞禽走兽、自然万物、风俗人情，不仅深深扎根在他童年的记忆里，而且始终没有割断与海边林野的联系。小说中不止一次写到的"嚼起来'咔嚓咔嚓'的地瓜糖"，那是多么饱含深情、富有地域色彩的一笔啊！特别难能可贵的是：作者从祖辈、长辈、乡亲那里听来的耳熟能详的民间传说、神灵怪异故事中开发创作资源，又从我国传奇小说、神怪小说的传统中汲取了养料；然后凭借巧妙的想象、构思，精心编织出亦真亦幻、富有传奇色彩的篇章来。

由此也不难看出，如果一个作家生活阅历丰富、又能保持天真、保持童心，珍惜童年生活对自己的馈赠，那么，一旦水到渠成，就有可能来一次厚积薄发，开拓、展现出儿童文学创作的无限可能性，从而产生面目一新、富有鲜明特色的力作佳构。

二是娴熟地采取儿童视角，展现广阔、丰富的社会人生、心灵世界。

张炜认为："真正适合儿童，让儿童喜欢的文学作品，就视野的开阔与思想的深邃来说，就表达社会生活的广度与深度来说，与一般意义上的'成人文学'没有什么两样。"他又说："作者要展现心灵世界的开阔与纵深度，采取儿童视角是极为重要的。"张炜是一个有着强烈社会责任感的作家，对历史、社会、人生、人性一向有着深沉、睿智的思考。《少年与海》虽然写的是小爱物、袍子精、蘑菇婆婆、牙医伍伯这样的角色和人与妖之间的神秘故事，但它是以三个乡村少年清澈的童真目光来观察、探究人世间、自然界发生的奇人奇事、神魔妖怪的。孩子们天性好奇，乐于探险、揭秘，什么也遮蔽不了他们的眼睛。这样，作品在读者面前就展开一个神奇又真实、恐怖又有趣、"险极则快"的世界。这个人中有妖、妖中有人的世界，同样充满了爱恨情仇、悲欢离合、是非恩怨、生死博弈。随着故事的推进，我们从中不时或隐约或清晰地感受到现实生活的投影和折光。这些引人入胜的神奇故事，潜移默化、润物细无声地帮助少年读者逐渐体味、认识生活和人性的复杂性、多样性。小说中的老歪发出这样的感慨："野物、林木和人一样，也有一条命，天地万物相加就是'日子'！它们没了，日子也就没了！它们多起来，日子才会多起来。"对人与自然和谐相处的呼唤，对生态道德、生态文明的呼唤，是多么发人深省的当代话题啊！这部小说不少篇章的字里行间传递出的对当代社会、现实生活中负面、阴暗面的否定和批判，笔锋所向，是撼人心魄的。

三是对文学的"诗与真"的不懈追求。

我注意到，张炜在一次演讲中说过："文学既是浪漫的事业，又是质朴的事业。文学的一生，应当是追求真理的一生，向往诗境的一生。"他还说："一个人一生向往诗意，向往完美，向往语言，向往想象，走入理性，就不可能是一个粗劣的野蛮人，就会是一个文明社会的组成部分。"张炜的文学作品，包括他的儿童文学作品，都坚守文学的品质，注重诗意的想象、真挚的心灵交流和语言的生动简洁，着力追求真、善、美。从《少年与海》奇幻与现实、浪漫与质朴的交融书写中，我们谛听到真诚、明朗、健康、积极的基调，这是有益于一代新人健康、快乐成长的，有益于把他们培养成为胸襟开阔、心地善良、情操优美、想象丰富、勇于开拓创新的现代文明人的。

2014年5月15日

可喜的新收获

不久前，长江少年儿童出版社精心编选出版的《全国优秀儿童文学奖获奖作家书系》，同时推出李学斌、李东华、安武林、孙卫卫四位作家的18本作品，包括长篇小说、中篇小说、童话集、散文集，集中展示了这几位作家的创作成果，可说是当前儿童文学创作可喜的新收获。

这次创作研讨会的研究对象，李学斌等四位唱主角的，都是我熟悉并一直关注的文友。他们年富力强，潜心写作，正处于创作旺盛的最佳期，已成为当今儿童文学队伍里的中坚力量。他们的作品所呈现的生气勃勃的创作态势、执着追求的文学品格、勇于探索的创新精神、日趋鲜明的创作特色，可圈可点，令人瞩目。

这四位作家的作品，过去我读过一些，这次又分别读了他们一两本作品，蜻蜓点水，浮光掠影，没有作深入的研究、思考，只能三言两语、粗略地谈一点读后的印象。

文学的魅力在于以情感人。李学斌的《咫尺天堂》正是在这方面显示出它的功力和特色。小说描写小主人公纪超在妈妈患了癌症后心灵深处泛起的波澜，在承受烦恼、孤独、痛苦、困难的磨练中一步一步地成长。病中妈妈的坚强、乐观和对儿子纪超的深情关爱；妈妈去世前后，纪超与爸爸相依为命的父子之情，奶奶对纪超又爱又疼的祖孙之情和对病中的儿媳百般关爱照顾的婆媳之情，都写得真实生动，丝丝入扣，富有艺术感染力。作品的成功正表现在这种至善至美、感人至深的亲情上。这本日记体的小说，多侧面地描写了纪超在一个学年中所经历的丰富多彩的校园内外生活，颇多精彩有趣之处，可也有些章节如"丛林枪战"、"魔术表演"等，平铺直叙，略嫌冗长、拖沓，感情色彩似不够浓。

叙事体裁的作品，包括中长篇儿童小说，要在创造人物形象、塑造人物性格上下功夫。李东华的《你是我的反义词》写了两个家境、追求、爱好、个性各异、有棱有角的少男少女：一个娇气、任性而心地善良的男生郑伊杰和一个较真、硬朗、乐于助人的女生蒋佳佳。作者善于从当下生活中汲取素材，编织故事，设置悬念，以抒情而又涉笔成趣的文字，把郑伊杰和蒋佳佳之间从不断争吵、冲撞到相互理解、友好的关系，写得自然、流畅，颇有艺术说服力。作品中融入时尚的、流行的新元素，也有助于刻画人物的性格，如郑伊杰对歌星周杰伦的迷恋，蒋佳佳给郑伊杰的表妹当家教挣钱，读来饶有情趣，也让我们更清晰地了解主人公不同的遭际、命运及其性格的形成。当然，如果按照塑造独特的"这一个"，为儿童文学画廊增添令人难忘的典型形象来要求，李东华笔下的人物还有距离，也许是在揭示人物内心世界上欠火候，缺少一点新的、独具慧眼的发现。

要写出好的作品，离不开丰富的想象力。以幻想见长的童话，更要张开想象的翅膀自由飞翔。安武林的《水里的怪物》，其中不少篇章如"米粒上的花朵"、"核桃鼠和他的伙伴们"，都是充满想象力的，而且巧妙地折射了现实生活和儿童天地。这些诗体故事能给孩子以爱心、诗意、友善、温暖、快乐、自信，给孩子以奋发向上、乐观进取的正能量。正像书中熊爸爸写给狐狸小姐的信中所说："你富有智慧，具有亲和力，仁慈，有一颗柔软的心，对孩子们无比热爱。"我以为用这些话来称赞安武林和他的童话，是十分合适、恰当的。不过，他也有一些作品在题材、构思、情节、人物造型上，给人以雷同、重复的感觉，难免有似曾相识的印象。

儿童散文贵在真诚，讲真话，抒真情，以亲切平等的态度同孩子进行心灵对话。过去读过孙卫卫的《小小孩的春天》、《喜欢书》，这次又读了他的《只有一个你》，我深切地感到，卫卫是一个有心人，他把在工作、读书、朋友交往、日常生活中所见所闻所感随时记录下来；写作的时候又紧紧把握"小小孩"的视角。因此，读他的散文，总感到亲切、纯朴、平实、简洁，没有一点矫揉造作；同时，还能真切地感受到书香的芬芳和书虫子的痴情。在这里，我愿重复一下我为他的《纯真系列》所写的推荐语："对于一个儿童文学作家来说，特别重要的是永葆童心。中外作家都极为重视在气质上保持天真，珍惜童年时代生活对自己的馈赠。孙卫卫兼有作家、编辑、书评人、公务员多重身份，但是，当他投入儿童文学写作的时候，我觉得他永远是个天真烂漫的孩子。"这可说是我对孙卫卫的总体印象；其中也蕴涵着我对他的一点期待，希望他更上一层楼，拓宽视野，增长阅历，进一步提升自己的素养和功力。

上面谈到的注重以情感人、着力刻画人物、驰骋艺术想象、抒发真情实感，这些听起来无甚新意的老生常谈，却是提高创作质量的题中应有之义，至关紧要，不可忽视。创作还是要讲究少而精，宁可少些，但要好些，在思想性、艺术性、可读性上精益求精，力求精湛、精彩、精致、精粹，努力创造出具有久远艺术生命力的精品来。

2014年10月7日

细荷与薄荷一起成长

谢倩霓似乎对薄荷这种植物情有独钟。过去她写过儿童长篇小说《薄荷香女孩》，这次她推出的三本长篇小说《一个人的花园》、《总有一朵微笑》、《一路遇见你》，又冠之以"薄荷香纯美成长花园"，小说主人公的名字也叫细荷。从细荷奶奶种在大水缸里的薄荷，到职业农校大片土地上的薄荷，读这部作品，从头到尾，我们不时闻到了薄荷那股特殊的清香，也领略到薄荷顽强的生命力。

作者选取入学前后、三年级、小学毕业三个至关重要的时间节点，以亲切、淡雅、清新、流畅的笔触，富有艺术感染力地描绘了一个乡镇女孩从五六岁到十一二岁的成长历程。

小说多角度、多侧面地表现了孩子的成长，显示了作者扎实的生活底蕴，字里行间蕴含着作者关于童年、关于家乡的深刻记忆。作者的视野、笔墨没有局限于或拘泥于家庭、校园，而是随着主人公生活环境的变化和日常接触的各色人物，让她在更开阔、更丰富的世界里增长见识，得到锻炼。作者把校园内外的生活、孩子的小天地和成人的大世界很自然地联结、交织起来描写。山口镇发大水后，细荷随着奶奶到乡下舅舅家，从表妹红姑抱怨"害我红薯丝饭都吃不饱"，到表哥立根和表妹红姑因缴不起学费不能同时上学的严峻现实中，主人公细荷第一次尝到生活的艰辛和无奈，开始懂得："原来，有一些事情，大人也是没有办法的"。小说还描写细荷随同学香草到大山深处去捡野生的板栗、洋桃，从而了解到香草一家的遭际和命运。香草的爸爸在砍柴时不幸摔下悬崖身亡，香草的姆妈成了村里小学堂没有编制的老师，只能领到一点点代课的薪水，还得靠香草细舅种木耳资助，勉强过日子。如此严峻艰辛的生存状态，怎么能不在细荷的心灵深处留下难以磨灭的印象呢。

作品中描写的香草的姆妈和细舅，还有来自上海的教舞蹈的潘老师，来自浙江的木匠师傅陈博士，给妹妹治骨折的老医师，这些人物的所作所为，让细荷感到惊异，产生一种说不出的滋味，一种发自心底的敬意。他们都是细荷成长路上的领路人，激起她一步一步确立自己的志向和行为准则，唤起她对"远方"、未来的憧憬和向往。

细节描写是塑造艺术形象的重要手段。谢倩霓善于选择生动、精彩、富有艺术表现力的细节来展开故事情节，刻画人物形象。从来没穿过新衣的细荷，妈妈花五块钱给她买了一件漂亮的小红花灯芯绒罩衫。没想到这件相对便宜的衣裳，竟然是小偷卖给妈妈的。细荷只穿了一天，就被百货商店的售货员要走了。小说刻画一个爱美的女孩从喜悦到失落的心情，令人难以忘怀。当细荷在舅舅家看到表妹红姑穿着打了补丁的裤子、褂子，她还想着把那件得而复失的小红花罩衫借给红姑穿几天哩。她那善良、富有同情心，在这里得到真切、细腻的表现。当她帮陈公公择豆角，从豆角两边长着两根筋，她又联想到那件小红花罩衫前襟上镶嵌着的白花边。由此，不难深切地感受到，只穿了一天的小红花罩衫，在小主人公细荷的心里占据着什么位置，有着多重的分量。又如，小说里描写细荷对薄荷这种植物，从不了解到了解，从不喜欢到喜欢，也从一个侧面反映了细荷心灵成长、精神成长的历程。细荷情不自禁地赞赏："薄荷最好养，一点儿也不娇气，它不怕虫咬，不怕鸟吃，不怕天冷，不怕天热，随便种到哪里，它都长得高高兴兴的。"对薄荷倔强生命力的颂扬，正反映了细荷由乖、不声不响、老实、懂事到有主见、有志向的发展、变化。细荷与薄荷相伴而行，一起成长。

富有清淡、素雅的地域色彩，也是这部小说的一个鲜明特色。故事发生在小镇与乡村的交叉地带。山口老街的那青石板路、黄泥巴房、小溪流、小拱桥，河背乡下那红薯丝饭、辣椒炒酸菜、菊花凉茶，还有细荷奶奶到河背乡下买两块豆腐当礼物，祝贺老乡亲添曾孙等风土人情的描写，充满来自乡镇的泥土芳香，读来感到又新鲜又亲切，又陌生又熟悉，颇有艺术感染力、吸引力。

扎实的生活底蕴，生动的细节描写，淡雅的地域特色，可说是谢倩霓"薄荷香纯美成长花园"的优势和特色。

2015年4月27日

文学品质与艺术个性

曹文轩荣获国际安徒生奖，不仅是对他个人一贯追求文学品质、审美价值的至高无上的赞扬和表彰，也是对我国儿童文学达到的思想、艺术高度，站上世界儿童文学之巅的认同和宣示。

曹文轩又是作家又是教授、学者。他是学养丰厚的学者型作家，又是富有作家气质的才子型学者。在我的心目中，他是文学界不可多得的人才。

就他的文学成就来说，无疑他是儿童文学界一位重量级、标杆性的作家，一位令人折服的领军人物。他在儿童文学创作思想、艺术上达到的高度，代表了当代中国儿童文学的最高水准，可说是登上当代儿童长篇小说的艺术高地。我以为，曹文轩的儿童文学精品力作，与当代成人文学的优秀长篇小说放在一起，是完全可以平起平坐，毫不逊色的，称得上是一流作品。

曹文轩是一个有着鲜明的文学主张和自觉的美学追求的作家。早在20世纪80年代初，他就鲜明地提出："儿童文学作家是民族未来性格的塑造者"。几年前，他又进一步发展、完善自己的看法，明确提出："儿童文学的使命在于为人类提供良好的人性基础"，"目的都是为人打'精神的底子'"。他还提出："美、情调、意境、诗化、感动、悲悯、善，所有这一切，我都将它们看成是文学不可或缺的元素"。他认为文学应该给孩子道义感、情调、悲悯情怀，并应将诗意看作是儿童文学的特性。曹文轩这些新颖独特的、富有真知灼见的主张、理念、意识，对从事儿童文学的朋友起了启迪心智、拓宽视野的作用，对新时期的儿童文苑产生相当广泛、深刻的影响。

纵观曹文轩的创作，从短篇小说《第十一根红布条》《古堡》到《再见了，我的小星星》《阿雏》，从长篇小说《山羊不吃天堂草》《草房子》《红瓦》《根鸟》到《细米》《青铜葵花》，从幻想小说《大王书》到儿童成长小说系列《我的儿子皮卡》，可以清晰地看出，他把自己鲜明的文学主张、创作理念不露痕迹、自然而然地融入自己生动的创作实践之中。在我的印象中，他的文学成就和特色，有两点尤为难能可贵而又令人难忘：

一是坚守文学品质

曹文轩重视、熟悉文学的特征、功能，推崇遵循文学内部规律。他认为："文学有一个任何意识形态都不具备的特殊功能，这就是对人类情感的作用。"在他看来，情感的作用绝不亚于思想的作用；美感的力量，美的力量绝不亚于思想的力量。强调以情感人，强调审美，以艺术形象、情感、诗意、美感来拨动人的心弦，直击人的心灵深处。读曹文轩的小说，你会沉浸在一种充满"温馨和温暖"的艺术氛围里，为他所刻画人物的遭遇和命运，普通人的人性美、人情美，纯朴浓郁的乡风、乡俗、乡情、乡韵所打动。时隔十多年，我依然没有忘记历经磨难、遭受厄运的杜小康从大芦荡回村时，还特意给桑桑带回的那5个双黄大鸭蛋；也没有忘记桑桑卖掉自己心爱的鸽子，把所得的钱支持杜小康摆小摊。你不能不为那真挚纯洁的友情和善良的同情心所打动。这就是文学的令人感动的力量。曹文轩认定，感动孩子们的，应是道义的力量、情感的力量、智慧的力量和美的力量；感动人的这些东西是永在的、千古不变的。他的所有作品就是紧紧扣住令人永恒感动的"情"这个轴心来构思、结构、叙写的。

二是在艺术风格上独树一帜

曹文轩一向尊重艺术个性，并按照自己的经历、经验、性格、气质、教养、美学趣味，来发展自己的艺术个性，逐步形成并日趋成熟独特的创作风格。他不止一次地表白："我在理性上是个现代主义者，而在情感上与美学趣味上却是个古典主义者"。有的论者把他看作"一位古典风格的现代主义者"。他喜欢浪漫主义的情调；认为忧郁是美的，是一种高贵的品质，主张"文学要有一种忧郁的情调"。他还认为："幽默是一种优秀的品质，幽默是在一种不露声色的有风度的平静之下所显示出来的一种十分内在的智慧"。他在一次访谈中，回答"您小说中梦想的美学原则"这一提问时，是这么说的："向上、飞翔、远离垃圾、守住诗性、适度忧伤、不虚情假意、不瞪眼珠子、不挥老拳、怜悯天下等等"。这几行字是他对自己的美学态度与艺术追求全面而简要的概括，也是解读、诠释他所有文本的内涵、意蕴、风格、特色的一把钥匙。厚重、深沉、浪漫、优雅、忧伤、幽默，这样一种创作基调、风格，使曹文轩成为文学领域，特别是儿童文学领域里独树一帜的"这一个"。他的新作《我的儿子皮卡》系列，把幽默与纯真的童心童情童趣联结在一起，与感人至深的人性美、人情美联结在一起，让读者沉浸在由衷的感动和审美的愉悦之中。作者在这个系列作品中，按照题材内容和描写对象，更多地驰骋一副轻松自如而诙谐有趣的笔墨；在基本脉络上，依然是他创作风格的承接、延伸和拓展。

我赞赏坚守文学品质、发扬艺术个性的曹文轩，为他创造的至纯至美的精品力作拍手叫好，期盼他为读者继续奉献具有永恒艺术魅力的经典之作！

2016年4月5日

与殷健灵漫谈《野芒坡》

健灵：你好！

收到你的新著大作《野芒坡》，已是三周前的事。这两天，总算安静地坐下来，一口气把它读完了。

我的印象：这是一本有品位、有厚度、有温度的好书。

我由衷地赞赏你有胆有识：你颇有勇气地把自己的笔触伸入一个相对遥远、陌生的特殊年代（100多年前的清末民初）、特殊环境（土山湾的圣母院、野芒坡的孤儿院），生动地、富有艺术感染力地表现了一个失去母爱、可怜的孩子独特的成长历程和他的心灵世界。

读完作品，深切地感受到，你作了充分的创作准备，在体验生活的过程中，认真、深入地思考了诸如教会、传教士的影响力、东西文化艺术交汇的价值、对人生航向的选择、对人性、人情的开掘和表现等话题，进一步点燃了你的创作激情。然后把你深思熟虑得出的真知灼见，聪明、巧妙、不露痕迹、水乳交融地渗透到作品的故事情节、人物性格发展中，从而使作品有了丰富的内涵，给读者留下思索、回味的空间。

你着力于人物心灵的探索、揭示，下功夫刻画"这一个"。小主人公幼安从厄运、黑暗中一路走来，寻找自我，执着地追求美和艺术，终于点亮心灵之光。这个少年形象有血有肉，栩栩如生。其他如神父安仁斋的善良、平和、对孩子炽热的爱，展现出人性、人格之美。被称作"病孩中的天使"的若瑟之虔诚、纯净、隐忍、自省，也都写得动人心弦，可圈可点。

作品的语言，无论是叙述语言还是人物对话，都简洁、流畅而又富感情，有色彩，读来令人赏心悦目。

在讲究文学性、艺术性上，最近荣获国际安徒生奖的曹文轩，可说是出类拔萃，令人瞩目。在我的心目中，老作家金波，还有你和彭学军等在这方面的追求，也是颇具功力、成绩斐然的。

当我读完你的作品时，从昨日《中华读书报》上高兴地看到，该报已把你这本小说列入"2016年六一童书推荐"书目。这是对你辛勤笔耕付出的心血、精力的肯定和鼓励。我想，除了曹文轩、刘绪源已为你这本书写了颇有见地的序言外，还会有更多的文友、读者来关注这本书、谈论这本书。我毕竟年纪大了，似乎连书评也写不动了，只能写这封信粗略地谈一点读后感。顺便告诉你，刚收到这本书，我老伴就饶有兴味地从头到尾读了一遍，她情不自禁地称赞此书取材独特，形象鲜活，情景交融，文笔优美。这也是读者发出的一种声音吧，从一个侧面说明你的作品老少咸宜。

5月中下旬，我和老伴将前往杭州中国作协创作之家休息十天。

回程中，路过苏州，准备到我四弟和侄儿处小住两天。"上有天堂，下有苏杭"。年届耄耋，还能有机会和精力再次去这两个名城胜地走一走、看一看，还是聊以自慰的。只是与上海擦肩而过，不能同你见面聊聊，未免有点遗憾。

你一向勤于读书、写作，又忙于编辑、采访。可得注意保健哦，有张有弛，有劳有逸，该休整就得休整一下，期盼你永远保持一份好心情和充沛的精力。

即将告别鸟语花香的春天，迎来绿意盎然的初夏。

祝你健康、快乐！

沛德

2016年4月28日

北京大院里的成长故事

肖复兴一向钟情于青少年文学。20世纪80年代末、90年代初，他出版的长篇小说青春三部曲《早恋》、《青春梦幻曲》、《青春奏鸣曲》、报告文学集《和当代中学生对话》等，深受读者特别是中学生喜爱。这次他又推出取材于自己童年生活的儿童长篇小说《红脸儿》。这是一部情深意切、写得真挚生动的好作品，是当今儿童文学园地里可贵的新收获。

《红脸儿》以20世纪50年代北京城南一个大四合院为背景，倾情抒写孩子在诸多家庭、街坊言传身教、悲欢离合影响下成长的故事。小说笔墨酣畅、童趣盎然地描写了孩子童年时代热衷的打雪仗、踢足球、爬城墙、放花炮、编蝈蝈、玩竹鸟、上树摘枣、厕所涂鸦、垛口"茬架"等等花样百出的游戏，以及由此生发的时好时孬、一波三折的友谊。全书自始至终贯穿着几个不同身世、遭际、命运孩子家庭的纠葛、变故。作者巧妙地、自如地地将天真烂漫、透明的儿童世界与复杂神秘、谜团重重的成人世界交织在一起描写。让初涉人世、懵懵懂懂的孩子从发生在自己身边的那些充满爱恨恩怨的人生故事中，渐渐体会、领略友情、亲情、爱情、乡情的内涵和魅力，从而一点一点地懂得尊重、同情、宽容、感恩、坚强、沉着，学会面对困难艰辛，面对生死离别。

这部小说乍一看来，似没有什么鲜明的时代色彩，也没刻意追求什么教育意味。但我们从书中描写少先队员捧着和平鸽的年画、爬上房顶看国庆礼花、歌唱《让我们荡起双桨》、背绣着红五角星书包中，还是可以清晰了解这是发生在人民共和国诞生之初的故事，可以感受到时代变迁的清新气息。这是时代大潮中的一朵小浪花。

肖复兴在一次访谈中说过，要用童心的光彩来照亮过去的生活，"儿童文学的本质就在于能不能把握这些，把最简单、最单纯的东西写出来"。他在自己的创作实践中正是努力这样做的，让故事说话，让作品主人公说话，在娓娓道来的平常又多彩的故事，普通百姓和谐又矛盾的人物关系中，给在成长路上的孩子们以有益的人生启迪。我以为，这正是这部小说的思想、艺术魅力所在。

小说对几个孩子形象、性格的刻画，可说是别出心裁，颇具特色。作者把几个小主人公放在身世扑朔迷离、家庭爱恨纠葛的漩涡中来历练，他们在亲和情上面临尴尬的两难选择："红脸儿"大华到底应该跟着一把屎一把尿把自己拉扯大的小姑和是自己亲妈的大姑，还是跟着一个从没有见过面、却是亲生父亲的男人走？"刀螂腿"玉萍是应当留在从呱呱坠地就抱养自己的养父母牛大叔、牛大嫂身边，还是回到一直想念、寻找自己的亲生父亲身边？书中还描述了"我"有了二姨当新妈，依然不时情不自禁怀念自己故去的亲妈。作者从这样剪不断理还乱、难分难解的情结中，充分揭示小主人公内心的痛苦、忧伤，并从他们困惑、纠结到做出抉择中，表现了他们的日益成长。笔触伸入人性、人情层面，直抵心灵深处的人间真情，具有撼人心魄的感染力。

按照孩子不同的身世、教养，多侧面地刻画他们的性格，作者从生活实际出发，从儿童特征出发，分寸把握得比较好，没有作简单化、单一化的处理，如大华富同情心，乐于助人，沉稳从容："我"纯真、善良、憨厚，有时又不免胆小软弱；九子是个浑球儿、捣蛋鬼，出招使坏欺负、孤立脸上长着红痣的大华，但他身上也有仗义、懂事的一面。着力表现孩子的个性特点，力求塑造出血肉丰满的形象。书中一些情节，表现孩子的不服输、逞能、记仇、失落等心态，也都恰如其分，惟妙惟肖。

文学是语言的艺术。《红脸儿》的语言文字生动流畅，如行云流水。这部作品的京味特色，固然与人文历史、地域风情、生活习俗的描写紧密相连，而更多的是源自京调京韵的语言。作者熟练地运用标准的、经过提炼的北京话来写，又善于巧妙地吸纳方言、成语、歇后语、童谣使之更加丰富。一打开作品，读者就会被生动幽默的文字所吸引。如："脚底下一打滑，来了个老太太钻被窝——一个四仰八叉，摔倒在了雪地上"、"这帮小子，三天不打，上房揭瓦，会蹬着鼻子上脸的"、"屎壳郎趴铁轨上充大铆钉来了"、"一畦萝卜一畦菜，自己的孩子自己爱"……这样精彩、形象的语言，俯拾即是。

书中还有不少描写农村景色、合唱团歌声、孩子身影心态的文字，犹如优美的散文，读来有滋有味。单就语言文字来说，这本书对提高小读者的鉴赏力和表现力，也是大有裨益的。

2016年7月6日

情真意切的少年成长启示录

在我的心目中，殷健灵是活跃于当今儿童文苑、成绩斐然的佼佼者，也是为数不多的执着坚守文学品格、讲究艺术独创性的女作家之一。她的创作兼及小说、散文、报告文学、诗歌、幼儿文学、评论多种体裁，而尤擅长小说、散文写作。进入新世纪，她的小说《纸人》、《野芒坡》，散文《爱——外婆和我》等问世后，获得广泛好评，为小读者和大读者所喜爱。

殷健灵一向关注少年儿童的生命成长、精神成长，着力于探索、揭示孩子成长中的心灵。摆在我们面前的这本《致成长中的你——十五封青春书简》，就是她敞开心扉与青春期少男少女对话交流的一份真实记录，可说是一本情真意切的少年成长启示录，也是照亮少年在成长路上前行的一盏明灯。

朦胧年华的青春期，是人生旅程中极其柔弱、敏感而又十分重要的一个阶段。这里有绕不过去的坎，也有躲不过的风雨。初涉人世的少年能不能自信而又顺畅地走过这条路，在一定程度上，关系到他们的前程和未来。殷健灵是个胸怀大爱的有心人，心中永远有少年，乐于并善于用自己的智慧和经验，引导少年们度过这段敏感、青涩的岁月，用脉脉温情温暖、滋润他们成长中的心灵。

以身说法、将心比心是《致成长中的你》这本书的最大优势和鲜明特色。

要帮助、启迪、引导少男少女，首先就得了解少男少女；得深入他们内心的"秘密王国"，找准他们关注、困惑、迷惘并渴望得到回答的问题。殷健灵尽管已届不惑之年，但她永葆童心，永葆青春，似乎永远生活在孩子们中间。她十分珍惜童年、少年生活对自己的馈赠，对少男少女的喜怒哀乐了如指掌，铭刻于心。她在写给少年J的这些书信中，找回少年时代的自己，把自己完全摆进去，用自己亲身的经历和感受，用活生生的事例，亲切地娓娓而谈。

她用揽镜自照来启发少年清晰地了解自己，勇敢面对真实的自己。她用时断时续写日记的习惯和日记本的遭遇，来表露自己花季的心情和与父母、长辈沟通的不可或缺。书中写到的那发生在母女和父女之间的三个故事，鲜活的生活，鲜活的人物，更让我们深切地感受到，由于父母的离异、家庭的变故，两代人之间的沟通又是何其艰难！而缺乏这样的沟通，对于需要爱的抚慰的少年，又是多大的伤害和打击！

让事实说话，用自己的所见所闻作证，设身处地地为少年着想，这比枯燥的说教更有说服力、感染力。

童年、少年时代的记忆、经历，是一笔宝贵的财富。但对这本书的作者来说，毕竟也是30年前的往事了。如今与少年对话，不能只停留在对往事的回望和追忆上，而是要置身当代，用新的眼光、先进的理念来检视和反省，作出与时俱进的回答。而这对殷健灵来说，正是她的强项。她是法学学士、文学硕士，又是国家二级心理咨询师。她可以凭借自己的学识、智慧、才能，以及作为一个过来人拥有的对青春、对生命、对人生的感悟，游刃有余地对青春期少年面临的困惑、烦恼，给予高瞻远瞩、实事求是的分析和诠释。比如，她在第二封信中谈到"孤独"："在某种意义上，孤独是一种高贵的体验，它只属于你自己，而你，需要学着用欣赏的心情去享受它。与孤独和解，而不是只领受它给予你的煎熬。"她在第五封信中谈到"人生之旅"："人生中的任何阶段，都值得你怀着珍惜之心去记取。总有一天，你所憎厌和抱怨的这些日子，都会成为将来你年老时无限怀恋的记忆。"她在第八封信中引用美国作家E.B.怀特说的"我生活的主题就是，面对复杂，保持欢喜"之后，深有体会地说："'笑对生活'，说来容易，大多数人却无法做到。抵抗住生活的重压，不是靠肩膀，而是靠一颗柔韧乐观的心，靠你的目光去化解生活的沉重。"这些近乎座右铭的名言、警句，不是凭空臆造出来的，而是从书中写到的故事和作者的遭际中自然而然地引申、提炼出来的。每读到这里，你会感同身受，心悦诚服。

这本书还有一个亮点，即自始至终贯串着鼓励少年向上、向善的基调。它不止于为青春期少男少女释疑解惑，还期盼能为他们的成长打精神底子，为培养完美人格、提高人文素质添砖加瓦。作者通过自叙童年、少年时代的阅读生涯，引导、激励少年博览群书，与文学为伴，爱艺术和美，追求诗意人生；从小培养悲悯之心、恻隐之心、虔敬之心。惟其如此，长大之后，才有可能成为胸怀博大、视野开阔、情操优美、想象丰富的现代文明人。

我还赞赏这本书信体散文，在每封信前都有一首紧扣主题的感情真挚、扣人心弦的诗，书中并配有若干新颖别致、色彩和谐、耐人寻味的插图。文、诗、图巧妙地交织一起，面目焕然一新，令人爱不释手。

这本书老少咸宜，不仅适合于少男少女，成年读者也会从中得到启迪，它有助于两代读者之间的心灵、感情沟通。

2016年9月

第 5 辑 · 异域掠影

列宁墓前

当我们乘坐的伊尔62飞机，掠过西伯利亚上空时，透过舷窗俯瞰大地，依然是白雪皑皑，千里冰封。几个小时后飞抵莫斯科，却已冰化雪消、风和日丽了。鸭子抖着翅膀在刚刚解冻的池塘里追逐嬉闹，枞树吐出一层新的嫩绿，令人强烈地感受到：春姑娘终于姗姗地来到了莫斯科。

在莫斯科逗留的时间很短暂，我们怀着一种急切的心情，要亲眼去看一看久已向往的红场和列宁墓。去瞻仰红场那一天——1985年4月22日，恰好是伟大的列宁诞生115周年纪念日。莫斯科街头到处是旗帜、鲜花、巨幅的列宁画像和书写着"我们的旗帜是列宁主义"、"列宁的思想和事业万古长存"、"共产主义必胜"的大字标语。这些响亮的标语口号，是不是能够点燃起当代苏联人革命热情的火焰，我们无法作出准确的判断。

红场，不如我们想象的那样宽广，然而庄重、雄伟而壮丽。我漫步在红场上，凝望着用晶莹美丽的花岗岩砌成的列宁墓，脑子里闪过了列宁墓前的风风雨雨：1924年，在严寒的日子里，上百万劳动者含着热泪护送列宁的灵柩入墓，庄严宣誓一定要彻底执行列宁的遗训。1941年，希特勒匪徒逼近莫斯科的时候，斯大林在列宁墓前发表演说，号召全国军民彻底消灭德国侵略者……今天，等候拜谒列宁墓的队伍，同10年、20年、50年前一样，似一条长龙，沿着克里姆林宫墙，一直延伸到位于红场附近的亚历山大罗夫斯基花园的尽头。在这支队伍里，大多是天真烂漫的少年儿童和生气勃勃的青年男女，也有一些两鬓似霜、步履蹒跚的老年人。人们跟随整齐的队列循序渐进，秩序井然，没有一点喧哗嘈杂的声音。我们看到，一对对穿着漂亮礼服的新婚夫妇，面露笑容，手捧鲜花，在男女傧相的陪同下，超越川流不息的长队，径自进入陵墓瞻仰。作为外国客人，我们也享受了优先权，经一位红军军官许可，插入队伍的前列。排在我们前头和后面的，都是十四五岁的中学生。面对那一张张俊俏、可爱的面孔，浅蓝的眼睛，金黄的发鬈，我好像看到了熟悉又亲切的卓娅、舒拉、奥列格、古丽雅、马特洛索夫的身影。这些苏联卫国战争中的英雄，为了保卫祖国，献出了自己年轻的生命。如果卓娅、舒拉还活着，该是60上下的老年人，当是这些中学生的爷爷奶奶了。今天，在庆祝反法西斯战争胜利40周年的时刻，这些沐浴着灿烂阳光的年轻人，他们当不会忘怀那些在卫国战争的枪林弹雨中流血牺牲的烈士们吧！

正当我沉思默想的时候，已经走近列宁墓了。陵墓门口有两位表情严肃、目不斜视的红军战士守卫着，他们以立正的姿势持枪站岗，毕恭毕敬，纹丝不动，就像两尊青铜塑像一般。你走在拜谒的行列里，如果衣帽不整齐，扣错了纽扣，以至细微到领口的风纪扣没有扣上，站立两旁的红军军官都会严肃地、一丝不苟地提醒你。进入陵墓，沿着一级级台阶往下走，每个人都把脚步放得轻轻地，凝神屏息，好像生怕惊扰了正在安眠的列宁。再往前走，向右拐个弯，透过橙黄色的灯光，我们看到了列宁安详地闭上了那双充满睿智的眼睛，一只手握着拳头，一只手自然地放在胸前。这不禁使我想起作为宣传家、鼓动家的列宁发表演说时那一手按着胸口、一手指向前方的动人姿势。仿佛他夜以继日地工作，过于疲劳了，现在需要闭上眼睛休息片刻，可他的大脑还在不停地活动，缜密地思考着如何学会管理经济，如何培养劳动者自觉的纪律性，如何消灭官僚主义，如何纯洁党的组织……

走出陵墓，转回红场。只见换岗的红军战士雄赳赳、气昂昂地迈着正步走向克里姆林宫正门，那姿势就像在阅兵典礼上接受检阅似的。在红场一侧，一队队少先队员正在举行新队员入队仪式。站在少先队行列里的，还有胸前挂满金光闪闪勋章的苏联将军、战斗英雄、劳动英雄。他们是少先队的校外辅导员，退休以后，依旧为培育未来一代倾注着热情和心血。我们看到少先队的老队员庄重地为新队员系上新领巾，辅导员带领新队员庄严宣誓。孩子们的眼光里蕴含着真诚、纯朴的感情。在列宁墓前，我凝视着一条条飘动的、鲜艳夺目的红领巾，想起了50年代初读过的苏联著名诗人马尔夏克题为《列宁》的那首诗：

> 在克里姆林宫近旁的花岗石墓宫
>
> 他安静地躺在无数面国旗当中，
>
> 在世界上，他举起的那面大旗正迎风飘扬，
>
> 好像那朝霞发着红光。

> 这面旗帜有时会大得无边无垠，
>
> 有时它又变成一块小红绸
>
> 系在伊里奇的小孙儿——
>
> 少先队员的脖颈上。

如今，列宁举起的旗帜在四面八方飘扬，越发光辉灿烂，列宁的一代又一代小孙儿系上了红领巾，从小立志做列宁事业的接班人。在红场上，我们听见苏联少先队辅导员向孩子们讲述列宁热爱儿童、关心儿童的感人事迹：

在圣诞节，列宁带着送给孩子们的节日礼物，赶往莫斯科近郊的林间学校参加枞树晚会，由于在路上遇到土匪的袭击而迟到了。

在饥荒的年代——1919年，列宁特别表现了对儿童和他们饮

食的关怀，亲手颁布了对非农业区14岁以下所有儿童免费供给饮食的法令。

在共产国际第四届世界大会期间，列宁怀着欣喜的感情对克拉拉·蔡特金谈起，从边远小村孩子们的来信中了解到，一所教养院里的几百个儿童都在用功读书，努力学习文化，爱清洁，讲卫生，天天早晨洗澡，每次吃东西都洗手。列宁微笑着，满意地说："村子里的小孩子已经在帮助我们建设苏维埃了。既然这样，我们还怕会不成功吗？"

孩子们睁大了眼睛，聚精会神地倾听着。列宁对年轻一代的殷切期望，对美好未来的胜利信心，像一股暖流淌进孩子们幼小的心灵。从孩子们笑容可掬而又若有所思的表情里，我们感觉到他们对列宁老爷爷尊敬、仰慕的深情。

当我们告别红场的时候，克里姆林宫的钟声和少先队员的歌声交融在一起，清脆悦耳，缭绕不绝，我的心中油然生起一缕"在列宁的旗帜下胜利前进"的情愫。

1986年3月5日

新结识的匈牙利朋友

去匈牙利之前，对这个美丽可爱的国家，我只有一鳞半爪的了解。从电视、画报上，我看到过蓝色的多瑙河、著名的英雄广场、壮丽的国会大厦、景色如画的巴拉顿湖。从文学作品中，我结识了裴多菲、约卡伊、米克沙特、莫里兹、尤若夫这样一些出色的诗人、作家。在体育圈里，我还熟悉西多、高基安、别尔切克、约尼尔这些乒坛健儿闪光的名字。除此以外，我也没有忘记，1956年那个多事之秋，发生在匈牙利的一场政治风波，曾经引起多少中国人的忧虑和关切。我更不会忘记，以匈牙利伟大诗人光辉名字命名的"裴多菲俱乐部"，后来又如何变成一道紧箍咒，刺伤了中国多少正直的作家、艺术家的心灵。

我带着这样一些杂乱无章的印象和感慨，踏上了匈牙利的国土。4月的布达佩斯，名不虚传，确是一个美丽的春城。那灿烂的阳光，清新的空气，那苍翠的树木，碧绿的草坪，那争奇斗艳的鲜花，水珠晶莹的喷泉，还有自由飞翔的鸽子，五光十色的房子……这一切让你感到仿佛置身在一个五彩缤纷的大花园里。透过鲜明、柔和的色彩，我强烈地感受到匈牙利人具有的那种充满青春朝气、活力的性格和对生活，对未来的坚强信心。

我们结识的第一个匈牙利朋友，是中文名叫谷兰的女同志。她是匈牙利作家协会为我们配备的翻译。在布达佩斯机场宽敞明亮的迎宾室里，我们初次见面，就谈得很融洽，她能讲一口清晰悦耳的中国普通话，比我这个在北方呆了30多年的江苏人的南腔北调好听多了。原来她50年代中期曾在北京大学学习了7年汉语和中国文学，吴组缃，王瑶教授都是她的老师。现在欧洲出版社当编辑，负责编辑关于东方各国的书稿，用匈文出版的王蒙短篇小说集《说客盈门》，就是她经手编辑的。

谷兰这个名字很雅致，让你联想到长在深谷里的幽兰，清馨的香气扑面而来。可她衣着朴素，不尚装扮，胭脂、口红、发油等化妆品似乎同她无缘。平时总穿色彩淡雅的衣裳，只有一个晚上陪我们到国家歌剧院去看匈牙利歌剧《邦首相》，她才换上了色彩斑斓的连衣裙。她岂止朴素端庄，还有点不修边幅呢。那双半旧不新、从来也没擦亮的皮鞋，很不合脚，走起路来，一点不利索，十分引人注目，然而她自己并不在意。相处一些日子，我们很快了解到，这是一个典型的知识分子，有很浓重的学者气质，一心扑在读书、翻译、写文章、做学问上，不愿把时间、精力花费在梳妆打扮，逛街，逛商店上。

谷兰对中国怀有深挚的友好感情。谈起在中国的那段学习生活，她常常沉浸在美好的、深情的回忆里。她是多么想念那些曾经朝夕相处的老师和同学啊！她满怀激情地诉说："我的第一个孩子生在中国，分娩后不能带孩子住校，在北大附近租了老百姓的房子居住。房东老大娘很善良，把我当做亲生女儿，包饺子给我吃，总是嫌我吃得太少。"一个远离祖国的年轻妈妈，在异国他乡，受到了素昧平生的中国母亲无微不至的照料。时间过去了20多年，当年呱呱坠地的婴儿，今日已长大成人、成家立业了。她又怎么能忘记好大娘的深情厚谊呢！谷兰到过南京、上海、杭州、长春、哈尔滨、重庆、武汉等地，对西湖、三峡的优美风光赞不绝口。她向往着再次访问中国，特别想去看一看兰州、敦煌。大西北的开拓与建设，莫高窟的壁画与雕塑，对她富有巨大的吸引力。

正因为谷兰对中国一往情深，加上没有语言的隔阂，因此我们能像老朋友那样推心置腹地交谈，很亲切随便。她告诉我："从60年代初到'文革'十年，我们的处境也很困难。在那多云转阴，阴转风雨的日子里，我们当然不能再为中国唱赞歌；然而我们对中国人民是了解的，打心眼里也不愿意批评、指责中国，只能保持沉默。现在烟消云散，天气晴朗了，我们可以自由交往了。等到这一天，真不容易啊！"这可以说是所有对中国友好的匈牙利人的共同心声。他们热爱中国，关心中国，以极大的热情和兴趣注视着中国大地上正在发生的历史性的变革，期待着中国在改革和开放方面获得成功。由此谈到匈牙利的改革，谷兰告诉我：从1968年开始进行的经济改革，近几年虽然遇到了一些困难，但人民的生活比过去毕竟是改善了。市场、商店里的食品、日用品很丰富，不少人有了自己的小汽车，在城郊还有别墅，周末能休息两天，应当说日子过得不错。谷兰陪我们逛过附近的南车站商场。我们亲眼看到，五光十色的橱窗里，货架上，各式商品琳琅满目。每样东西都标明了价格，顾客一目了然。比如，开膛鸡每公斤两元七八角，鸡蛋每只一角四分，牛奶每公斤三角五分至四角，苹果每公斤一元。按匈牙利职工人均月收入二百五六十元来计算，这些食品的价格就够便宜的了。谷兰还告诉我们，按全国平均，一个三口之家就有一套两间房的住宅，九至十人就有一辆私人小汽车，家家都有电视机，但彩电不算多。从我们看到的、听到的，得出一个印象：匈牙利人民的生活虽然不算很富裕，但似已接近我们所说的小康水平了。谷兰是50年代的青年，她的生活经历，文化教养，使她形成了自己的道德观念、价值标准。在她看来，还有比物质生活更重要的东西，那就是人总得有点理想、道德、情操。当她向我们谈起匈牙利改革后出现的一些年轻人缺乏理想、少数人只顾自己挣钱、社会风气和服务态度不好这一类现象时，她往往摇晃着头，摊开双手，表示出一种隐隐的忧虑和不安。她的这种心情，很容易为我们所理解。经济改革在人们思想上引起的变化，对意识形态工作提出的新课题，确实发人深思。如何在抓好物质文明建设的同时，切实抓好精神文明建设和思想政治工作，确是一个需要不断探索、总结的大题目。

离开匈牙利的前夜，谷兰执意要请我们到她家里做客。盛情难却，我们只好领情了。她的住宅坐落在玫瑰山的半山坡上，环境很优美、清静。据说，玫瑰山被人们叫做"干部山"，因为这里大多是负责干部的寓所。当我们跨进谷兰的房间，好像进入一个中国作家的书房，书架上陈列了很多中国出版的文学、戏曲书籍和《辞海》之类的工具书，其中有不少是她50年代在中国上学时购置的。那些书籍的开本、封面、装帧，都是我所熟悉的。谷兰的爱人是个左臂有残疾的文弱书生，懂得英、法、德、俄好几国文字，从事翻译工作，是个自由职业者。她的小儿子在部队服役，那天正好休假回家。这是个漂亮的小伙子，高挑个儿，蓝眼睛，白皙的皮肤，见了中国客人还有点腼腆，顶惹人喜爱。谷兰为了使这次聚会给我们提供一个交流情况、交换意见的机会，还特别邀请了《说客盈门》一书的译者鲍罗尼和一位熟悉匈牙利文学现状的女批评家来作陪。可惜那位女批评家因为家里临时来了客人，没能如约前来。鲍罗尼也是50年代北大留学生，他除了翻译过王蒙的作品外，还翻译了高行健的剧本《车站》，正在译古华的小说《芙蓉镇》。他的中国话也说得很流利。在谷兰忙着准备饭菜的时候，我们自然而然就同鲍罗尼攀谈起来。他说，匈牙利的经济改革引起人们生活的变化，在小说、诗歌、剧本这些文学样式中并没有明显的反映，而在报告文学、散文中却表现得比较充分。他很坦率地说："中国同志不能按照自己的欣赏习惯，只注意小说、剧本，应当更多地注意我国的报告文学、回忆录以及像《生活与文学》、《源泉》这样的同现实生活密切联系的刊物。"他还建议，中国翻译介绍西欧各国的文学作品，最好看一看东欧的批评家是如何评价的。因为我们地处欧洲，在传统、风俗习惯、生活方式上相近，对西欧作品中反映的生活更易于理解。

谈兴正浓的时候，餐桌上已经摆好了来自中国的白底蓝花的盆、碟、匙、碗，还有我们多日不见的中国筷子。谷兰还真能干，为我们做出了一桌地道的色香味俱佳的中国菜，有清蒸鱼、红烧鸡、香酥鸭、糖醋排骨、宫保鸡丁……拼盘上的小红萝卜还雕了花呢。当我们夸奖谷兰的烹调艺术时，她微笑着说："在中国，女同学教会了我做中国菜。现在我每次在家里请客，朋友们总让我做中国菜。"边吃边谈，话题很广泛，从中西餐的菜谱到筷子、刀叉的用法，从中匈两国的风土人情到文学作品的翻译出版，可说是海阔天空，无所不谈。当我们问起匈牙利一本书的出版周期时，鲍罗尼马上把"矛头"引向谷兰，不断地向她"开炮"："这要问谷兰，她有发言权！""你们问问她，《说客盈门》出书用了多长时间？"从他们的谈吐中，我们听出来，匈牙利尽管出版、印刷条件比较先进，但出书的周期也很长，一本书从交稿到出版，至少一两年。著译者对这种状况很不满意，但也无可奈何。

席间，谷兰的小儿子不断为客人斟酒。我不会喝酒，早已涨红了脸。这时，谷兰又高兴地谈起不久前两次看了内蒙古京剧团在匈牙利的访问演出，对京剧的表演程式和演员的精湛技艺极为赞赏。她是研究中国戏曲的，用匈文翻译的《元人杂剧选》已经出版，现正在研究《中国地方戏曲与民间文学》这个课题。我们知道她治学谨严、勤奋，频频举杯祝愿她为中匈文学艺术的交流做出新的贡献。

访匈期间，我们结识的新朋友中，还有一位中文名叫米白的同志。他思维敏捷，谈吐犀利，为人热情坦率，给我留下了深刻的、难以忘怀的印象。当我们刚到匈牙利，在作家协会的办公室商谈活动日程时，作协外事书记就告诉我们，不久前随匈文化代表团访问中国归来的米白，邀请我们去参观他所在的工艺美术博物馆，并请我们到他家里做客。我们的心弦被一位素不相识的外国朋友的热情好客拨动了。

风和日丽、春意盎然的布达佩斯，在4月底那几天，竟然一会儿凉风飕飕，一会儿细雨绵绵，一会儿又天空晴朗，阳光普照大地。无怪乎匈牙利有句谚语：剧变，像4月的天气。那是一个雨后的傍晚，米白驾着自己的小汽车来接我们到他家做客。他真诚地表示愿意通过自己的家庭，让我们更好地了解匈牙利知识分子的工作和生活。这正符合我们的心愿。米白，也是50年代初在北京中央工艺美术学院当研究生的，现在肩负着匈牙利工艺美术博物馆馆长的重任。他的家在一条幽静的街道旁的住宅楼里。他的书房相当宽敞，足有二十五六平方米。推开窗户，可以看到一个青草如茵、绿树如盖的庭园，令人心旷神怡，那是米白读书、写作之余休憩、散步的地方。书房四周都竖立着高大的、多层次的书架，雪白的墙壁上挂着齐白石、黄宾虹、吴作人的令人赏心悦目的中国画。书柜里、写字台上放着一件件精致的中国小摆设和工艺美术品。我们好像又回到祖国一个艺术家的家庭里。女主人——一位已经退休的女教师，温文尔雅，举止大方。她已经亲手为我们制作了外形美观、香甜可口的匈牙利点心，还准备了威士忌、啤酒、葡萄酒和各种饮料。米白风趣地称他的夫人为"米太太"，他请米太太为中国客人的光临干了一杯。

米白是研究美术的，但涉猎的面很广，他的著述包括中国文学史、中国绘画史、中国工艺美术、绘画技巧等等。他还是匈牙利少有的几位翻译介绍中国现代文学的汉学家之一。他从书架上取下一本又一本关于中国的书，其中包括他翻译的郭沫若的《青少年时代》，老舍的《骆驼祥子》、《茶馆》，曹禺的《雷雨》等。他还打开收录机，让我们倾听冯至，卞之琳等二三十年代诗作的朗诵录音。显然，他很欣赏这两位中国诗人感情真切、艺术完整的诗篇。当谈起最近这次访问中国的印象时，他说："见到了许多老朋友、老同学，感到中国有不少人思想很开阔，没有什么框框，过去同中国人交谈，总要有两句共同语言：一是打倒美帝国主义，一是苏联万岁。现在用不着这样了，可以按照各自的认识畅谈自己的看法。"他很神秘地问我们："中国妇女有了变化，你们知道是什么变化？"我们的脑子还没有转过弯来，他自己带着欣喜的感情作了回答："中国妇女有了乳房！"他搞美术，模特儿是他观察、描写的对象。他注意到现在中国妇女乳房丰满，更加健美了。米白在看到我国取得的成绩和进步的同时，也毫不客气地指出，现在中国有一点很不好，不仅街道上不那么整洁，环境卫生不好，而且社会风气和社会秩序也不是太好，有些人的思想不那么干净，可能是受了"左"的思想和外来思想的影响。我被他的这些肺腑之言深深地打动了，觉得他的心真是和中国人民的心连在一起的。一个外国人肯于如此直率地指出我们工作、生活中的缺点和弊端，这是多么难得的、珍贵的友谊啊！

当我们的话题转到中国在改革中实现干部"四化"时，米白高兴地告诉我们，他也有了自己的接班人，最近正在交接工作，将由一位40多岁的、从事新闻工作的同志来接替他的馆长职务。他的新岗位是工艺美术博物馆下属的东方博物馆。这样可以从繁杂的日常行政、组织工作中摆脱出来，集中更多的时间、精力搞研究。他把这种新旧交替看做合乎规律的正常现象，一点也不恋栈，也没有觉得担负低于原来职务的工作，有什么不光彩。米白倒是自觉地做到了能上能下、能官能民哩！

通过米白的家庭，我们约略了解到匈牙利知识分子的工作、生活条件。像米白这样学有专长，又担负一定领导职务的知识分子，虽说有自己的书房，但整个住房面积并不是很宽敞。他那辆小汽车也是老式的，半旧不新的，车身也很小。也还有一些年纪不小的知识分子，上班还得乘地铁或公共汽车哩。一个大学教授或一个刊物编辑每月工资收入大约为300至350元。他们一般都兼任一两项别的工作，加上学位补贴、稿费、编辑费、授课费等其他收入，总共为五六百元，比全国职工人均月收入高一倍。同一些发达国家相比，匈牙利知识分子的生活待遇不能说是很优厚，只能说是对复杂的脑力劳动给予了起码的、必要的补偿罢了。要知道，一人身兼数职，那是很辛苦的。劳动强度之大，工作节奏之紧张，都是非同小可的。

在米白家里，从傍晚一直畅谈到深夜，度过了一个愉快的、难忘的夜晚。米白很健谈，话题变换了一个又一个，真像开了闸似的，关也关不住。我们考虑到第二天早晨还要到外地去参观访问，不得不告辞了。走出楼外，雨又在淅淅沥沥地下个不住。五颜六色的灯光与似烟似雾的春雨交织在一起，闪闪烁烁，朦朦胧胧。此情此景，不禁勾起了一缕离情别绪。我们紧紧地握着手，依依惜别，不约而同地说出了"后会有期"。

再见吧，米白！再见吧，谷兰！愿我们的友谊像巴拉顿湖一样清澈见底，像扬子江一样源远流长！

1985年6月1日

亦文亦商

　　湄江大酒店坐落在开阔壮丽的湄南河畔。窗外高大的棕榈树、椰子树绿意葱茏，生机盎然；一丛丛、一片片玫瑰花、茉莉花五彩缤纷，争妍斗奇。多功能厅里欢声笑语，喜气洋洋。泰国华文作家协会在这里欢迎中国作家代表团，这是一次欢乐的、充满乡亲情谊的聚会。没有语言的隔阂，自由地、无拘无束地攀谈，就像回到家里一样。正在泰国访问、讲学的一位中国朋友告诉我："泰华作协现有一百二三十个会员，大多是亦文亦商，会长司马攻、副会长梦莉就是其中的佼佼者。""亦文亦商"这个题目引起了我的兴趣。我调好了焦距，镜头对准了司马攻先生和梦莉女士。

　　司马攻出生在一个商人世家，传到他已是第三代生意人。从21岁开始经商，到如今年届花甲，可说是在商场上驰骋了40年的一员老将了。他一直担任着五福染织厂有限公司董事长和祥通公司总经理。不敢说他已大发为一个腰缠万贯的大亨，但他经营有方，生财有道，却是不假的，用他自己的话来说："副业稍有所成"，"我的物质财富是保了值的"。初会司马攻，他给我的印象是：质朴、诚挚、平和、沉稳，面庞清癯略有倦容，有的是书生气，却看不到一点商人气。当我听了他在座谈会上致的欢迎词，更认定他是一位学识广博、才思敏捷、具有学者风度的文化人。在短短一刻钟时间里，他用极为简洁的语言勾勒了泰国华文文学的历史、现状和发展趋势。他很有说服力地论证：泰华文学虽然离不开中国文学的传统和影响，但它植根于泰国土地，有它自己的内涵，自己的个性，是泰国文学的一部分，而不是中国文学的支流。他关于泰华文学定位的一席话，闪耀着真知灼见，给我们留下了深刻的、难忘的印象。

他不止一次颇为风趣地谈到自己"亦文亦商"的感受："我曾经有过这样一个感觉：我是一个精神分裂症的患者，我把我的80％的神经用在经营商务上，20％的神经用来写文章。""我承认，我的精神分裂得颇为'成功'；我打理商务时，我忘记了我是司马攻；当我写文章时，我是100％的司马攻。"他白天用马君楚的名字做生意，夜晚用司马攻的笔名写文章。两段时间，两个名字，两种角色，他扮演得都很成功。你不能不佩服他那种只争朝夕、执著追求的精神和忙里偷闲、见缝插针的本领。自然，司马攻也有他的苦恼。在泰国这样一个重商轻文的商业社会里，往往对亦文亦商的人另眼相看，不时会听到"搞写作没出息，太无聊"、"还不是为了扬名，出风头"这样的闲言碎语。加上当今曼谷街头车水马龙，拥挤不堪，交通堵塞的现象越来越严重，他每天花在车上的时间由两个多小时增加到四个多小时。这又夺去了他可用于读书和写作的、宝贵的两个钟头。他承受了来自舆论的压力和长期睡眠不足的折磨，执著地坚持写作。业余时间有限，就长话短说，"大材小用"，写短小精悍的作品。他是创作的多面手，散文、特写、杂文、随笔、诗歌、小小说各种体裁都得心应手，运用自如，而尤擅长写杂文。至今他已出版了两本杂文集和六本其他作品集。他是《新中原报》副刊"冷热篇"小品专栏最活跃的作者，出的第一本杂文集就叫《冷热集》。司马攻的杂文议论纵横，言之有物，尖锐泼辣，幽默风趣，深得读者和文友的赞赏，拥有一批"冷热迷"。

泰国的读者群中，不仅有一批"冷热迷"，还有一批"梦莉迷"。去泰国之前，我读到了梦莉女士的两本散文集《烟湖更添一段愁》、《在月光下砌座小塔》。她笔下流泻的那真挚细腻的感情，委婉淡雅的格调，使我久久不能忘怀。第一次同她见面，是在曼谷拍喃西路660号314室——泰华作协租赁的一间办公室里。那天，泰华作协的会长、副会长、秘书、副秘书和部分理事先后来这里。由于堵车，梦莉来得稍晚。她面带微笑地同我们一一握手，并以不久前大陆出版的《梦莉散文选》相赠。坐在我旁边的泰国朋友告诉我：梦莉同司马攻一样，对泰华作协是既出力又出钱，坚持不向社会伸手。为解决协会经费困难，几年前，司马攻带头捐献泰币10万铢，梦莉捐了6万铢。他们还资助出版《泰华作协文学丛书》，并鼓励、资助一些文友出书。

雍容大度、绰约多姿、写得一手好散文的梦莉，同时又是一个勇于开拓、敢于拼搏的女实业家。如今，她是永泰发、蚁氏兄弟、曼谷航运等几家大公司的副董事长、副总经理。从闺房走向商场，由一个书香世家的文弱小姐变成一个走南闯北的经营能手，她走过了一条艰辛曲折的路。在中泰还没有建交的时候，她冒险架设了中泰船用齿轮箱贸易的桥梁。从80年代以来，她一年之中差不多有半年时间奔走于中国各地，同杭州齿轮箱厂等厂商谈生意，订合同。她还带领泰国渔民及渔业机构代表团访问京、沪、杭。回到泰国，又风尘仆仆地往返于内地各府，千方百计地做推销工作。她还经常深入渔港和海湾，走访渔船，了解渔民的意见和要求，以推动厂家改进产品结构，提高产品质量。不知经历了多少风险，尝到了多少辛酸，她终于使中国出品的齿轮箱，占泰国年销量6%以上，因而获得泰国副国务院长颁发的第一金盾章。

梦莉也是在一天繁忙的商务活动之余，到深更半夜才能坐下来默默地爬格子。她的散文享誉海内外华文世界，先后获得"中华精短散文大赛"优秀作品奖、"情系中华"永芳杯奖。行家称道她的散文"好在至真至诚至善至美。淡淡哀愁是她的格调，浓浓的爱是她的主旋律"。艺术上独具一格，被称作"梦莉体"。

　　司马攻、梦莉都是深知"亦文亦商"个中滋味的。一个说是"在苦中作乐，乐中寻苦"，"文章大多数是在孤独和寂寥之中写成的"；另一个说是"多数的时间是苦多于乐，我常常在痛苦中写作"。正是在矛盾、寂寞、痛苦的煎熬中，编织出他们给人启迪的杂文和感人至深的散文。

　　　　　　　　　　　　　　　　　　　　1994年4月19日

帕他耶人妖

　　帕他耶的黎明静悄悄。这个通宵达旦狂欢喧闹的不夜城，现在终于安静下来，进入酣畅的梦乡。我漫步在海滨绵长、柔软的沙滩上，面对那一片湛蓝的海水，迎着凉爽宜人的海风，远处白帆点点，近处椰树摇曳，我的精神顿时松弛下来，领略到帕他耶这个驰名中外的旅游胜地的另一种宁静美。

　　昨晚主人安排我们去观看人妖表演并逛帕他耶的娱乐区，整个晚上沉浸在五光十色，扑朔迷离的氛围之中。一位泰国朋友说：不到帕他耶，不算到过泰国；不看人妖表演，不算到过帕他耶。而泰国作协秘书长白翎女士清晰地表述了她的看法："人妖不能代表泰国的文化。人妖是两性人、第二类女人，泰国人对他们的遭际抱有同情，但从心眼里看不起他们。人妖表演主要是吸引外国游客，泰国人来看的不多，今天我也是第一次看。"我耳边萦绕着这两种不同的声音，迈进了颇有气派的阿卡萨剧院。

　　我们的座位在二楼第一排。一张门票得花泰币500铢，合20美元。主人又给我们每人买了一本装帧精美、印有人妖彩色剧照的画册，每本100铢。邻座的泰国朋友告诉我：人妖有两种情况，一种是面容姣美、女性化倾向很重的男青年或少年，做了变性手术，又服用女性荷尔蒙药物，胡须脱落，乳房丰满起来，皮肤越发细嫩，在生理、心理上都同女性没有多少差别了；另一种是没有做手术，只是用了激素，具有了女性的某些特征。不少人妖来自东北部山区，出身清寒，为生活所逼迫，才加入这个行列的。当然，也不排除有的人妖是出于自身的爱好和追求，有的还把它当做一门艺术哩！正当我们轻声交谈的时候，剧场里的灯光暗淡下来，音乐声起，绛色丝绒帷幕慢慢拉开，一群浓妆艳抹、服装鲜丽的人妖出现在我们面前。

从21点到22点10分，整个演出为时70分钟。节目以歌舞为主，穿插着小品、短剧。当我们听到熟悉的中国歌曲《血染的风采》、台湾歌曲《阿里山的姑娘》、日本歌曲《拉网小调》，看到穿戴清代服饰的剧中人时，心中不禁升起一缕亲切的情愫。我注视着舞台上一个个载歌载舞的人妖，我的印象是：确有那么几个出众的，富有女人的风韵和魅力，但为数不少的仍是半男半女、不男不女，没有完全摆脱男人的特征，或颧骨凸出，或喉结明显，更不要说大手大脚了。倒不是我先入为主，有什么成见，我的"左邻右舍"——一位泰国朋友、一位中国同事也都有这个感觉。说到表演，那倒是相当认真的，看得出来，受过专业训练，具有一定的艺术水平。服装、化妆、灯光、音响也都很讲究，可说是上乘的。恰如曾多次访问泰国的、我们代表团的翻译所说，现在泰国的人妖表演是向艺术型发展，而不是以裸露、色情来招徕观众。

有一个节目《一半是男人，一半是女人》，引起了观众的兴趣。当一个蛾眉明眸、秀发披肩、珠光宝气、亭亭玉立的美女出现在你面前时，她摇身一变，又成了一个眉清目秀、春风满面、西装革履、风度翩翩的美男子。原来剧中人是由一个人妖经过特殊化妆、穿上特制的服装扮演的，营造出亦真亦假、真假难分的艺术效果，让你看不出一点破绽，不能不拍案叫绝。

整个演出的格调轻松、风趣，特别是穿插了一些小丑表演和台上台下的交流，更是令人忍俊不禁。一会儿，一个人妖从台上走下来，来到前排观众面前，出其不意地吻了一位男士，并拉他上台一同演出。看来，这位男士是黄皮肤、黑头发的东方人，从服饰、仪表看，说不定正是来自中国的公职人员。尽管人妖三请四邀，他坚决推辞。最后，人妖邀了另一位高鼻子、蓝眼睛的男士上台去了。我在二楼头排观众席上居高临下，清楚地看到了东方观众的尴尬和西方观众的洒脱。心里还有点沾沾自喜：幸好我们今天没有坐在楼下前排。

演出结束，走出剧场，我们看到还没有卸妆的人妖正在招徕生意，同热情、好奇的观众合影。主人理解外国同行想多侧面观察泰国生活的愿望，又领着我们去参观帕他耶的娱乐区。穿过几条马路，转了一个弯，只见色彩缤纷的霓虹灯闪闪烁烁，富于挑逗性的广告、海报比比皆是。不同肤色、不同装束的男男女女摩肩接踵，熙熙攘攘。马路两旁，咖啡厅、酒吧间、卡拉OK、按摩院、脱衣舞厅一家挨一家。你左顾右盼，随时能看到搔首弄姿、强颜欢笑的泰国女郎同洋人浅斟低酌，谈情打俏。碰杯、合影、亲吻、拥抱，各种镜头俯拾即是。再转一个弯，步入一条灯火不那么璀璨、较为窄狭的街道。脱衣舞厅拉客的小伙子凑到我们跟前，说是最低消费200铢……泰国朋友低声地告诉我们：你进去之后，就会给你提供各种服务，把你的腰包掏尽了才算完。从舞厅半开半掩的大门往里看，只见袒胸露臂的女郎在朦胧的灯光之下，踏着迪斯科的节拍，扭腰摆臀。当我们一行中的几位女士走近大门要看个究竟时，大门砰然关上了。我们走马观花式的体验帕他耶的夜生活，也就到此结束了。

1994年4月22日

"死亡铁路"

凝视着玻璃柜里那件精致的工艺品——泰国北碧府府尹赠给的桂河大桥模型，我的眼前清晰地浮现出半年前参观"死亡铁路"的情景。

天蒙蒙亮，还有几分凉意，我们匆匆赶到一个名叫南斗（泰语的原意是瀑布）的小车站。站里乘客稀少，冷冷清清。从南斗到北碧，途经19个车站，车行两个多小时。全张车票泰币17铢，不到一美元，按泰国的物价，可说是收费很低的。我们乘坐的是窄轨小火车，总共只挂了四节车厢。车厢显得很古老，座位都是用柚木做的。据说这样的车厢在泰国境内，只有这条路上才有了。列车在狭窄的轨道上缓慢地行进。铁路两侧，一边是峰峦起伏的群山，一边是蜿蜒曲折的小桂河。有的地段悬崖峡谷，极为险峻。陪同我们参观的泰国朋友向我们谈起当年修建这条铁路的艰难：

那是第二次世界大战期间，日本侵略军为了打通泰国与缅甸的陆上运输线，驱使20万盟军战俘（他们中间有英、美、荷、澳、马、新、中、缅等国人）和10万泰国劳工，在赤日炎炎、荆棘丛生、疫病流行、拳足交加的恶劣环境与非人待遇下，用一年的时间，修建了一条全长415公里的铁路。白天黑夜、每时每刻都有修路的劳工死于饥饿、疾病的折磨和皮鞭刺刀的暴虐之下，真是"一根枕木，一条人命"，一年之中葬送了10万条性命。这是一条用盟军战俘和泰国劳工的血肉筑成的路，无怪乎人们称它为"死亡铁路"。

透过列车的玻璃窗，映入眼帘的，既有供旅游者住宿的、色彩缤纷的帐篷、桴屋，也有残留下的当年战俘居住的低矮简陋的灰房子。列车在一个小站停靠下来，站台上那修饰成孔雀、鸵鸟状的绿莹莹树木，令人心旷神怡；而挂在那里当钟敲的、锈迹斑斑的弹壳片，则不禁令人抚今追昔，思绪万千。

我们到达北碧的时候，适逢"死亡铁路"和桂河大桥建成50周年纪念日。为了让人们记住战争带来的灾难和痛苦，后来把这一天叫做和平日。今年前来凭吊亲人亡灵的西欧、美国、澳洲人比往年多，北碧市区的宾馆、旅社爆满。盟军牺牲者的陵园里，不少墓碑前摆着一束束鲜花。据说，树有大理石墓碑、写有金色碑记的牺牲者共6982人。更多的牺牲者则没有留下姓名，没有碑记可查。有些前来寻找亡灵的外国人，面对着万人墓，不知自己的亲人魂在何处，此时此刻，怎能不潸然泪下呢？！

桂河大桥横跨大桂河，"死亡铁路"从桥上穿越过去，一直通向缅甸。我们漫步在桂河桥上，举目瞭望，只见青山绿水，风景美极了。但当我们看到桥上那用茅草、树皮盖的瞭望台，竖立在桥头的那炸弹模型，以及陈列在铁轨上的、当年日军用过的火车头，也就没有闲情逸致观赏异国风光了。与我同行的泰国朋友告诉我：两年前，日本政府曾向泰国建议，由日方捐资来重建一座现代化的桂河大桥；这个建议被泰国婉言拒绝了。让桂河桥保持本来面目，使人们在和平的日子里看到战争的遗迹，永远记住战争的惨痛教训，"前事不忘，后事之师"。我不禁暗自赞赏泰国决策者的远见卓识。

当我们来到离桂河桥不远的战争与艺术博物馆。那一幅幅反映日本军国主义残暴行径和战俘、劳工苦难生活情景的图片，令人摄魂震魄。一张照片留下了一个欧洲战俘与一个泰国女人生了三个孩子的镜头，从这个战争幸存者的异国姻缘中，不难咀嚼出一种苦涩味。另一个展室里，陈列着一个赤身露体、只在下身挡着一块布条的战俘塑像。雕塑者把他那不堪忍受酷暑与重负的痛苦表情，刻画得丝丝入扣，栩栩如生。塑像的解说词带有辛酸的幽默："我害羞，只能看一次！"一个年轻的外国旅游者走过来，好奇地掀起遮羞布，瞥了一眼，就多少有点尴尬地离去了。

登上博物馆楼顶，桂河大桥、"死亡铁路"，乃至战略要地北碧的全景尽收眼底。今日重温二次大战历史的一页，我陷入无法排遣的沉思默想之中……

1994年5月9日

猴城·猴宴

在市中心姹紫嫣红的花坛上，一个双眼炯炯有神、造型生动逼真的猴子塑像特别引人注目。白底红字的大幅标语用泰、中、英、日四种文字书写着："热烈欢迎光临华富里府——猴子的城"。

透过车窗，只见三塔寺塔身塔顶、塔前塔后，到处都是活蹦乱跳、自由自在的长尾猴。车子停下来，我看到一只调皮的小猴子，从三塔寺的铁栅栏跃上一辆公共汽车车顶，撒了一泡尿，又跳到另一辆小面包车上。车子开始启动，它跟了一程；当车子加速前进时，它迅即跳回铁栅栏。我们在赞赏猴子的动作灵敏时，泰国朋友告诉我们："华富里的猴子神极了，每年龙眼节或是香蕉成熟的时候，它们就成群结队地爬上火车，由南到北，跋涉千里，到位于泰国北部的清迈府，在那里吃饱吃足了新鲜水果，又乘火车返回华富里。"我们下榻的华富里宾馆门口，也置放着两个惟妙惟肖、憨态可掬的猴子木雕，一个长尾巴钩挂在树枝上，正在从容地啃芭蕉；另一个穿靴戴帽，毕恭毕敬地肃立着，像是宾馆服务员在欢迎客人的光临。宾馆前马路两侧郁郁葱葱的树木上，灵活敏捷的猴子东荡西跃，上下攀缘；而漫步在树荫之下的年轻人或外国旅游者，有不少穿着印有猴子图案的T恤衫，色彩鲜丽，生气勃勃。

来到华富里，仿佛进入一个亦真亦幻、如诗如画的童话世界，大猴子、小猴子，真猴子、假猴子，树上的猴、画中的猴，木雕的猴、石刻的猴，围绕着你的是千姿百态的猴，叫你目不暇接，眼花缭乱。啊，华富里，真是一座名不虚传的猴城。

猴城最新鲜、最具轰动效应的事，当属一年一度的猴宴。在华富里，每年11月最后一个星期日，已成为猴子的传统节日。在这一天，市里举办盛大的宴会款待成群的猴子。华富里人对猴子何以如此青睐？人们猜度，这也许同泰国被称为"微笑的国度"，百分之九十以上的居民信仰佛教有点关系。虔诚的信徒为了积德行善，不仅向托钵化缘的僧人恭敬地奉献斋饭，而且对酷似人类祖先的猴子也感恩戴德，乐于施舍。但据了解，更主要的还是一种生意眼、生意经。"猴子搭台，经贸唱戏。"中外如此，概莫能外。举办猴宴正是为了吸引更多的国内外的游客和顾客。华富里宾馆的"简介"上就有一张猴宴的彩照，说明词是："用中国式的圆桌为猴子设宴，已使华富里宾馆闻名于世"。据说，1989年首次猴宴，就是由这家宾馆的老板、善于经营的泰籍华人倡议举办的。猴宴越办越红火，规模一年比一年大，应邀赴宴的猴子越来越多。最初只摆五桌筵席，1994年已发展到50桌，赴宴的猴子多达三四百只。"宾客"盈门，一处容纳不了，只好分在三塔寺、城隍庙两处。这两个地点都是游客如云的旅游胜地。近两年的猴宴吸引了好几万观众，其中不少是好奇览胜的外国旅游者。

组织一次猴宴也是相当费劲的。为使宴会有条不紊地进行，动员了120人维持秩序。摆席前，先要用弹弓把那些不请自来、垂涎三尺的猴子轰走。一切准备就绪，再由工作人员带领猴子鱼贯而入，依次就席。一张张餐桌上都铺了蓝色的台布。桌子当中是一个大拼盘，放了色泽缤纷、香味馥郁的香蕉、芒果、西红柿等各式水果，盘子中心还用一朵绿叶相衬的小红花来点缀。大小不等的绿色塑料盆里盛满了猴子爱吃的木瓜叶、生鸡蛋等。宴会进行中间还上两道点心，最后上的主食是什锦炒饭。见到猴子熟练地打开可口可乐易拉罐、仰面畅饮的动作和它们大快朵颐、眉飞色舞的神情，不禁令人捧腹。

宴会的主人想得很周到。宴会结束时，每个猴子还能领到一份小纪念品，诸如小镜子、梳子、牙刷、塑料眼镜、玻璃球等日用品和玩具。这时，有的猴子揽镜自照，有的猴子戴上眼镜做鬼脸，还有几只猴子走到水池前，自己拧开自来水龙头，又洗手又刷牙。你看到这些镜头，不能不叹服属于灵长类的猴子真是善于模仿，聪明透顶。

1994年5月17日

象国·象舞·象童

泰国素有"白象王国"之称，大象被尊为国兽。在大城府，如今还保留着捕象栅的遗址，那是古代皇帝观看御象师捕捉野象的场所。在"象乡"素辇府，每年11月第三周周末都要举行一次盛大的赛象会。在南邦府，则有全世界独一无二的、担负驯象任务的"大象学校"。泰国作家协会副主席、历史学博士环迪·阿娃武迪猜满怀深沉的爱国之情，给我们讲述了泰国历史上的"白象之战"。一路为我们开车的海军中士猜亚在参观捕象栅时，情不自禁地唱起了《大象之歌》。而泰国华人作家协会赠送给我们的纪念品，又是一座错彩镂金、栩栩如生的象雕。访泰半月，可说是同大象形影不离，结下了不解之缘，不由得对它产生一种格外亲近的感情。

在兰花公园，在北榄鳄鱼湖动物园，先后两次观看大象表演，那真是令人欢乐开怀的美妙享受。

大象果然是名不虚传的、出色的表演家。它踏着音乐的节拍，舞起长鼻子，扇动大耳朵，摇晃着脑袋，扭动着身子，跳起了迪斯科。大象吹口琴，做体操，拾物竞跑，过独木桥，一个个节目精彩纷呈，赢得了满堂彩。

最有趣不过的是大象踢足球。有头大象看来临门一脚的功夫欠佳，几次射门，都踢飞了，它索性用鼻子勾着球，绕开驯象师，在离球门不到3米处，把球放在地上，用又粗又笨的脚轻轻拨动一下，终于射进了球门。观众为这头又憨厚又聪明的大象的有趣表演，笑得前俯后仰，乐不可支。

人和大象的拔河比赛尤为激动人心。几十个、上百个积极参与的观众，大多是年轻小伙子，组成一方，一个个拉紧了绳子，鼓足了劲，用泰语齐声呼喊："一、二、三！"开头，一头大象这一方按兵不动，若无其事，似很放松。这时，绳子中端的红结多少有点向众人这一方倾斜。台上的观众有节奏地高喊："加油！加油！"期待着出现战胜"大力士"大象的奇迹。能连根拔起10米以下的大树、拉千吨木头的大象岂肯示弱，它猛一使劲，众人这一方马上招架不住，几十个队员摔倒在地，溃不成军，不得不俯首称臣了。

最让人提心吊胆的表演是大象跨过一个个仰卧在地的观众。表演场中央整齐地放着八条凉席、八个枕头，两个床位之间的距离超不过一米。有幸争得这八个位置的大多是青少年，其中也有一个上了年纪的老者和一个黄头发、蓝眼睛的外国女郎。他们一个个凝神屏息，等待着那惊心动魄的一刹那。两头披红戴绿的大象，一前一后，举起粗壮如柱的脚，稳健而准确地跨过了一个个人体。有头大象用长鼻子在一个少年身上从上到下扫了一下，又抬起一只脚按在少年的腰部。正让人捏一把汗时，大象在少年肚子上轻轻按摩了两下，就继续前行了。有惊无险的一幕也就过去了。

表演结束后，大象对喂以香蕉、芭蕉的观众彬彬有礼地鞠躬致谢。有些观众投以钱币，大象用鼻子卷起来，立即到附近的水果摊买香蕉吃了。训练有素的大象也懂得了"以钱易物"的交换法则。

让大象用又粗又长的鼻子把人卷至半空拍张照，是颇有魅力的游乐方式。我很想尝尝这个滋味，但终因年过花甲，身体又欠佳，被同行们劝阻了，至今想起来，还不免感到有点遗憾呢。但幸好得到另一种补偿。过去，我在新疆骑过骆驼，在青海骑过牦牛。这次在泰国，第一次骑上大象，绕场一周，潇洒地挥动手中的泰式草帽，向我的旅伴招手示意，算是增添了一种新的体验。

在排队等候乘坐大象时，还结识了一个13岁的象童，他的名字叫根，在泰语中根是很棒的意思。他稚气未脱，面露微笑，极其认真地向每个骑象者收费20铢。在短时间的交谈中，他告诉我：他的家在泰国东北部农村，爸爸在曼谷做工。他有五个兄弟姐妹，哥哥21岁，已结婚，在家乡种地；姐姐在一家饭店打工，他自己小学没毕业就出来当童工了。现在他每月收入800铢，这在泰国是很微薄的工资。除去吃饭等日常生活费用，所剩就不多了。但他毫不含糊地表示："赚了钱，我还要上学读书。"他这句话，深深地刻在我的脑海里。

在泰国，像根这样的童工为数很多。但愿他们心想事成，都能拥有一个美好的未来。

1994年5月20日

圣诞节游威尼斯

我们来到风景如画的世界水都威尼斯，正好是圣诞节的前夜。

400多座大大小小、千姿百态的桥梁把亚得里亚海湾中的118个小岛连接成为一个奇妙的岛城。150多条河道、2300多条水巷纵横交错，成了这个城市四通八达的大街小巷。色彩典雅和谐的教堂、宫殿、公寓、剧院错落有致地屹立在运河两岸。人们身临其境，不得不由衷赞叹世代相传的威尼斯人绘制的这张城市建设蓝图，真是大手笔的别出心裁的经典之作。无怪乎威尼斯赢得了"海上明珠""海上美人""亚得里亚皇后""爱之城""世界的心"一顶又一顶的桂冠。

名扬四海的"贡多拉"，是一种黑色的、尖头尖尾的细长小艇。据说它是为吊唁17世纪威尼斯瘟疫时遇难者而制作的，现在成了这座城市的主要交通工具。我们雇了一条贡多拉去领略水城的诗情画意。船工的装束引人注目，一身黑色的紧身衣，白色草帽上还系着两条红色的飘带，显得十分俊逸潇洒。老船工划起长桨，贡多拉就进入狭窄的、曲曲弯弯的水道。首先通过"叹息桥"，据说当年桥的一端是监狱，另一端是法庭，犯人受审、判罪都要经过这座桥，见到桥下来探望的亲人，桥上桥下都不禁发出伤心绝望的叹息。小船拐了几个弯，一幢米黄色的楼房映入眼帘，那是我们从小在历史教科书上就读到的著名旅行家马可·波罗的故居。700多年前，马可·波罗就是从这里迈出家门，跋涉千山万水，走进华夏大地，成了东西方文化交流的友好使者。不远处，那座里亚尔托桥，是莎士比亚笔下的威尼斯商人频繁往来之地。另一座小桥旁的圆形小楼，则是德国大诗人歌德18世纪初住过的寓所。贡多拉穿越一条又一条水巷，一路是说不完的历史故事，道不尽的风流人物，我们沉浸在大饱眼福的喜悦和回味历史的思索之中。

从贡多拉码头登岸，有名的圣·马可广场近在咫尺。这个被拿破仑称作"世界上最美丽的广场"，正面是壮丽巍峨的，融拜占庭式、哥特式等建筑风格于一体的圣·马可教堂和耸入云霄的两座钟楼。两侧和教堂对面环绕的是浅色素雅的、有圆柱长廊的两三层楼房。我们欣赏了圣·马可教堂里金碧辉煌的穹顶画和四壁精雕细琢的镶嵌画，又到广场一侧的咖啡馆里寻觅法国大作家福楼拜坐过的椅子。正当我们同占据了大半个广场、无所畏惧的灰鸽子做伴嬉戏时，一队军容威武的士兵从东南角迈着正步走进广场。哦，原来是要举行降旗仪式了。当红、白、绿三色相间的意大利国旗徐徐下降时，所有在场的军人都毕恭毕敬地举手行军礼。相依相偎、喁喁私语的情侣，拄着拐杖、牵着爱犬的老翁，兴高采烈地学骑童车的女孩也一个个原地肃立，凝神屏息地向国旗行注目礼。来自五湖四海的外国游客迅速按动相机快门，记录下这极富感情色彩的一瞬间。我不由联想到天安门广场冉冉升起五星红旗的情景。爱国主义的旗帜具有多么强大的凝聚力呵！

薄暮时分，全程陪同参观访问的罗贝尔达小姐带领我们到广场附近一家饭馆用晚餐。饭馆里张灯结彩，圣诞树上灯光闪烁，每一张餐桌上都点着红蜡烛，烛光摇曳，充满节日的气氛。我们品尝了意大利风味的牛排、海螺、比比虾和马可·波罗面。举起盛满红色葡萄酒的酒杯，用刚学会的意大利语喊着"亲亲！亲亲！（干杯）"、祝贺圣诞快乐时，感到特别亲切温馨，就同在自己家里一样，忘了是在异国他乡。当我代表作家访问团把龙井茶、景泰蓝筷子、瓷盘等小礼品送给罗贝尔达时，她用发音欠准的汉语连声说："漂亮，漂亮！""谢谢！谢谢！"情不自禁地亲了我的两颊。她一再真诚地表达了"一定要到向往已久的中国去看一看"的心愿。我们争相表示到时候一定陪她登长城、逛颐和园，请她品尝北京烤鸭。欢声笑语，把这次难得的圣诞聚会推向了高潮。

节日前夜，逛商店的摩肩接踵。威尼斯年轻的父母在忙着为孩子挑选心爱的圣诞礼物。外国游客则被闻名遐迩的造型生动奇特的假面具和五颜六色的彩玻璃所吸引。走出商业街，我们拐进一条小巷。曲里拐弯，转来转去，连罗贝尔达也分不清东西南北了，好不容易又回到了圣·马可广场，我们才走出了迷宫，也算领略了威尼斯大街小巷的独特风韵。

夜深了，浓浓的雾气笼罩着整个圣·马可广场，增添了几分朦胧神秘。亚得里亚海湾涨潮了，涌上岸的潮水包围了圣·马可教堂。虔诚的教徒和好奇的外国游客在通向教堂的跳板上排起了龙一样的长队。我们也加入了这个行列。这时广场送来了清脆嘹亮的钟声，时针指向午夜零点，一年一度的圣诞节来到了。人们拥抱在一起，互致深情的祝福。进入教堂，只见黑压压的一片，各个角落都站满了人，几乎找不到立足之地。我抬起头，踮起脚，从万头攒动的缝隙里窥见正在进行的祈祷仪式。大主教按圣经宣讲，信徒们口中念念有词，儿童唱起圣诞颂歌，悠扬的乐声缭绕不绝。透过肃穆庄严的氛围，我似乎感受到了那一颗颗祈望和平幸福生活的、善良的心的跳动。

回到宾馆，打开电视机，正好看到罗马教皇在书房窗口宣读圣诞祝词。不一会儿，教皇身体支持不住，中断了讲话，由身边的人搀扶着退入书房，让私人秘书代为宣读。这时电视镜头转向圣彼得教堂前的广场，我看到成千上万的信徒一张张惊诧不安的面庞。播音员说，一位教皇因病中断在公开场合的讲话，

这在本世纪还是第一次。我躺上床闭目遐想，迷迷糊糊地进入了
梦乡……

1997年12月7日

喜从天降

"团长！团长！"同我一起出国访问过的作家朋友，偶然见了面，常常习惯于这样亲切而戏谑地称呼我。我当团长，倒也有些年头了。从20世纪80年代中期到90年代末，我先后四次率中国作家代表团访问过匈牙利、泰国、意大利、缅甸，当了四次团长。我心里明白，无论是按文学成就还是资历、声望，都轮不上我当团长。只是因为当时我在作家协会书记处这个岗位上，戴着"书记"这顶乌纱帽，就怎么也推脱不了这份苦差事。

本来，有机会出国访问，同外国朋友交流交流，领略一下异域风情，开开眼界，增长点见识，是一桩美差。可是，一挂上团长这个头衔，麻烦就接踵而至。在各种场合忙于应酬交际，座谈会、演讲会、宴会，拜会政府官员，接受记者采访，以至于参观游览，你都得带头讲话、发言、致辞、答问，十天半月下来，有时真感到口燥唇干。如果遇上讷于言辞的主人，为了打破冷场的尴尬局面，你还得挖空心思，没话找话，那就更是苦不堪言。我又不是那种伶牙俐齿、能说会道的人，没有侃侃而谈、对答如流的本事，对当团长就更加发怵了。

1995年12月，中国作家代表团一行五人赴意大利参加在西西里岛巴勒莫市举行的第21届意大利蒙德罗国际文学奖的颁奖活动。我又勉为其难地挑起团长这副担子。我们乘坐的飞机经米兰、罗马，到达巴勒莫市已经是深夜了。主人、评委会主席兰蒂尼先生到机场迎接我们。在从机场到代表团下榻的宾馆，一路寒暄，谈笑风生。当话题转到本届蒙德罗国际文学奖的评选情况时，兰蒂尼冷不丁地通过翻译告诉我：这次评委会还决定给中国作家代表团的五位成员授奖。对这突如其来的消息，我毫无思想准备，真是丈二和尚摸不着头脑。我们是来参加颁奖活动的，来意大利之前，邀请我们来访的主人并没有告知中国作协，要给我们发奖啊，莫非翻译把主人的话译错了。我困惑不解，但在车上又来不及进一步探问，只好含糊其辞地表示："我们怀着很高的热情和兴趣来参加蒙德罗文学奖的颁奖活动。获这项奖的作家，都会十分珍视这份荣誉。"

我们去意大利之前，对蒙德罗国际文学奖有一个概略的了解，知道它创立于1975年，每年评选一次，是意大利众多文学奖项中较有影响的一个奖。蒙德罗是西西里首府巴勒莫市一个美丽的滨海小镇，是意大利颇有名气的旅游胜地和文化中心。设立蒙德罗文学奖的目的是：表彰意大利当代文学的优秀成果，加强意大利与外国的文学交流；同时也是为了扩大西西里地区在意大利乃至全球的影响和知名度。评委会由熟悉当代意大利文学、英语文学、法语文学的专家、学者、教授组成，有一定的权威性。日本作家大江健三郎和爱尔兰诗人谢默斯希尼在获得蒙德罗国际文学奖的第二年或第三年又获得了诺贝尔文学奖。我国著名作家王蒙和研究意大利文学的学者、翻译家吕同六曾于1988、1990年先后获得蒙德罗文学奖。该奖评委会还于1993年决定授予中国作协会一项特别奖，并盛情邀请作协主席巴金前往领奖。巴金年事已高，不能远行，委托作协副主席、著名评论家冯牧赴意代他领了奖。抵达巴勒莫市的第二天清晨，我和另一位作家在宾馆前花园里散步时，还在议论：这次来访的五位作家中，除了《万家诉讼》（后改编为电影《秋菊打官司》）作者陈源斌的小说被威尼斯大学一教授译成意大利文出版外，其余几位，意大利文学界的朋友并不了解，怎么会给代表团每个成员都发奖呢？！心中的疑团始终解不开。直到这一天下午，兰蒂尼来宾馆看望代表团全体成员，我们终于准确无误地得知：为了表彰中国作协多年来对意中文学交流做出的贡献，评委会决定授予这次来访的中国作家代表团各位成员以蒙德罗国际文学奖特别奖。但由于经费筹措困难，这次特别奖只颁发荣誉证书，不给个人发奖金，奖金用于接待代表团访问意大利其他城市活动之用。这时我恍然大悟：原来喜从天降的这份奖励，是既促进友好交流又落实接待费用一举两得的良计妙策。我不再受宠若惊，如释重负地松了一口气。

又过了两天，隆重的颁奖仪式在灯火辉煌的西西里银行基金会总部会议厅举行。兰蒂尼和巴勒莫市文化局长、罗马大学一教授十分动情地回顾了蒙德罗文学奖的成绩、经验和影响，一致发出"拯救蒙德罗奖"的呼吁，并表示要共同努力，克服基金短缺等困难，把这个奖办得更好。我为他们那执著的敬业精神和共渡难关的协作精神所打动，情不自禁地鼓起掌来。

这一届颁奖仪式没有邀请意大利电视台有名主持人来主持，由女诗人、墨西那大学教授斯帕恰尼主持。兰蒂尼在会上宣布：今年颁奖仪式分为两部分：首先授予中国作家代表团五位成员以特别奖；第二部分，分别授予四位意大利作家以青年处女作、翻译作品、小说、诗歌奖，并授予一位俄罗斯作家以外国作家小说奖。在向我们授奖前，兰蒂尼又满怀深情地介绍，这次中国作家协会派来的代表团成员中，有文学评论家、小说家、散文家、翻译家和长期从事文学交流的人员，包括了文学界的各个方面，这集中体现了中国作家协会进一步加强意中文学交流的愿望。为此，评委会决定向他们颁发特别奖。会上还一一介绍我们代表团每个成员的简历和文学上的成就。

当我从曾多次来华访问的本届评委、艺术评论家瓦尼谢维勒手中接过特别奖的证书时，会场里的闪光灯束一齐投射到我身上，摄影记者按下快门，"咔嚓、咔嚓"地记下那激动人心的一刻。主持人请我登台代表中国作家代表团发言。我激动地说：

"我们荣获蒙德罗国际文学奖，并非我们个人在文学创作、评论、翻译上有多大的成就，不是的，我们的成绩是微不足道的。我们深深懂得评委会的一番美意，从一定意义上讲，这个奖可说是授给中国作家协会5000多名会员的，这是中意两国作家和人民之间深厚友谊的象征，也表达了进一步加强中意文学交流的良好愿望。对此，我向兰蒂尼先生和全体评委致以深切的谢意。"当我谈到自己童年时代就爱读意大利作家写的《木偶奇遇记》、《爱的教育》，受到爱和美的熏陶、启迪；现在从事儿童文学评论，向亿万中国孩子推荐介绍优秀作品时，会场里响起特别热烈的掌声。我又一次真切地感受到，热爱孩子，关心孩子，是没有国界的。

回到住所，掂掂这张由各位评委亲笔签名的"蒙德罗国际文学奖特别奖"证书的分量，深感它负载的情谊是很重很重的，但把我的名字同这个奖联在一起又纯属偶然。由此我又不禁想到，国际文学奖有时也不是那么神秘莫测、高不可攀的。作为一个作家，不要把得奖与否看得太重，重要的是写出问心无愧的好作品，得到广大读者的承认。

2000年6月11日

草坪·枫林·松鼠

　　加拿大之旅最让我赏心悦目、流连忘返的是：碧草如茵的绿地、色彩绚丽的枫林和随处可见、惹人喜爱的松鼠。

　　大自然母亲似乎对加拿大情有独钟，恩宠有加，在它幅员辽阔的大地上，到处覆盖着郁郁葱葱的森林、一望无际的草原、星罗棋布的湖泊……而大自然优秀之子加拿大又特别懂得关爱母亲，保护母亲。加拿大全境有29个风景秀丽、如诗如画的国家公园，650个省立公园，这都是可以寻幽探胜的自然保护区。我旅居的蒙特利尔市就有300多个公园，打开市区的地图，满眼都是绿色的标志，那就是草木葱茏的公园所在地。

　　我在加拿大住了五个月，跨越了夏、秋、冬三个季节。夏天绿意盎然，秋天层林尽染，冬天银装素裹，我有幸领略了加拿大独具魅力的自然风情。

　　踏上加拿大国土，首先映入眼帘的就是那绿油油的草坪。我可是生平第一次见到那么多开阔的、漂亮的绿地。在蒙特利尔，皇家山之巅的草坪紧紧地依傍着卡斯托尔斯湖；麦吉尔大学校园的草坪为久负盛名的、富于法国风情的古老建筑所包围；奥林匹克中心的草坪则镶嵌着式样新颖别致的体育建筑群。在魁北克，站在战场公园的草坪上，可以眺望对面劳伦斯河的美景。在渥太华，以园林之胜闻名的加拿大总督府前的草坪与美丽的花圃连成一片。在多伦多，皇后公园的草坪上耸立着红墙碧瓦、古色古香的安大略省议会大厦。所有这些各具特色的草坪无不让我感到心旷神怡，留下终生难忘的印象。如果说上面提到的这些草坪都还属于旅游景点，不足为奇；那么，当你面对散布在加拿大各个城市马路两侧、房前屋后那大片的或小块的数不清的草坪，就不能不由衷称赞这真是名不虚传的"草坪上的加拿大"了。

我喜欢在草坪上徜徉。清晨或傍晚，我踏遍了住宅周围的每一块草坪。我还带上地图，乘坐地铁，如痴如醉地去寻找蒙特利尔各个角落的草坪。每有新的发现，回家后总要情不自禁地向家人诉说自己的喜悦。我成了绿色的追逐者、十足的草坪迷。每到一处，我就恋恋不舍，往往会安逸地躺在柔软的草坪上，凝视那湛蓝的天空，那浮动的白云，那灿烂的阳光，贪婪地呼吸那青草散发出的新鲜、芬芳的气息。久住空气污浊的城市，真想在加拿大的草坪上把新鲜的空气吸个够，够我用上一辈子。

有草坪，有树木，就能见到精灵、活泼的松鼠。森林大国加拿大庇护了大量松鼠。每天清晨，我跨出家门，总会遇到两三只松鼠站立在我面前，两只乌黑的眼睛友好地注视着我，好像是问我早安，当我亲切地对它说："Good morning！"时，它迅捷地蹿上茂密的枫树。在公园里松鼠爱与游客交朋友。当我坐在草坪上，向它一招手，它马上围到我的身边，跳来跳去，东张西望，那姿态，那神情，确实逗人喜爱。有一次，我见到一个约莫三四岁的女孩用花生米、核桃仁、小饼干逗引松鼠，不一会儿，竟有10多只松鼠来到她的跟前。松鼠披着一身灰色的皮毛，拖着那又粗又长的尾巴，加上它那几撇不长不短的胡子，与天真活泼、充满童稚的孩子相映成趣，构成一幅人与自然和谐相处的生动画面。正因为松鼠性情和蔼，活泼有趣，对人友好多情，因而多伦多市政府选择松鼠作为市徽的图案。在旅游商店陈列的纪念品中，也有不少刻印上了松鼠的形象。松鼠在这里成了人们亲密的、形影不离的朋友。

加拿大的国土面积与我国相差无几，但它得天独厚，森林覆盖率高达46％，而我国仅有15％。加拿大漫山遍野都是阔叶林、针叶林，尤以枫树为多。从西岸到东岸，你可以欣赏到绵延达万里的如醉的枫林。由此，你就不难理解加拿大人为什么要把鲜红的枫叶绣上红白相间的国旗，当做他们国家的象征。

秋风飒飒，我亲眼看到枫叶一天天地由绿转红。我怀着激动、急切的心情来到以阔叶林著称的魁北克去观赏红叶。当我们的车子接近魁北克附近的水晶瀑布时，它周围那一片火红的枫林，像色彩绚丽的油画，清晰地呈现在我眼前。水晶瀑布的落差为83公尺，从断崖上直泻下来，极为壮观。我为层林尽染的秋色所吸引，决心上山探个究竟。已届古稀之年的我抖擞精神，一口气爬了共有470多级的梯子，终于登上瀑布上方的铁桥。原来红艳艳的枫树和红色的槭树、黄色的橡树、常青的松柏交织在一起争奇斗艳，这才构成我在山下看到的那赤橙黄绿、五彩缤纷的画面。我置身于满山红叶中，像是投入大自然母亲的怀抱，心灵变得更加单纯，胸怀似也更加开阔。我细心拣了不少色泽鲜红、暗红或深紫的大大小小的落叶，准备寄给远方的亲人、朋友，或夹在书里作为纪念。

记得有一次，当一本刊物的编辑问我"最喜欢什么颜色"时，我的回答是："蓝色，蓝色的天空，蓝色的海洋，蓝色的火焰，都让我浮想联翩，心旷神怡。"经历了草坪上的加拿大之旅，现在我会毫不含糊地说："我更爱绿色。绿色象征着萌芽、成长、青春、活力。"生命呼唤绿色。绿色需要环保。保护绿色，保护生态环境，让我们"从我做起"吧。

2004年4月7日

感受飞瀑

尼亚加拉大瀑布是我久闻其名，心驰神往的一个世界天然奇景。前年去加拿大小住，终于如愿以偿，得以一睹它那迷人的风采。

从加拿大第一大城市多伦多到瀑布所在地尼亚加拉小镇，行程不到两小时。旅游大巴开到距大瀑布还有数里之遥的地方，就能清晰地听到由远而近的、雄浑的瀑声。

原来尼亚加拉瀑布位于美国和加拿大接壤处。一条连接美国伊利湖和加拿大安大略湖的尼亚加拉河，流至美、加交界处，遇到斜度极大的绝壁，陡然倾斜，河水垂直下泻，落差达50多米，于是形成世上罕见的、宽度近1,200米的大瀑布。由于山羊岛的阻隔，又将瀑布分成三股；在美国一侧的两股，一为美利坚瀑，又称彩虹瀑；另一股罗那瀑，又称婚纱瀑。在加拿大一侧的那一股，弯曲呈马蹄形，称为马蹄瀑，又名加拿大瀑。三瀑之中，马蹄瀑最大，最为壮观，宽达762米。彩虹瀑次之，宽323米。罗那瀑最窄，只有91米，但它那宛若新娘婚纱的婀娜风姿，深得年轻恋人的青睐，吸引不少新婚夫妇前来这里欢度蜜月。

当我来到安大略湖畔的维多利亚公园，面对三股奔腾直泻的飞瀑，那汹涌的水势，那轰轰的响声，那跳跃的水珠，那弥漫的水雾，不禁让我凝神屏息，惊叹不已，当即被尼亚加拉大瀑布壮阔的规模和磅礴的气势所震撼了。你想，组成尼亚加拉瀑布的三个瀑布，每一秒钟平均流量为6,400立方米，相当于每秒钟可以灌满100万只浴缸的水量。那铺天盖地、排山倒海、一泻千里、不可阻挡之势，怎么能不让你惊心动魄呢。

暮色茫茫，两岸灯火闪烁。正当我凭栏注视夜色朦胧中的飞瀑时，忽见美、加两边几十盏巨型探照灯，射出或红或蓝，或黄或绿的强烈光芒，把大瀑布照得晶莹透亮、五彩缤纷。婚纱瀑好似童话里的美丽公主，她那飘逸的长裙不断变幻色彩，越发显得楚楚动人了。这时候，绚丽的烟花又凌空竞放，火树银花，与探照灯的光束交相辉映，一幅用浓墨重彩绘出的五色瀑夜景清晰地呈现在人们面前。河岸上摩肩接踵的游客，都在选择最佳角度，拍下这精彩纷呈、激动人心的奇景。

第二天清晨，我又加入期待已久的乘船观瀑的行列。在维多利亚公园的一角，坐电梯下到接近游船码头处，穿上游轮公司发给的浅蓝色雨披，登上名为"少女之雾"的游轮。横跨尼亚加拉河、连接加拿大安大略省与美国纽约州水牛城的彩虹桥就在眼前。水牛城的上空飘扬着美国国旗;还有一只特大的蓝色气球随风摇曳,气球上面十分醒目地书写着: "I lOVE NEWYORK! (我爱纽约!)"触景生情,使身处异国他乡的我,心中不免荡漾起一缕思家乡、恋故土的情愫。缓缓启动的游轮,首先驶至美国境内的彩虹瀑、婚纱瀑前。巨瀑溅起的水珠像是蒙蒙细雨,很快沾湿了我的雨披。我清晰地看到对岸一群群穿着黄色雨披的游客,从岸上沿铁梯拾级而下,绕过崎岖泥泞的路,向婚纱瀑的落点靠拢。他们聚在瀑布底下,欢笑着、呼唤着,领略那从天而降的瀑布激起的水花雨丝劈头盖脸打来的滋味。一对对年轻恋人依偎在一起,任凭风吹雨打,一心一意要从被看作爱情源泉的尼亚加拉瀑布汲取永不枯竭的力量。

当游轮开足马力驶近加拿大境内的马蹄瀑中心时,只见犹如万马奔腾的飞瀑迎面扑来,顿时白浪滔天,碧波翻滚,水沫飞扬,吼声轰隆。一阵阵疾风掀起我的雨帽、雨披,我快成了落汤鸡。一片白茫茫的水雾,模糊了我的视线。我干脆摘下眼镜,这才若隐若现地看到乳白色、浅绿色相间的巨瀑近在咫尺。我很想投身于瀑布的怀抱,尽量贴近它,靠拢它,去感受它那无可匹敌的威力。游轮的掌舵人似乎很了解我的愿望,想方设法极力把船开到迫近瀑布处。无奈瀑布急湍冲下的力量,总是把游船阻挡在一定距离之外。马蹄瀑呈半圆形,游船转了大半圈,始终与瀑布平行,怎么也不能进一步靠近它。好在当游船驶至马蹄瀑中央时，瀑布从正面和左右两侧泻下来，三面之水碰撞在一起，形成巨大的漩涡。这时，船身左右摇晃，河水漫进船上，一些胆小的游客不禁发出惊恐的尖叫。这也算是让我们过把瘾，充分体验瀑布冲击的紧张与惊险。

半小时的船上观瀑，似兴犹未尽。上得岸来，我决心放弃旅游团安排的海洋公园之游，争取在尼亚加拉瀑布前多呆上两三个小时。我想细细端详它的容貌，静静倾听它的声音，稍稍了解它的脾气、性格。

我漫步在维多利亚公园开阔的草坪上，无心欣赏公园中央那用2.5万株鲜花砌成的、直径12.2米、构思精巧的大花钟，沿着河岸的栏栅，急匆匆赶到最靠近马蹄瀑的一角。极目眺望，终于看清源自伊利湖的尼亚加拉河，原本是从平原上流过来，流到安大略湖畔，地势陡然一落，河水直泻谷底，这才有了眼前的飞瀑奇观。一横一拐一竖，呈一直角，大自然神来之笔真是奇妙极了。我置身于水雾烟波之中，耳畔是雷鸣般、振聋发聩的轰响，眼前是青天碧波、水天一色的美景。注视着游轮上裹着蓝色雨披的人群与蓝天碧水融为一体，不由得向往那"天人合一"的美好境界。

我赞美飞瀑那奔流不息、一往无前的精神，那海纳百川、不抉细流的胸怀，还有那撼天动地、震慑人心的威力。由衷感谢大自然母亲赐予人类如此雄伟瑰丽的奇观。作为大自然之子，我们一定要善待母亲，加倍热爱她，百般保护她，用捍卫绿色家园、营造绿色文化空间的行动来报答她。

2004年4月27日

万圣节，真来劲

　　初夏时节，我和老伴赴美丽的枫叶之国加拿大探亲。抵达目的地蒙特利尔的第二天，正赶上加拿大国庆节。成千上万肤色、服饰、语言不同的男女老少，组成一支浩浩荡荡的游行队伍，挥舞着镶着红色枫叶、红白相间的国旗，兴高采烈地行进在市中心圣嘉芙莲大道上。当我还没来得及细细品味这个移民国家盛大节日蕴涵的开放性、多元文化时，国际烟火节、国际爵士乐节、搞笑节（幽默盛会）、龙舟节、儿童节又一个一个接踵而至。我这个初来乍到的外国人，不能不发出"蒙特利尔的节日真是多"的感慨。一切都感到新鲜，这也想看，那也想看，真有点应接不暇，顾此失彼。

　　客居蒙特利尔短短140天，度过一个又一个节日。在这些节日中，最令人难忘的是快乐有趣的万圣节。这个原本始于中世纪祛除鬼怪、带有宗教色彩的节日，随着时间的推移，如今已演变成富有童话、神话色彩、孩子们纵情玩耍的节日。在加拿大、在北美、在西方，万圣节前夕，10月31日这一天，成了仅次于圣诞节、感恩节的重大节日。

约莫在万圣节前一周光景，我就惊喜地发现许多商店、超市的橱窗、吊顶、四壁布置了好多富有创意、想象力的精灵古怪的装饰物，从南瓜到麦秸，从蜘蛛到蝙蝠，从魔鬼到怪物，会飞的巫婆骑着扫帚，还带着一只神气活现的大黑猫，独眼的猫头鹰栖息在鬼屋前的枫树上，穿着大皮靴、戴着黑眼镜的怪老头跨着火箭腾云驾雾，白色的小精灵在张开的大蜘蛛网上漂游……所有这些，让孩子们笑逐颜开，心驰神往，遨游在一个神奇美妙的想象世界里。清晨在社区散步，我还注意到好多别墅、公寓门口摆放着一个个黄澄澄的大南瓜，不少南瓜上刻着或哭或笑的鬼脸，形态各异，情趣盎然。也有一些人家门旁窗前站立着稚拙可爱的稻草人、麦秸小人，或挂着精雕细刻的南瓜灯、南瓜风铃。象征万圣节的南瓜、稻草人，构成了蒙特利尔秋日街头一道独特的、富有情趣的风景。

万圣节的活动多姿多彩，不少活动都是专门为孩子精心安排的，如故事会、雕刻南瓜比赛、南瓜大餐、参观鬼屋、南瓜灯展览……其中最受孩子欢迎的是蒙特利尔图书馆、植物园举办的儿童化妆晚会、化装游行。来参加晚会、游行的都是打扮得奇形怪状的三四岁到十一二岁的孩子。为了在晚会上出奇制胜、引人注目，孩子和他们的父母在化妆、打扮上可说是煞费苦心，绞尽脑汁。有的打扮成外星人、嬉皮士的模样，有的打扮成大灰狼、小松鼠的模样。我见到一位装饰时尚的年轻妈妈领着三个孩子来参加晚会，他们分别穿着装扮成小兔、小猫、小熊的动物外套，一个个胖墩墩的，十分可爱。与会的年龄小一些孩子往往打扮成白色的小天使、美丽的小公主、胖胖的南瓜宝宝，或是小羊、青蛙、美人鱼的有趣造型；而年龄大一点的孩子追求新奇怪异，戴着面具或涂上油彩，身着长袍或穿盔带甲，点上蜡烛或举着刀叉，既威严怪异又滑稽有趣。晚会上欢声笑语，载歌载舞，洋溢着一片欢乐、温馨的气氛。原本鬼影憧憧、阴森恐怖的万圣节，在孩子这里已变成无忧无虑、快乐自由的游戏世界。

相传从公元9世纪开始，基督教信徒跋涉于穷乡僻壤，挨家挨户乞讨用面粉和葡萄干制成的"灵魂之饼"。据说慷慨捐赠糕饼的人家，都相信教徒的祈祷，期待由此得到上帝的保佑，让已故亲人早日进入天堂。这种挨家乞讨的传统习俗，如今已演变成孩子们提着南瓜灯挨家挨户讨糖吃的游戏。万圣节前夕，夜幕降临，穿着奇装异服的孩子三五成群，提着刻有鬼脸的南瓜桶，走街串巷，挨家挨户敲开邻居的门，向主人讨糖吃。入乡随俗，那天我家也准备了一些糖果。也许由于我家门口没有放着南瓜灯等节日的装饰以表示欢迎光临，讨糖的孩子擦门而过，颇使我心里有几分失落。隔壁邻居下班回来告诉我，他在林荫道上遇见几个脸上画着几撇胡子的淘气的"小鬼"，装腔作势地说出那句口口相传了上千年的唬人的话：TRICK OR TREAT!（不款待就捣乱）他身边没有带糖，只好从口袋里掏出几枚硬币，投入孩子们捧着的为残疾儿童募捐的小纸盒里，才算侥幸过关。捐钱，又是怎么回事呢？原来从1965年起联合国儿童基金会就建议在万圣节期间为残疾儿童募捐。真是化腐朽为神奇，鬼节又有了充满关爱、同情、慈善的人性化色彩。

我是第一次在异国他乡过万圣节，真切地感受到：这是一个真正属于孩子的节日，没有哪一个节日的神秘、精灵、幽默、怪趣能赛过万圣节。它可算是顺应孩子天性、张扬游戏精神，培养少年儿童想象力的一座好学校。

2004年4月3日

84小时的美国之旅

2002.08.31（星期六）

我和老伴于清晨5点起床，匆匆赶到蒙特利尔市唐人街，参加协和旅行社组织的"美国东部四日游"。同乘一辆旅游大巴的40多位游客都是黄皮肤、黑头发的炎黄子孙，大多是来自海峡两岸的移民、留学生及其来加探亲的家属。导游小姐用普通话、粤语、英语三种语言向游客介绍旅游日程和景点概况。同路人不存在什么语言隔阂，相互之间可以自由交谈，颇感快慰。

车行约两小时，9点抵达美加交界处的美国香槟镇。办理入境手续花费一小时，我凭窗凝望，只见天空的小鸟自由飞翔，草坪上的松鼠跳来跳去，它们出入境，不需要什么护照、签证，不禁让人有几分羡妒。大巴沿87号公路前行，一路都是广阔的原野、蓊郁的树木、清澈的湖沼，可以说是风景如画。

下午3点多，大巴通过林肯隧道穿越赫得逊河，历时8小时，终于踏上曼哈顿岛，到达闻名遐迩的最繁华的大城市——纽约。日程安排得很紧，一到纽约，就马不停蹄地去参观联合国大厦。我们经常从电视里看到的那幢巍然矗立，形状如火柴盒或骨牌、墓碑的39层大楼，是联合国办公大厦。在会议大厦的走廊里，我们看到墙上悬挂着联合国成立以来历任秘书长的巨幅彩照。安南秘书长那心事重重、不苟言笑的熟悉面庞鲜明地呈现在眼前。我们先后参观了安理会、经社会、托管会的议事厅。从安理会议事厅二楼观察员席上，俯视布置成马蹄形的会场，桌上放着中、俄、美、英、法五个常任理事国国名标示牌，让你不由得要掂量掂量五大国在讨论决定国际事务上所握有的那一票否决的权力的分量。参观各会员国赠送的礼品时，我特别注意到我国赠送的那座表现成昆铁路的象牙雕刻，精雕细刻，工艺精湛，把那艰巨工程的恢宏气势表现得淋漓尽致。美国赠送的用马赛克制作的巨幅画像也引人注目，主题是表现普天下人祈求和平；画面上那20多个不同肤色、不同装束的男女老少的眼神、表情刻画得生动逼真，栩栩如生，给我留下难忘的印象。

在渔人码头用了一点简单的晚餐，乘上游轮，在赫得逊河上绕了一圈。接近河的入海口，远远地就能看到那座名满全球的自由女神像耸立在万顷碧波之上。这座铜像高93米，重225吨，是美国独立100周年之际，法国人民赠送给美国人民的珍贵礼物。自由女神一柱擎天，右臂高举自由火炬，左手握着独立宣言，头上所戴的皇冠上射出七支光束，在晚霞的映照下显得格外璀璨。我凝神注视着这座雄伟神圣的铜像，脑海里闪现匈牙利著名诗人裴多菲的名篇："生命诚可贵，爱情价更高；若为自由故，二者皆可抛。"来自五湖四海的游客面对自由女神像沉思默想，似都在品味着自己心中的美国自由，思索着为争取自由所付出的代价，愿把满腔的心里话向自由女神诉说。

夜幕降临，漫步于摩天大楼林立的纽约市中心，抬起头来，只见一线天。走过著名的华尔街，这里集中了美国最大的银行、证券交易所、保险公司，是操纵世界金融的中心，但想不到它竟是一条仅一里长的狭窄街道。白天人声鼎沸、熙熙攘攘的股票市场，现在静悄悄的。一天下来，随着股票指数的升降起伏，几家欢乐几家愁，只有天知道！

2002.09.01（星期日）

昨晚投宿于新泽西州的雷迪逊酒店。这里紧挨着纽约市，住同一星级的旅馆，房费要比纽约市区便宜得多。精打细算的旅行社自然就看中了它。今上午8点出发，去纽约市中心，参观建于1931年的帝国大厦。这是纽约目前最高的建筑物，高443米，共102层，仅次于一年前毁于9·11事件的、高110层的世界贸易中心大厦。从帝国大厦86层的廻廊上眺望纽约全景，东西南北一览无余，只见一群群摩天大楼像雨后春笋般拔地而起，穿梭往来的、五颜六色的汽车像小甲虫在爬行，川流不息的人群则像排成队的蚂蚁在搬家。偌大的纽约，虽然也有一些草坪、花圃、树木，但从高处一眼望去，似看不到更多的绿色，这也许正是人口稠密、地皮紧张的大都会无法完满解决的难题。从帝国大厦到唐人街，路经纽约最繁华的第5、6、7大道和第42街。而著名的百老汇、时报广场是闹市中的闹市，集中了剧院、歌舞厅、电影院、夜总会等众多的娱乐场所。观众在这里可欣赏到精彩纷呈的戏剧歌舞演出，阔绰的大亨则可一掷千金，享受纸醉金迷的夜生活。我们徜徉在时报广场上，尽管是白天，依然是五光十色，色彩绚丽的海报，不断变幻的广告，来回滚动的电视新闻，令人眼花缭乱。

步入唐人街，满眼都是用中国文字书写的商店招牌，餐馆茶楼酒家鳞次栉比，川、湘、粤、淮扬各色风味一应俱全。只要腰包里有钱，挂炉烤鸭、水晶肘子、海鲜煲、叉烧饭、担担面等各种美食，都可以品尝到。唐人街的一侧，有一幢高48层的孔子大厦，楼前竖有庄严的孔子塑像。在异国他乡见到孔老夫子，又听说这大厦、塑像都是20世纪70年代初国内批林批孔时兴建的，心里真有一番说不出的滋味。

下午1点多，告别纽约，驶离曼哈顿岛前，路过世贸中心遗址，面对那用蓝色挡板围起来的、堆满乱石残砖的一片废墟，不能不为一年前发生的9·11惨剧而摇头叹息。恐怖主义一日不除，就世无宁日、民无宁日。

费城是我们"四日游"的第二站。这是一个古老的、具有光荣革命历史的城市；也是一个正在不断改造、发展的现代化城市。在蒙蒙细雨中，我们参观了久负盛名的独立厅。那是一幢二层红砖楼房，顶上高耸着一乳白色的钟楼。这个建筑虽说不上气派恢宏，但庄重典雅。美国独立宣言和美国宪法都是在这幢楼里通过的。独立厅前的走廊陈列着重2,080磅的自由钟，久经沧桑，铜钟已有裂痕。当年这口钟发出的洪亮悦耳的声响，宣告了美利坚合众国的诞生。漫步在碧草如茵的独立广场，寻觅美国开国功臣华盛顿、杰斐逊、麦迪逊、富兰克林等的脚印。200多年过去了，这些为独立自由而战的伟人的名字，仍然深深刻印在美国乃至全世界人民的心坎上。

在费城逗留约三个小时，薄暮时分，旅游大巴开向"四日游"的第三站华盛顿。当晚下榻于坦斯茵酒店。

2002.09.02（星期一）

华盛顿既是世人瞩目的政治中心，也是一个美丽的花园城市。这里没有高耸入云的摩天大楼，也没有鱼贯不断的车水马龙，多的是纪念堂、纪念塔、博物馆、广场、铜像、喷泉，它的庄严静谧与纽约的繁华喧闹形成鲜明的对比。当我们来到市中心，首先映入眼帘的就是那像一支巨大的锥形石笔昂然挺立、直冲云霄的华盛顿纪念塔。塔高170米，是华盛顿的最高建筑物。当年美国国会曾通过一条法律，规定华盛顿的所有建筑物不能高于纪念塔，以此来表示对开国元勋的尊敬。以纪念塔为中心，它的四周是赫赫有名的白宫、国会山庄、杰斐逊纪念堂、林肯纪念堂。这五大乳白色的建筑物之间，以碧绿的草坪、苍翠的树林、鲜丽的花圃、清澈的池塘连接起来，构成一幅十分匀称、美丽的图画。优美的田园风光与浓重的人文色彩如此和谐地融合在一起，让你不能不啧啧称赞设计家独具慧眼，别具匠心。由于时间仓促，没有来得及到白宫、国会大厦内参观。站在相距二、三百米的铁栅栏之外，眺望那幢极其普通的白色三层楼房，那就是美国元首权威的象征、最高决策的中心——白宫。尼克松、福特、卡特、里根、老布什、克林顿、小布什及其幕僚就是在这里运筹帷幄，叱咤风云的。当我脑际闪过这里也是克林顿和莱温斯基绯闻所在地，不禁噗嗤一笑。我躺在国会山庄前的草坪上，凝视那幢建筑于山坡上的乳白色、圆穹形屋顶，每层四周都是圆柱支撑着的国会大厦，想象着众参两院里的共和党、民主党议员针锋相对、唇枪舌战的情景，揣摩着"西方议会民主"的真伪利弊。

从国会大厦到华盛顿纪念塔之间有一条很长、很漂亮的林荫大道。大道两侧分布着建筑风格各异、设计新颖别致的众多博物馆，其中最为著名的有：历史博物馆、国家美术馆、自然史博物馆、航空航天展览馆、国会图书馆、非洲建筑和艺术馆、肯尼迪文化中心等。走进航空航天馆，一眼就能看到悬挂于屋顶的莱特兄弟于1903年发明的第一架飞机。耸立于大厅中间的载有人造卫星的先锋火箭似要腾空而起。在展览厅里，我看到了世界上第一架超音速的喷气机；第一位美国宇航员乘坐的友谊7号飞船；第一次把太空人送上月球的阿波罗11号航天器的登月指挥舱。我还有幸抚摸了从月球采回来的那块小小的岩石；登上宇航科学家生活工作达三个月之久的空间实验室的生活舱，目睹餐厅里的那些生活用品，想象着他们在失重的状态下如何用餐。啊，科学技术的发展真是突飞猛进，在历史长河的一瞬间，人类腾云驾雾、上天揽月的梦想就变成了活生生的现实。

航空航天馆的对面是著名的国家美术馆。它分东、西两幢楼，东楼是建筑设计大师贝聿铭的杰作，呈三角形，新颖别致，楼内主要陈列着现代派的作品。西楼是老楼，它的三楼有90个色调素雅、光线柔和的陈列室，陈列着从古代、意大利文艺复兴时期到19世纪各国的绘画和雕塑。我三步并作两步奔走于各展室之间，稀世珍品，目不暇接。对达·芬奇、米开朗琪罗、伦勃朗、安格尔、梵·高、列宾等大师的传世之作也只能匆匆一瞥。我真想能有十天、半月，以从容、悠闲的心情来细细品味这些艺术瑰宝。

下午2点半，怀着依依之情离开华盛顿。6点抵达我们"四日游"的最后一站大西洋城。这是美国东部最大的赌城。旅行社把它列入旅游日程，不言而喻，是为赌场组织赌客和观光客，从中捞取好处。对我这样生平从未进过赌场的人来说，实在是别无选择，无可奈何。既然来了，也只能借此机会见见世面、开开眼界了。

入晚，我们徜徉在大西洋岸边一条笔直的街道上，只见面对大海的马路一侧，矗立着一群色彩缤纷、富丽堂皇的建筑物，那就是一家挨一家的赌场。走进著名的印度皇宫赌场，装饰华丽的大厅里灯火辉煌、人声鼎沸，七彩灯来回闪动，爵士乐不绝于耳。上千部像电子游戏机般的"老虎机"吸引了大群神情专注的男女赌客。只见他们投下硬币或筹码，按下电钮，老虎机上的许多图案就滚动起来，赌客的心跳也随之加剧，直到图案停止转动，根据图案的不同组合，决定你是否中彩。正如中国俗话说的："十赌九输"。绝大部分硬币或筹码都被老虎机吞掉了，只有少数幸运者中彩，不无惊喜地见到三、五倍乃至五十倍、上百倍于本钱的硬币或筹码从老虎机里哗啦啦流出来。赌博的花样很多，除老虎机外，我还见到有扑克、掷骰子、轮盘等，这些赌具的输赢就更大了。赌场二楼还有专供大赌客豪赌的包间。我转悠了近一小时，实在不习惯赌场里那喧闹、几近疯狂的气氛，就匆匆离开了。在回旅社的路上，我在沉思：今宵又不知哪位赌客会成为一出倾家荡产、妻离子散的悲剧中的主角？！

2002.09.03（星期二）

早晨到大西洋岸边散步。从东半球来到西半球，从太平洋畔来到大西洋畔，心中顿然萌生一种新鲜、奇异的感觉。面对一望无际、碧波如镜的大海，确实令人心旷神怡。我和老伴在海滩上拾贝壳，兴致勃勃地寻找色彩斑斓的小石子，似又回到天真无邪的孩提时代。

旅游团的大巴于上午8点半驶离大西洋城，中午到达纽约州中央山谷名店购物中心。这个中心分为红、绿、紫、蓝、黄五个区，集中了200多家销售名牌产品的商店。我们在蓝区逛了十多家商店，囊中羞涩，除了老伴挑中一双阿迪达斯旅游鞋外，别的就不敢问津了。晚9点过海关进入加拿大境。在滂沱大雨中，结束了历时三天半、共计84小时的"飞车观花"的美国之旅。

2004年5月9日摘抄

后　记

书桌上的台历翻到了最后一页，2017就在眼前。

过去这一年，我和老伴度过85岁生日，名副其实地进入耄耋老人的行列。不久前，我俩又迎来人生难得的钻石婚，亲历了也品味了对爱情、婚姻的忠贞不渝。年终岁末，能坐下来从容地编选自己的这本散文集，有机会向读者抒述一下人生旅程的点点滴滴，心里还是挺愉快的。

编这本散文集，重温了我人生经历的若干片断，再次品味、咀嚼了人生的酸甜苦辣。我的大半生，虽不是一帆风顺，但也算不上命运多舛，相比而言，应当说还是相当幸运的。此时此刻，我由衷感激时光老人赠予的多彩生活、多味人生。

感谢前辈师长对我的栽培。

感谢同事文友对我的鼓励。

感谢风风雨雨对我的磨练。

感谢怡怡亲情对我的关爱。

感谢文学阅读对我的滋养。

感谢域外旅游对我的启迪。

愿亲爱的读者和我一起分享我的多彩又多味的人生。

束沛德

2016年除夕

图书在版编目（CIP）数据

爱心连着童心 / 束沛德著 . —北京：民主与建设
出版社，2017. 10

（名家散文自选集）

ISBN 978-7-5139-1724-7

Ⅰ . ①爱… Ⅱ . ①束… Ⅲ . ①散文集—中国—当代
Ⅳ . ① I267

中国版本图书馆 CIP 数据核字（2017）第 235865 号

爱心连着童心
AIXIN LIANZHE TONGXIN

出 版 人	许久文
总 策 划	李继勇
责任编辑	刘树民
封面设计	宋双成
出版发行	民主与建设出版社有限责任公司
电　　话	（010）59417747　59419778
社　　址	北京市海淀区西三环中路 10 号望海楼 E 座 7 层
邮　　编	100142
印　　刷	三河市腾飞印务有限公司
版　　次	2017 年 10 月第 1 版　2017 年 11 月第 2 次印刷
开　　本	787mm×960mm　1/16
印　　张	23 印张
字　　数	216 千字
书　　号	ISBN 978-7-5139-1724-7
定　　价	39.80 元

注：如有印、装质量问题，请与出版社联系。